悪役令嬢の怠惰な溜め息 ②

著●篠原皐月 イラスト●すがはら竜
Satsuki Shinohara Ryu Sugahara

悪役令嬢の怠惰な溜め息 ②

著◉篠原皐月 Satsuki Shinohara
イラスト◉すがはら竜 Ryu Sugahara

第九章　ある意味想定内で、ある意味想定外の出会い

転生した乙女ゲーム《クリスタル・ラビリンス》のシナリオ通り、主人公《アリステア》がクレランス学園に入学した事実を知ったエセリアは、破滅フラグ回避に向けた決意を新たにしていた。

その一方で当のアリステアは、さすがに入学直後は様々なことに戸惑いながらおとなしく学園生活を送っていたが、三日も過ぎると、当初の目的に対しての考えを巡らせ始めた。

（無事に入学できたけど、この本のように自然に王子様と知り合えるなんて、そこまで人生は甘くないわ。私の家は下級貴族の中でも末端に過ぎないし、あの親が繋《つな》ぎをつけてくれる筈《はず》はないもの）

寮の個室でだらしなくベッドに寝転んだアリステアは、手の中の小説《クリスタル・ラビリンス～暁の王子～》を暫《しばら》く眺めてから、自分自身に言い聞かせるように力強く宣言する。

「学園内に王子様は二人いるけど、やっぱりクラスが違っても、同学年のアーロン殿下とのほうが出会い易《やす》いわよね。よし、まずは彼のほうから自然にお近づきになれるよう、明日から頑張ろう！」

出会いを画策している段階で、既に「自然な出会い」などではないのだが、アリステアはそれには構わず、あふれる期待を胸に眠りに就いた。

「全く！　休み時間に教室を覗《のぞ》いても、アーロン殿下の周りにはいつも生徒が群がっていて、浅ましいったらないわ！　あの人達、恥ってものを知らないのかしら？」

翌日から《アーロン王子とのさりげなく運命的な出会い》を目論《もくろ》み動き出したアリステアだったが、そう簡単には彼に近づけなかった。生母であるレナーテが厳選した側付《そばづ》き達が、学友として常に彼の近くに控えていたからである。

その上、この機会にアーロンと親しくなろうと目論む生徒も数多《あまた》存在しており、アリステアは自分の行為は棚に上げ、同類である彼らに対して陰で悪態を吐いていた。そんな風に周囲の生徒達に阻まれ、なかなかアーロンに近づけずにいた彼女に、ある日、絶好の機会が巡ってきた。

（アーロン殿下は放課後にレムラント教授に呼ばれたって聞いたし、ここで待っていれば教授室からの帰り道で目の前を通るわね。あ、来たわ！　それじゃあタイミングを合わせて、本の通りに目の前で倒れてみせようっと！　そうしたらきっと優しく手を取って、抱き起こしてくれるわ！）

中庭を挟んだ回廊の向こう側に、側付き三人を引き連れたアーロンが談笑しながら現れたのを認めたアリステアは、通路の曲がり角の陰に身体《からだ》を隠した。それから顔を少しだけ出し、彼らの歩く速さとここまでの距離を目測すると、到達時間の概算を弾《はじ》き出《だ》す。

（よし、カウントダウン開始！　30……、29……、28……）

再び壁の向こう側に全身を隠したアリステアは、やる気満々で頭の中でタイミングを計り始めた。

しかし残念なことに、事態は彼女の予想通りには進まなかった。

側付き達と歩いていたアーロンは、通路の曲がり角で婚約者であるマリーリカと遭遇した。

「やあ、マリーリカ。偶然だね」

「アーロン殿下」

友人達と共に足を止めて挨拶しようとするマリーリカを、苦笑しながら遮る。

「ああ、堅苦しい呼び方は不要だよ？　学園内では、身分や肩書きは無関係とする規則があるだろう？　皆入学したばかりで、まだ戸惑っているけれど」

「それは、確かにそうですが……」

「君は私の婚約者だし、私の呼称に関しては、側付きの彼らより率先して実行して欲しいな」

未《いま》だに「殿下」呼びを崩さない学友達への皮肉を込めて口にすると、背後に控えている三人が気まずそうな顔になる。まだ割り切るのに時間がかかりそうな彼らの心情を察したのか、それともまずは婚約者である自分が率先しなければと思ったのか、マリーリカが恐縮気味に口を開いた。

「それでは……、アーロン様？」

「アーロンで」

「え？　でも、そんな……。人前で呼び捨てなんて……」

「アーロン」

「……ア、アーロン？」

「うん、そうだね。改めて、これからよろしく」

「は、はい！　こちらこそ！」

アーロンが嬉《うれ》しそうに笑いかけると、マリーリカは僅かに顔を赤くしながら頷《うなず》く。そんな彼女を、双方の友人達が微笑《ほほえ》ましく見守っていた。

「これから寮に戻るところかい？　それなら途中まで一緒に行こうか」

「はい」

そして共に角を曲がって歩き始めた直後、いきなり前方で通路の陰から女生徒が飛び出してきて、派手に転んだと思ったら、床に突っ伏したまま悲鳴を上げた。

「きゃあ！　痛ぁーい！　脚を怪我《けが》しちゃったわ！　血が出てるぅー！」

「え？」

その叫びを耳にしたアーロン達は、揃《そろ》って目を丸くした。ここでマリーリカが、普段の控え目な態度からは想像できない積極的な行動に出る。

「大変！　アーロン。私、彼女の様子を見てきます」

「ああ、頼むよ」

アーロンは少々驚きながらも頷き、そのままアリステアに駆け寄ったマリーリカを見守った。

「あの、大丈夫ですか？　怪我をしているなら、このハンカチで患部を押さえながら医務室へ行きましょう。立てますか？　無理なら人を呼びますから」

マリーリカは屈《かが》んでハンカチを差し出しながら、アリステアに声をかけた。しかしアリステアは勢い良く身体を起こし、ハンカチごと彼女の手を払《はら》い除《の》けながら盛大に文句をつける。

「どうして無関係の人間がしゃしゃり出て来るのよ！　余計な真似をしないで！　こっちの計画が

台なしじゃない！　いつの間にか人が増えているし、本当に邪魔よね！　もう良《い》いわ、出直しよ！」

「え？　あの……、でも、お怪我は……」

アーロンの周囲に生徒達が集まっているのを見てとったアリステアは、とても彼との感動的な出会いは望めないと判断し、憤然として悪態を吐きながら駆け去っていった。そのあまりに非礼な態度に、マリーリカは呆然《ぼうぜん》としながら彼女を見送る。その一部始終を見ていた者達は、皆一様に顔を歪《ゆが》めてアリステアを非難した。

「あの方、一体なんなの？　マリーリカ様が気遣われて、わざわざ声をかけたのに」

「凄《すご》い勢いで走っていったな……。とても怪我をしているようには見えなかったが」

そんな声を聞き流しながら、アーロンはまだ困惑しているマリーリカに声をかけた。

「どうやら彼女は、自分が怪我をしたと勘違いしたらしいね。転んでうつ伏せになっていたから、脚を怪我したのは見えていない筈だし」

それを聞いた彼女が、納得して頷く。

「そうですね。驚きましたけど、彼女に怪我がなくて何よりでした」

「あんな失礼なことをされても、そんな風に言えるマリーリカは優しいな」

「そんな……。人として当然のことですから……」

アーロンの手放しの賞賛に頬を染めるマリーリカを見てその場の空気が和み、居合わせた全員が先程の意味不明なアリステアの行為など、すぐに記憶の片隅に追いやってしまう。

当然、アーロンとの出会いの絶好の機会をマリーリカに潰されたと勝手に逆恨みしたアリステアが、憤然としながら廊下を歩いていることなど、彼らは知る由もなかった。

（アーロン殿下の目の前で倒れて、助け起こして貰《もら》う筈だったのに！　絶対にあの人が、邪魔をしたのよね!?　この前から様子を見ていたけど、殆《ほとん》どいつもアーロン王子にべったりで、本当に目障りで仕方がないわ！　婚約者だからって、王子様を四六時中束縛して良い筈がないわよ。本当に良い家のお嬢様って、我が儘《まま》放題で気が利かないのね！　私だったらそんな迷惑なことはしないで、《クリスタル・ラビリンス》の主人公《ヒロイン》のように、控え目に陰から支えてあげるのに！）

そんな見当違いにも程がある主張を胸の内で叫んだアリステアは、アーロン殿下を解放してあげるのは自分だと自己陶酔しつつ、彼に対する無謀で傍迷惑《はためいわく》な突撃を、その後数日間続けたのだった。

その日もいつもと変わらず側付きを従えて昼食を食べ終え、食堂から午後の授業が行われる教室に向かっていたグラディクトは、背後から聞こえてきた噂話《うわさばなし》に神経を逆撫《さかな》でされた。

「次は歴史か……。覚えることが多過ぎるし、眠くなって仕方がない」

側付きの一人が何気なく言い出すと、同様にだれきっている周りが同調する。

「確かにそうだな。担当教授が気難しいし。毎回、気が滅入《めい》る」

「だがこの前小テストが返却された時、凄く上機嫌だったたな。俺は一瞬、別人かと思った」

「ああ、エセリア嬢が満点だった時のあれか。確かにそうだったな」

それを耳にした瞬間、前を向いて歩いていたグラディクトの頬がピクリと動いた。しかし背中しか見えていない彼らはそれに気がつかないまま、雑談を続ける。

「『相当捻《ひね》った問題を出したのに、まさか満点をお取りになるとは』とか平然と言いやがって。そんな問題を出すなよ、底意地の悪い」

「エセリア嬢は『今回の試験範囲が、偶々《たまたま》王国建国前後の時期でしたから。王妃様よりこの国の成り立ちを完璧に頭に入れておくよう厳命され、学園入学前から自主学習していたので』と平然と返していたが、そんな風に言ったら殿下も同じ内容を覚えておくのは当然だと思われるだろうが」

「確かにあの時、教授がグラディクト殿下を、物言いたげな表情で見ていたよな」

「本当に教授以上にたちが悪い、嫌味な女だ」

「昨年から思っていたが、確かにあの方は少々無神経なところがあるな」

側付き達のエセリアに対する非難の声を聞きながら、グラディクトは内心の苛立《いらだ》ちを抑えようとしていたが、この一年間で溜《た》まっていた鬱積は容易に解消されなかった。このまま歴史の授業を受ける気分にはなれなかった彼は、気が向くまま回廊を外れて中庭に足を踏み出し始める。それを見た側付き達は、当惑しながら彼に声をかけた。

「殿下、どちらに行かれるのですか？」

「そろそろ午後の授業が始まりますから、急いで教室に移動する必要があります」

その呼びかけにグラディクトは足を止め、軽く背後を振り返りながら叱りつける。

「五月蝿《うるさ》い！　偶《たま》には一人で静かに、考え事をしたいだけだ。お前達はさっさと教室に行っていろ！」

そう叫ぶと彼は再び中庭の奥に向かって歩き出す。その場に残った者達はそれ以上引き止めようとはせず、憮然《ぶぜん》とした表情で彼を見送った。

「殿下はああ言ったが、どうする？」

「一人になりたいと言うなら、仕方がないだろう。無理強いしても不興を買うだけだ」

「だが、もうすぐ授業が始まるが……」

「いつも俺《おれ》達がノートを取っているし、出席の返事も俺達が済ませれば支障はないだろう？」

「……本当に、もう少し王太子としての自覚を持っていただきたいものだ」

「王太子の自覚があるから、威張り散らしているんだろう？」

「権力を行使するなら、それに相応《ふさわ》しい義務も果たして貰いたいものだな」

「全くだ。父上からの命令でなければ、誰が好き好んであんな扱い難《にく》い奴《やつ》の側付きなんか」

「もう少し周囲に気を配れ。誰が聞いているか分からないぞ？」

苦々しい表情でそんな会話を交わしてから、側付き達は何事もなかったように教室に向かった。


側付き達と別れたグラディクトは、腹立たしい気持ちを抱えたまま中庭を進んだ。そして木立と植え込みの中にぽっかりと空いたスペースを見つけると、慎重に周りの枝を避けながら仰向けに横たわる。そこは絶妙に周囲の視線から遮られており、寝転がるなどという行儀の悪いことを安心して実行できた。

（ここの教授陣ときたら、揃いも揃って口を開けば『王太子らしい威厳をお持ちください』とか、

『エセリア様は何事にも、もっと真摯に取り組んでおられます』などと、くだらない小言ばかりだ）

落ち着くと同時に、グラディクトの内心には周囲に対する怒りがむらむらと湧き上がってくる。それらはエセリアと比べると能力的に見劣りする彼を、少しでも伸ばそうという教授達の親心からの発言だったのだが、彼は入学後の一年間でそれらをすっかり斜めに捉えてしまっていた。

（大体、あの女もあの女だ。私はれっきとした王太子だぞ？　その婚約者なら余計に私を立てて、周囲に気を配るべきだろうが！　何かにつけてでしゃばって、全く配慮ができていないじゃないか。あれで未来の王太子妃《ひ》とは、本当に笑わせてくれる）

この一年間でエセリアが意図的に、しかし周囲にはそれと悟らせない巧妙な手口でグラディクトの望む方向とは真逆に気を配り続けた結果、彼女に対する周囲の評価は上がり続け、相対的に彼の評価は下がっていた。

（教室内でも移動中でも、常に複数の取り巻きに囲まれて何様のつもりだ！　あの連中は単に未来の王太子妃に今のうちに媚《こ》びを売っておこうという浅ましい魂胆を持つ者ばかりなのに、追従《ついしょう》を真に受けて側に侍《はべ》らせておくなど、俗物にも程がある！）

自身が追従を口にする側付き達を使い走りにしているのを棚に上げ、グラディクトは憤慨した。しかしエセリアの周囲の女生徒達は、殆どがワーレス商会書庫分店奥にある『男性同士恋愛本展示即売の間』に通う紫蘭《しらん》会会員で、エセリアから新作小説の構想を聞き出したり、ワーレス商会から送られてくる新作本の貸し借りで盛り上がっているだけであり、先のような魂胆云々《うんぬん》については、完全にグラディクトの邪推でしかなかった。

（こんな学園生活に、一体なんの意味がある。下級貴族や平民なら家庭教師を雇う金にも困るだろうが、王族に関してはやはり専属の教師を配置するべきだ。いや、やはり私が即位したら、次代の王族達がこんな無駄な時間を過ごさないよう、王族のこの学園への就学義務を撤廃しよう。上級貴族も同様だな。きっと皆、私の英断を喜んでくれるに違いない）

凄い名案を思いついたかのようにグラディクトが寝転がったまま満足げに顔を緩めていると、いきなり誰かに右足を踏みつけられた。

「っ！　きゃあっ！」

「うっ！　貴様、何をする!?」

せっかく気分が良くなったところに足を踏まれた上、その相手が自分の上に倒れ込んできたことで、グラディクトは本気で腹を立てた。すると相手の女生徒は、上半身を起こしたグラディクトを見て慌ててその前に座り込み、勢い良く何度も頭を下げながら謝罪する。

「すみません！　まさか王太子殿下がこんな所でお休みだとは、夢にも思っておりませんでしたので！　これからは重々気をつけます！」

直前まで結構機嫌が良かったこともあり、恐縮しきっている相手を見て、グラディクトはなんとか怒りを抑えながら尋ね返した。

「お前……、私が王太子だと知っているのか？　面識はないと思うが」

「はい。私は子爵家の者なので、殿下と直接の面識はありません。ですが入学直後に殿下を遠くからお見かけした際、近くの生徒が殿下の名前を出して話題にしていたので、お顔は存じていました」

「そうか」

その説明でグラディクトは納得した。一方、望外の幸運に、アリステアは心の中で快哉《かいさい》を叫ぶ。

(やった!! 最近アーロン殿下と妙に遭遇しなくなって困っていたけど、人目のない所で今後の方針を考えようと思ったら、グラディクト殿下と遭遇するなんて! しかも転んだ先に王子様がいるなんて、《クリスタル・ラビリンス》の出会いと同じじゃない! 凄いわ!!)

実はこの数日間、アリステアがアーロンへの接近を試みていると察した周囲は、彼女をアーロンに近づけないよう密《ひそ》かに画策していた。そんなことを知らない彼女は相変わらずアーロンへの接近を試みていたが、この出会いを絶好のチャンスと捉え、即座に攻略対象をなかなか出会えないアーロンからグラディクトに変更し、追従の言葉を口にする。

「でもたとえ周囲から殿下の話を聞いていなくても、あなたが王太子殿下だと気づいた自信があります! だって殿下からは隠そうとしても隠しきれない、高貴なオーラが滲《にじ》み出《で》ていますもの!」

「……そうか? だが私は婚約者と比べて、甚だ見劣りする王太子だぞ?」

そんな自嘲気味の台詞《せりふ》にも、アリステアは慌てたり困ったりする様子もなく問い返す。

「婚約者……。それはシェーグレン公爵家の、エセリア様ですよね? ここだけの話ですが、私、あの方はあまり好きになれません」

「どうしてだ? あの女は成績優秀で社交術にも秀でていて、生徒や教師達の人望も厚いが」

本気で意外に思いながら尋ねたグラディクトに、アリステアは真顔で主張し始めた。

「あの方を遠目で見た限りでの感想ですが、なんだか笑顔がもの凄《すご》く胡散臭《うさんくさ》く見えてしまって。第

一、婚約者たる殿下より目立つなんて、あまりにも殿下を蔑《ないがし》ろにしていませんか？」
それを聞いたグラディクトは、我が意を得たりとばかりに深く頷く。

「全くその通りだ。それなのに周りの連中と来たら、あの女の見た目にあっさりと騙《だま》されて！　短慮で不甲斐《ふがい》ないにも程がある！」

「やっぱりそうでしたか……。陰で王太子殿下に肩身の狭い思いをさせているなんて、エセリア様は自分本位な方なのですね。それでは幾ら優秀な方でも、私は尊敬できません」

心底同情する口調でそう告げるアリステアに、グラディクトはしみじみとした口調で返した。

「お前のような、物事の本質を正確に捉えられる者に出会えたのは、本当に久しぶりだ。ところで、お前の名前はなんという？」

そこで自己紹介がまだだったのを思い出したアリステアは、神妙に頭を下げる。

「申し遅れました。私はアリステア・ヴァン・ミンティアです。以後、お見知りおきください」

「そうか。それではアリステアと呼んでも構わないか？」

「勿論《もちろん》です、殿下」

「ところでアリステアは、どうしてわざわざこんな茂みの中に入って来たんだ？」

低木に囲まれている周囲を見回しながら、普通はこんな所を通らない筈なのにと、不思議そうに尋ねるグラディクトに、まさか「王子様との遭遇方法をじっくり考えるためです」などとは言えなかったアリステアは、微妙に動揺しながら弁解する。

「ええと……、偶には一人で人目につかない所で考え事をしたくて、適当な場所を探していて……。

殿下がお寛《くつろ》ぎになっている時にお邪魔して、本当に申し訳ありませんでした」

「いや、気晴らしになったから構わない。寧《むし》ろ礼を言わなければならないだろう」

そう言って微笑んだ彼に、アリステアは慎重に申し出た。

「殿下。一言言わせていただいて宜《よろ》しいでしょうか？」

「なんだ？」

「先程殿下は、ご自分がエセリア様より見劣りすると仰《おっしゃ》っておられましたが、そんな些細《ささい》なことを気に病むなどおかしいです。だって、なんでも殿下が一番にならなければいけない理由などないでしょう？　国政は官吏の仕事ですし、軍政は騎士の仕事です」

「それはそうだが……」

そこで彼は、昨年の剣術大会で近衛《このえ》騎士達に「荒事は私どもにお任せになって」と言われたのを思い出した。アリステアは、そんな彼を励ますように話を続ける。

「それにエセリア様と殿下では、今後担う重責の質も量も違います。それなのにお二人を単純に比較して笑うような無神経で馬鹿な人達のことなんて、心の中で笑い飛ばしていれば良いんですよ」

そう笑顔で言ってのけた彼女の顔をしげしげと眺めたグラディクトは、憑《つ》き物《もの》が落ちたような顔で彼女に礼を述べた。

「アリステア、ありがとう。私は生まれて初めて、本当の理解者に巡り会えた気がする」

「殿下、そんな言い方は、幾らなんでも大げさです」

「大げさでもなんでもない。今後私のことは、グラディクトと呼んでくれ」

「そんな！　王太子殿下を、呼び捨てになんてできません！」

顔色を変えて固辞した彼女を見て、グラディクトはおかしそうに笑う。

「本当にアリステアは、高慢な女どもとは違って謙虚だな。私が許すと言っているのに……。それでは『グラディクト様』ではどうだ？」

「殿下がそうお望みなら……。それではグラディクト様。午後の授業が始まるので、失礼します」

名残惜しく思いながら別れの挨拶を切り出したアリステアは、唐突にある事実に気がついた。

「そういえばグラディクト様。専科と教養科では時間割の時刻が異なっていますから、専科の午後の授業はもう始まっているのではありませんか？」

「そうだな。アリステアとの会話が楽しくて、つい忘れていた」

「大変!!　急いで授業に行かないと！　お引き留めしてしまってすみません！」

途端に青ざめた彼女を、グラディクトが要らぬ見栄《みえ》を張りながら宥《なだ》める。

「いや、今日の講義内容は既に入学前に学習済みで、元々授業に出る気はなかったから気にしなくて良い。それよりも、アリステアの授業は急がなくて大丈夫か？」

「あ、そうでした！　それでは失礼します」

指摘されたアリステアは、慌てて頭を下げて立ち去ろうとした。そんな彼女を、グラディクトが思わずと言った感じで引き止める。

「アリステア！」

「はい。なんでしょう？」

「その……、また会えるか？」

足を止めて振り返った彼女は、幾分困ったように考えてから慎重に答えた。

「ええと……。グラディクト様が嫌でなければ、晴れた日にまたこの辺りで。人目につく所でお会いすると『子爵家風情の人間が馴《な》れ馴《な》れしく殿下に近寄るな』と、言いがかりをつけられそうで」

「確かにそうだな……。それではまた」

「はい。失礼します」

そして今度こそ茂みを抜けて慌ただしく走り去った彼女を見送ったグラディクトは、再び仰向けに転がって青空を眺めながら呟《つぶや》く。

「アリステア・ヴァン・ミンティアか……」

その時の彼の顔には、満足げな微笑みが浮かんでいた。


そんな彼の穏やかな心境とは裏腹に、アリステアは廊下を走りながら心の中で狂喜乱舞していた。

(やった――っ!!　まさかあんな所で、グラディクト様とお知り合いになれるなんて！　しかも本の通りの台詞を口にして励ましてみたら、殿下が凄く感激してくれたし！　作者のマール・ハナーって、実は預言者か何かじゃないの？　本当に凄いわ!!)

そんな浮かれたことを考えてから、アリステアは先程のグラディクトの様子を思い返した。

(殿下を遠目で見た時は、お供の人達を引き連れてキラキラ輝いていて、悩みなんて全くなさそうだったのに……。あの本に書いてあるような、横柄で自己中心的で、自分の才能をひけらかして他人を相対的に見下すことで優越感を感じる人って、本当に存在しているのね。婚約者があれじゃあ、幾らなんでもグラディクト様がお気の毒だわ)

アリステアは《クリスタル・ラビリンス〜暁の王子〜》での《悪役令嬢メレジーヌ》のイメージをそのままエセリアに当《あ》て嵌《は》め、本気で憤慨した。

(もう《クリスタル・ラビリンス》は、私にとっての聖書《バイブル》だわ！　この本の通りに行動していけば間違いないわよ！　きっとグラディクト殿下と一緒に、私も幸せになれるわ！)

アリステアはグラディクトに対しても、有能であるが故に周囲からの重圧に押し潰されそうになっている上、常に一歩先を行く優秀な婚約者に密かに見下されているという主人公の相手役の設定をそのまま当て嵌め、共に状況を好転させていく決意をした。

「うふふ……、本の通りに事を進められたら、未だに私を利用するつもりの父親や継母《ままはは》達を見返せるだけではなくて、あの人達に裁きを下してあげられるわ！《クリスタル・ラビリンス》のように最後は悪辣な婚約者を排除して、絶対にグラディクト殿下と幸せになってみせるから！」

思わずそう叫んだところで廊下に面した少し先のドアが開き、中から一人の年配の女性が憤慨した様子で怒声を放った。

「授業の時間帯に、廊下で騒いでいるのは誰ですか!?」

アリステアの姿を認めたその女性教授は、怒りを抑えながら彼女を促す。

「……アリステア・ヴァン・ミンティア。授業はもう始まっています。早く教室にお入りなさい」

「はい。教授もご苦労様です」

授業に遅れたことを神妙に謝罪するどころか、微笑みながら馬鹿にしているとしか思えない発言をして横を通り過ぎたアリステアに、その教授は激怒した。

「誰のせいで、余計な労力を使っていると思っているのです！　さっさと席に着きなさい！」

「どうして怒るの？　『ご苦労様です』って労《いたわ》っただけなのに。これだから行き遅れのオバサンは怒りっぽくて嫌だわ」

ブツブツと不満げに呟きながら、アリステアは全く反省の色を見せずに空席に座った。そんな彼女に軽蔑の視線を向けながら、同じクラスの生徒達が囁《ささや》き合う。

「本当になんなの、あの方……」

「場を弁《わきま》えないにも、程があるわよね」

そんな周囲の囁きを聞きながら、彼女と同じクラスになっていたミランは、呆《あき》れ顔《がお》で考え込んだ。

(彼女はまともに授業を受ける気がないのか？　それにはっきりとは聞こえなかったが、グラディクト殿下がどうとか、廊下で叫んでいたみたいだし……。近々エセリア様に教養科の様子を報告する予定だから、彼女のことも一応報告内容に入れておくか)

そこまで考えてからミランは気持ちを切り替え、再開された授業内容に意識を集中した。

第十章　婚約破棄プロジェクト、本格始動

新年度になり進級したエセリア達は、希望する専科ごとにクラス分けがされた。それによる環境の変化に多少は戸惑ったものの、半月も過ぎればすっかり落ち着いた学園生活を送っていた。

その日、エセリアは密かに友人達と連絡を取り、授業終了後に彼らをカフェで待ち受けていた。

（少し懸念していたけど、アリステアは私と違う寮の所属になったし、専科と教養科では教室のある棟も異なるから、積極的に会おうとしなければ彼女と遭遇する危険性は殆どない筈。私と同じ貴族科下級学年のグラディクトも、彼女と接触する機会は滅多にない筈だけれど、油断はできないわ。彼女と同じクラスになったと知らせてきたミランに、今日はきちんと様子を聞いてみないと）

約束の時間よりかなり早く来てしまったエセリアが、不安要素を頭に思い浮かべつつ無意識に眉根を寄せて考え込んでいると、控え目に声がかけられる。

「エセリアお姉様、今お邪魔してもよろしいですか？」

「え？　マリーリカ、久しぶりね！　会えて嬉しいわ。アーロン殿下も、ご無沙汰しております」

予期していなかった母方の従妹《いとこ》との遭遇に、エセリアは笑顔で立ち上がった。次いで一緒にいたアーロンに深々と頭を下げたが、それを見た彼は朗らかに笑いながら応じる。

「エセリア嬢、ご挨拶ありがとうございます。ですが学園内では、基本的に身分の差はないことになっております。あなたの方が上級生でもありますので、それくらいにしてください」

「そうですね。新入生に指摘されるとは、私もまだまだです」

「いえ、宜しくご指導ください。ところで少しお話ししたいのですが、同席しても構いませんか？」

「はい。実は友人達と待ち合わせの時間まで、暇を潰しているところでした。お相手していただければ嬉しいです」

「それは良かった。じゃあマリーリカ、少しだけご一緒しよう」

「はい」

親しげに声を掛け合いながら椅子に座った二人を見て、エセリアは微笑ましく思いながらも、その一方で胸中には不安が頭をもたげてきた。

（同学年だし、普通に考えればアリステアはミランやアーロンのルートに入る可能性が高いのよね……。既に彼女が接触していないか確認したいけど、マリーリカが一緒だと聞き出しにくいわ。どう話を進めれば良いかしら？）

エセリアは密かに悩んだが、とにかく探りを入れてみようと口を開いた。

「あなたが入学したのは勿論知っていたけど、お互い色々忙しくて今まで顔を合わせる機会がなかったわね。入寮してから半月は経過した筈だけと、慣れたかしら？　基本的に身の回りのことは自分でしなければいけないし、大変ではない？」

まずは従姉《いとこ》として、懸念していた寮生活について尋ねた。しかしマリーリカは笑顔で応じる。

「はい、なんとか大丈夫です。さすがに色々と戸惑うことは多かったですが、以前から姉達やエセリアお姉様から色々話を聞いていましたので、入寮を楽しみにしておりました」

「それなら良かったわ。何か分からないことがあったら、遠慮なく聞いて頂戴」

「ありがとうございます」

そこでアーロンが、笑いながら会話に加わる。

「私も日々、新鮮な驚きで一杯です。王宮では身の回りのことを自分でしようとすると『使用人の仕事を奪う気ですか！』と怒られますから」

「それでも、きちんとなさっておられるみたいで安心しました。ちゃんと自分でトレーを運んでいらっしゃいますし」

「自分が飲む物ですから、皆と同様にしているだけです」

そう言って苦笑したアーロンは、自らトレーで運んできたカップの中身を口にした。しかしグラディクトが今でも側付き達にトレーを運ばせていることを知っていたエセリアは、その様子を見て（少しは弟君を見習って欲しいわね）と、無言で溜め息を吐く。そこで気分を変えるべく、マリーリカに視線を向け、少々からかうことにした。

「学園生活が順調そうで良かった。アーロン殿下とも随分親しくさせていただいているみたいだし」

「あ、ええと……、その、これは……」

途端に顔を赤くしたマリーリカの横で、爽やかな笑みを浮かべたアーロンが事もなげに告げる。

「今までより頻繁にマリーリカと顔を合わせる機会に恵まれたのですから、この際婚約者として親交を深めようと思いまして。勿論、節度は守っておりますので、ご安心ください」

「せ、節度って！　アーロン!?」

アーロンに向き直ったマリーリカが狼狽《ろうばい》した声を上げた。それを見たエセリアはなんとか笑うのを堪えつつ、彼の台詞に悪乗りする。

「それは何よりでした。下手をすると殿下を扇で打ち据えなければいけない羽目になりはしないかと、一瞬心配してしまいましたもの」

「おっ、お姉様!?　打ち据えるって!!」

「これは怖い従姉《いとこ》殿だ。それともこの場合、義姉上《あねうえ》とお呼びしたほうが宜しいですか？」

「グラディクト殿下とは婚約者の関係ではありますが、今現在は殿下の身内ではございませんので、エセリア嬢で結構ですよ？」

「畏《かしこ》まりました」

エセリアは二人とのそんな気安いやり取りを楽しみながら、心の中で密かに安堵《あんど》していた。

(お兄様やお母様から、折に触れマリーリカ達の様子を聞いてはいたけど、殿下との仲が良好そうで本当に良かった。それにアーロン殿下って、本来のシナリオでは常に日の当たる場所にいる兄と比較されて、かなり鬱屈した性格だった筈なのに。見る限り、まるで兄弟の性格が入れ替わっているみたい。それもマリーリカにとっては良かったけれど)

そんなことを考えてから、エセリアは気を引き締めて本題に入った。

「マリーリカ、ちょっと聞きたいのだけど。入学後に、変な人に絡まれたりしていない？」

いきなり話題が変わったことに少々戸惑いながらも、マリーリカは素直に答える。

「いいえ、特に絡まれたような記憶は……。周りの皆様も教授方も、親切な方ばかりですし」

「それなら良いのだけど。この学園には色々な方が入学されるから、戸惑うことがあるかと思ったの」

「それは勿論、平民の方もいらっしゃいますから……」

そこで何かに思い至ったように不自然に口を閉ざしたマリーリカを見て、エセリアは嫌な予感を覚えた。

「マリーリカ、どうかしたの？」

「そう言えば平民の方ではありませんが、少々変わった方がおられると思ったことはあります」

「どういうことかしら？」

詳細を尋ねてみると、マリーリカに代わってアーロンが説明を始める。

「わざわざエセリア嬢のお耳に入れることでもないと思うのですが……。ミンティア子爵家のアリステア嬢が私達《わたしたち》と同学年なのですが、クラスの異なる彼女と先週まで割と頻繁に遭遇していました」

「殿下がですか？」

「はい。マリーリカも殆ど一緒に遭遇していますが」

（やっぱり、既にアリステアが接触していたのね……）

予想通りの名前が出て、エセリアは顔が引き攣《ひ》《つ》りそうになるのを何とか堪えながら質問を続けた。

「具体的には、どのようなことがあったのですか？」

「回廊を歩いていたらはるか前方で転んで呻《うめ》き声を上げていたので、マリーリカが駆け寄って助けようとしたら『余計な真似をしないで』と手を払い除けて立ち去りました。その二日後には廊下の曲がり角から飛び出して来て、私の前方を歩いていた生徒と衝突して派手に転び、『どうして王子の前を歩くのよ！』と相手に食ってかかって教授室に連行されていましたね。その翌日には授業棟の出入口で転び、背後を歩いていた生徒が彼女を踏みつけて転んで、摑《つか》み合《あ》いの喧嘩《けんか》になっていました」

「……随分と、転びやすい方みたいですね」

（確かにアーロンルートとグラディクトルートでヒロインが二人と知り合うきっかけは、どちらも目の前で転んでしまった彼女を、彼らが助け起こすことだけど……。なんなの？　この空回りぶり。この様子だと、アーロン殿下が彼女に好意を抱いているようには見えないし）

そのエセリアの推測は、困惑しながらアーロンが語った内容で証明された。

「私達はクラスが異なりますから、直接見聞きしてはいませんが、どうも彼女は、周囲の評判が良くないみたいです。気品に欠けるというか、協調性が皆無というか……。所作の一つ一つがなっていない上、新入生歓迎の昼食会でも、テーブルマナーがまるで身についていなかったそうです」

「それは……」

話を聞いたエセリアは（仮にも貴族なのに、それはどうなの？）と内心で呆《あき》れたが、マリーリカも僅かに顔をしかめながら説明を加える。

「それだけなら素直に所作や態度を改めれば良いだけの話だと思うのですが、彼女はそれを周りから注意されても『両手に荷物を持っているから、ドアを閉めるのに足を使うくらい良いじゃない』

とか『他人に迷惑をかけていないから、別に良いのに』とか、悪びれずに言ったとか。羽振りの良い商家出身の生徒のほうがよほど礼儀正しいと、教授陣の間でも噂《うわさ》になっているそうです」

「入学してからひと月も経過していないのに？」

本気で驚くエセリアに、マリーリカが小さく頷いて話を続けた。

「はい。特に彼女の家と同格の子爵家や男爵家出身の生徒達は『あんな方と同一視されたくない』と憤慨しています。それにいきなり私達を廊下で呼び止めたと思ったら、『あなたが僻《ひが》むのは分かるけど、王太子の座はグラディクト殿下の物よ。分を弁えておいた方が良いわね』と、面と向かって言い放ちましたの。アーロンは別に僻んだりなどしていないのに、なんて失礼な方だと思いました」

大真面目にそう訴えられたエセリアは、頭痛を覚えた。

（公衆の面前で、何を言っているのよ！　言って良いことと悪いことの区別もつかないわけ!?）

アリステアの傍若無人ぶりに呆れながら、エセリアは慎重にアーロンに確認を入れた。

「殿下。先程『先週まで割と頻繁に遭遇していた』と仰っておられましたが、そうなると最近は、その方と遭遇していないのですか？」

「はい。先程マリーリカが言及した時の話ですが、『お兄さんの足を引っ張るな』とか、『根暗が考え込むとろくなことにならないから』とか、他にも幾つか意味不明なことを言っていました。そして『私の役目は果たしたから』と満足げに告げて立ち去ってからは、一切接触していません」

「……それなら良かったですね」

（今の話で、完全にアーロンルートではないのが判明したわね。アリステアがアーロン殿下に気に

入られようと考えているなら、さっきのような暴言を吐く筈はないもの）

　これ以上、アリステアがこの二人には絡まないだろうと推察したエセリアは、密かに安堵した。そしてアーロンに対し、真摯に頭を下げる。

「これからも予想外のトラブルが起こるかもしれませんが、マリーリカをお願いします」

「こちらこそ、宜しくお願いします。それではご友人との約束のお邪魔をしては申し訳ないので、そろそろ失礼します」

「お姉様、また今度改めて」

「ええ、楽しみにしているわ」

　そして一人残されたエセリアは、先程の会話を思い返しながら思案する。

（だけど、さっきのアリステアが口にしていた台詞に、なんとなく聞き覚えが……。グラディクトルートで兄を蹴落すために色々と小細工をするアーロンを諫《いさ》めると、逆に叱責されて……。それを人伝《ひとづて》に聞いたグラディクトが、ヒロインの勇気を称《たた》えるのよね。ゲームのグラディクトルートをモデルにした《クリスタル・ラビリンス〜暁の王子〜》でも、その類の台詞を書いた覚えがあるから……）

　そこまで考えたエセリアは、微妙に顔色を悪くした。

（実際のアーロン殿下は闊達《かったつ》としていて小細工なんかしない方だし、見当違いのことを言われて当惑しただけで済んでいるけれど……。ひょっとしたらアリステアはグラディクト狙いで、実はもう接触しているとか？　もしグラディクトルートに入っているなら、私が悪役令嬢確定じゃない!?）

「……拙いかもしれない」

エセリアが思わず口に出して呟くと、斜め後ろから不思議そうなシレイアの声がかけられる。

「エセリア様、どうかしましたか？」

「あ、いいえ。なんでもないわ」

「そうですか？」

慌てて振り返り、笑顔を取り繕って誤魔化したエセリアだったが、その内心はかなり焦っていた。


その後、続々と約束をしていた者達がカフェに集結し、エセリア達は幾つかのテーブルを繋げてその周りを囲んだ。

「皆様。今日はお忙しい中、私の呼びかけに応じて集まっていただき、ありがとうございます」

まずエセリアが挨拶すると、ローダスが軽く周囲を見回してから控え目に確認を入れる。

「それは構いませんが、エセリア様。この顔ぶれを考えますと、学年末休暇中にお伺いした《例の件》で呼び出しがかかったと思いますが、こんな人目がある場所で話をして大丈夫でしょうか？」

誰に聞かれるか分からないと懸念しながら本題を曖昧にぼかして尋ねた彼に、エセリアは余裕で微笑んでみせる。

「その懸念は尤《もっと》もだけど、余人に聞かれて拙いことであれば、却《かえ》って人目があるほうが都合は良いわ」

「と仰いますと？」

「現時点で私達は、寮生活をしている学生です。ごく内密に話ができ、完全に外部と遮断する場所を確保するなど、ほぼ不可能。部屋の確保に関しては教授陣に依頼する必要があり、そこでこそこそと話し込んでいるだけで要らぬ憶測を呼ぶのは確実。それに狭い部屋だと、窓の外からや隣室の壁越しに盗み聞きされる可能性を考える必要があるでしょう」

理路整然とそんな説明をされたローダスは、改めて周囲を見渡してから納得したように頷く。

「なるほど……。人目がある場所で大っぴらに話し込んでいれば、逆に怪しまれないというわけですね？　加えてどこから誰が近づいて来ても、こちらはすぐに把握できますし」

「その通り。それに、楽しげに語り合っているところに無理に割り込んでくるような空気を読めない猛者が、この学園に在籍しているかどうか試してみたいわ」

エセリアが茶目っ気たっぷりにそう告げた途端、周囲から笑いが漏れた。

「参りました。やはりあなたはこの国と国教会にとって、誠に得難い存在です」

「ありがとう。光栄だわ」

ローダスと互いに笑顔で頷き合ってから、エセリアは他の者達にも一応警告した。

「そういうことですから皆様。各自の視界に人影が入って来たら、話の途中でもすぐに全員に警告してください」

「はい」

「分かりました」

そんな風に意思統一され、自身の婚約破棄に向けた《チーム・エセリア》が正式に発足したところで、エセリアは早速話を切り出した。

「それでは互いに初対面の方もいらっしゃるので、私から紹介させて貰います。まずこちらが騎士科上級学年のイズファイン様、お隣が官吏科下級学年のローダスとシレイア、こちらは私と同じ貴族科下級学年のサビーネ、それでこちらが今年入学した、教養科のミランとカレナです」

「宜しくお願いします」

「こちらこそ」

初対面同士の挨拶が済んだところで、エセリアは久し振りに顔を合わせたカレナに声をかける。

「カレナ、久しぶりね。ソラティア子爵がワーレス商会との取引を開始して、例の茶葉の栽培を受け入れ始めてから、商会経由で子爵領の話を聞いていたわ。順調そうで何よりね」

それにカレナが嬉々《きき》として答える。

「はい、この調子だとエセリア様がこの学園在籍中に、新種の茶葉の商品化までできそうです。販売の目途がついたら、真っ先にエセリア様に進呈しますので、楽しみにしていてください」

「それは嬉しいわ。ところで、あなたは今日の会合の内容を正確に知っているのかしら？　サビーネから推薦を受けたから、詳しいことは予《あらかじ》め知らせないままお呼びしたのだけど……」

念のために確認を入れてみたエセリアだったが、その心配は杞憂《きゆう》に終わった。

「勿論です！　あのカーシスを発表された頃から、私はエセリア様を尊敬しておりますもの！　それは、あの心に響く数々の名作を世に送り出された時に、更に深まりました！　こんな天賦の才能を王宮に閉じ込めて腐らせてしまうなど、もっての外です!!」

「そ、そう？　あの、カレナ？　一応、もう少し小さな声で喋《しゃべ》って貰えると嬉しいかも……」

顔を引き攣らせつつエセリアが控え目に懇願したが、すでにカレナはサビーネに向き直っていた。

「それから紫蘭会会員番号が三桁の若輩者にもかかわらず、エセリア様からお声がかかり、この名誉ある組織に推挙していただいたサビーネ様とシレイア様には、改めて心よりお礼申し上げます！」

それを聞いたサビーネは、隣席のシレイアと顔を見合わせてから微笑む。

「とんでもない。あなたのエセリア様の作品への愛は、私達から見ても素晴らしいと思えますから」

「ええ、偶々学年末休みにサビーネと一緒にワーレス商会に出向いた時、あの『紫の間』で熱く語っていたあなたの姿を見て、私もこの人なら信頼できると、心の底から感じました」

「サビーネ様、シレイア様……」

穏やかに微笑む二人と、感極まって涙ぐんだカレナを見て、他の者達は若干引きつつ遠い目をする。

「あの……、ええと……」

「そうか……、この子もあそこの会員か……」

「名誉ある組織……。婚約破棄を目論むなんて、下手すると不敬罪とか反逆罪に該当しそうだが」

そこで微妙な空気になってしまったものの、エセリアはなんとか気を取り直して話を戻した。

「それでは全員、この会合の主旨は理解されているようなので、話を進めます。グラディクト殿下との婚約を破棄したいという、私の意向は変わっておりません。昨年から少しずつ殿下の劣等感を煽《あお》って私に愛想を尽かすように裏工作してきましたが、どうしてもそれだけでは不足だと思いますので、新たな方策を追加しようと考えています」

「新たな方策とは？」

「殿下に、私以外の想《おも》いを寄せる女性を作っていただくのです」

「…………」

エセリアが冷静にそう口にした途端、その場が静まり返った。そして互いに顔を見合わせてから、シレイアが控え目に反論してくる。

「エセリア様。それは少々……、いえ、かなり無理があると思います」

「あら、どうしてそう思うの？」

分かっていながらも敢《あ》えてエセリアが尋ねると、シレイアは順序立てて解説し始めた。

「第一に、エセリア様を排除して王太子妃に据える令嬢となると、上級貴族の中でも公爵家か侯爵家までの家柄の方になります。しかし殿下と釣り合う年齢で、現時点で婚約者が未定の方がどれだけおられるでしょうか？　婚約者が既におられた場合はそちらの婚約破棄も関係してきますので、体面を重んじる周囲が黙ってはいないでしょう」

「そうでしょうね。それにあなたが懸念する材料は、それだけではないわよね？」

エセリアの問いかけに、シレイアは小さく頷く。

「第二に、それらのご令嬢は既に社交界やこの学園内で、エセリア様の優秀さを目の当たりにしておられる筈です。ですから取って代わろうなどという気概のある方は、そうそうおられないのでは？」

「案外、探せばいるかもしれないわよ？」

「ご冗談を」

苦笑いしながら短く答えたシレイアは、すぐに真顔になって再び主張を続けた。

「第三に、伯爵家までを含めた上級貴族の方ではなく、下級貴族の令嬢が殿下の相手の場合、それまで通りエセリア様を王太子妃に据えた上で、その令嬢を側妃にすれば良いだけの話ですから、婚約破棄などという話にはなりえません」

そうシレイアが話を締めくくると、エセリアは笑顔で小さく拍手する。

「さすがはシレイアね。正確に全ての問題点を押さえているわ」

「エセリア様？　褒めるところではないと思うのですが？」

「ごめんなさい、つい。だってこれ以上はないくらい、あなたが簡潔に纏《まと》めてくれたものだから」

そこで笑ってシレイアを宥めてから、エセリアは真面目な顔つきになって核心に触れた。

「それらを踏まえて私なりに検討した結果、グラディクト殿下に下級貴族の令嬢を正妃に据えたいと考えて貰えれば良い、という結論に達しました」

「…………」

彼女がそう発言した途端、先程よりも重い沈黙がその場に漂った。

「エセリア嬢……、それは幾らなんでも不可能です。どうしたら殿下が、そんなことを考えるようになるのですか？」

少しの沈黙の後、啞然《あぜん》とした表情ながら最年長らしく言い聞かせてきたイズファインに、エセリアが苦笑しながら答える。

「殿下と相手の女性が、私のことをとんでもなく底意地が悪くて嫉妬深い、悪の権化の《悪役令嬢》だと思い込めば良いのではありませんか？　そうすれば『そんな女性を、未来の王妃の座に据えるなど言語道断』と決断し、お二方自ら色々と画策してくださると思われます」

「はぁあ？」

「ちょっとローダス。幾らなんでも失礼よ？」

思わず呆《あき》れ返《かえ》った声を上げたローダスを、シレイアが渋面で窘めたが、彼は憮然として言い返す。

「だがエセリア様をそんな風に思っている女生徒など、学園中どこを探しても存在するわけがないじゃないか。確かに殿下を筆頭に、エセリア様の才能に嫉妬している人間は少なからず存在している。しかしそこまで悪辣に考える人間は余程頭が足りないか、悪意に満ちた考え方しかできない奴だ」

「いえ……、ちょっと待ってください」

「ミラン？」

ここで先程から何やら考え込んでいたミランが、控え目に会話に割り込んだ。突如慎重に話し始めた彼に、一同の視線が集まる。

「入学前にエセリア様から依頼されていた通り、教養科内の観察をしていたのですが……。妙にエセリア様に失礼と言うか、対抗意識を隠そうともしない女生徒が一人存在しています」

そこで思い当たる節があったらしいカレナが、殆ど確信した口調で確認を入れる。

「ミラン。それは、アリステア・ヴァン・ミンティアのことよね？」

「隣のクラスにも噂が伝わっていたか……」

「学年中に広がっていると思うわ」

うんざりした表情になったミランと困惑気味のカレナを見て、他の者は何事かと顔を見合わせた。

「彼女は、女生徒達がエセリア様の話で盛り上がっていると、『見た目に騙されるなんて恥ずかしいわ』とか『あなた達《たち》のような大勢に流される人間が、この国の将来を考えるなんて無理な話ね』とか一方的にまくし立てて、その都度周囲の反感を買っています」

ミランの話を聞いたシレイアが、心配そうに尋ねる。

「それで女生徒達の間で論争になったり、喧嘩になったりしないの？」

「彼女の発言の意味がよく分からない上、的外れな主張が殆どで、クラスの者達は何を言われても聞き流して無視を決め込んでいますから、現時点では大した問題にはなっていません」

「そうなの。それは良かったけど……」

(本当に周りに、まともに相手にされていないみたいね)

そこでシレイアはなんとも言えない表情になり、エセリアはその光景を想像して無言で項垂《うなだ》れた。

「そうかと思えば、妙にグラディクト殿下推しで。『立っているだけで存在感が違う』とか『本当は優秀なのに、敢えてそれをひけらかさない謙虚な方だ』とか声高に主張して、周囲に同意を求めてはあからさまに無視されて、一人で勝手に憤慨しています」

それを聞いたサビーネとシレイアは、揃って冷笑した。

「あらまあ……、『存在感』ですって？　『残念感』ではなくて？」

「『敢えてひけらかさない』？　隠し持っている能力がおありなら、今すぐ見せていただきたいわ」

「それは、少々言い過ぎでは……」

「……辛辣だな」

思わずイズファインが顔を引き攣らせ、ローダスが苦笑する中、ミランはうんざりとした表情を隠そうともせずに話を続ける。

「それ以上に授業態度も酷《ひど》く、時々午後の授業に遅刻しています。それを教授が咎《とが》めると、昨日などは『私は将来のこの国にとって、あなた方よりはるかに有意義なことをしています！』と叫んで逆切れしていました。もう本当に、訳が分かりません」

「教授に対して、そんな口答えをするとは……」

「信じられないわ」

「一体、どういう育ち方をしてきたんだ？」

「ミンティア子爵家は学園の生徒を介して、社交界で悪評が広まることを懸念していないの？」

他の面々は唖然としてアリステアの不作法ぶりに顔をしかめていたが、《クリスタル・ラビリンス》のストーリーを把握しているエセリアにはピンときた。

(それって、あれよね……。昼休みのグラディクトとの、中庭での密会。一応グラディクトルートのストーリー通りに、話が進んでいるのかしら？　確かに最近グラディクトも、午後の授業をサボることが多かったわね。前々からあまり熱心に授業を受けていなかったから、そんなに気にかけてはいなかったけど、こっそり二人が会っていたのなら合点《がてん》がいくわ)

エセリアは素早く考えを巡らせてから、男性陣に尋ねる。

「三人は、これまでにそのアリステア嬢と遭遇したり、お知り合いになったりしていないかしら？　例えば図書室で同じ本を借りようとしたとか、彼女の忘れ物を届けたとか、木の枝から落ちてきた虫を取ってあげたとか」

「いいえ。全くそんなことはありません」

「初めて聞いた名前ですね」

「彼女はグラディクト殿下以外の人間は、平民どころか貴族を含めて眼中にない様子です」

（皆に変に隠している様子はないし、グラディクトルート以外は考慮しなくても良さそうね）

イズファインは不思議そうに、ローダスは淡々と、ミランに至っては呆《あき》れ果《は》てた様子での返答に、エセリアは安堵した。

「思うのだけれど、既に殿下はそのアリステア嬢と接触しているのではないかしら？」

「え？　そんな馬鹿な。あり得ませんよ」

「学年が違いますし、二人の接点はない筈です」

「それに殿下はいつも側付きの方を引き連れていますから、見慣れない方が近づけば排除されますし、噂にもなると思いますが」

唐突に告げられた内容に全員が戸惑い、そんな彼らを代表するようにサビーネが指摘すると、エセリアが冷静に問い返す。

「でもサビーネ。最近殿下は午後の授業を欠席したり、かなり遅刻されることが多いでしょう？」

「言われてみれば、確かにそうですが……」

エセリアと同様貴族科のサビーネが最近の様子を思い返していると、それを聞いたシレイアは「王太子のくせに、他の生徒の模範になる気はないわけ？」と小さく悪態を吐いた。それを聞き流しながら、ローダスが慎重に確認を入れる。

「まさか本当にグラディクト殿下が、昼休みから午後の授業の時間にかけて、側付き達の知らない所でその女生徒と会っているのでしょうか？」

「そう考えれば、辻褄《つじつま》が合うのではないでしょうか。殿下は私に良い感情を持たれていないので、それに影響された彼女が私を否定しつつ、殿下を持ち上げようとしているとは考えられませんか？」

「確かに、筋は通っていますね……」

「先程の推察通りであれば、グラディクト殿下は彼女に好意を持っている筈。そこで私が彼女に嫉妬して罵倒したり暴虐の限りを尽くすことになれば、殿下はそんな傍若無人な私を排除して、彼女を婚約者に据えようと考えると思うのです」

「…………」

エセリアがさらりと告げた内容を咄嗟《とっさ》に理解できず、周囲の者達は啞然として固まった。しかし付き合いが長い分、いち早く気を取り直したミランが、もの凄く疑わしげな眼差《まなざ》しを彼女に向ける。

「あの……、エセリア様？　今『暴虐の限りを尽くす』とか聞こえましたが、まさか本当にそんなことをするつもりですか？」

「まさか。間違っても、そんなことはしないわよ。その証拠を握られて糾弾されたら、私だけではなく家の名前にまで傷がつくもの」

「はい？」

「だから殿下がそう思い込むよう、そして彼女自身が被害者であると自作自演するよう、こちらから密かに働きかけて、そう持ち込んでいくのよ。ミラン、分かった？」

「またそんな無茶苦茶な……。この人は本当に、突拍子もないことを次から次へと……」

テーブルに両肘をつき、両手で頭を抱えたミランの行為は、本来お茶を飲む時のマナー違反ではあるものの、彼の心情が十分に理解できた面々は、見て見ぬふりをして咎めようとはしなかった。

「エセリア様。さすがに私もそのように上手《うま》く事を運ぶのは、なかなか難しいと思います」

その場全員を代表して述べられたローダスの正直な意見に、エセリアも神妙に頷き返す。

「確かにそうでしょうね。……だけどローダス、シレイア。難しければ難しい程、成し遂げた時の達成感と喜びが大きいのではないかしら？　この際、年間総合成績学年一位と二位の聡明《そうめい》なお二方の活躍に、大いに期待したいのだけれど」

そう言って優雅に微笑んだエセリアを見て、二人は揃って呆気《あっけ》に取《と》られ、次いで含み笑いで彼女に問い返した。

「それは……、私達に対する挑戦ですか？」

「年間を通して、常に成績優秀者として名前が挙がっている方にそう言われましても」

そう言っておかしそうにクスクスと笑ってから、二人は真剣な表情でエセリアに宣言した。

「分かりました。私達で方策を考えてみましょう」

「幸い対象のお二人は、御し易そうな方ですし。官吏志望としては、腕の見せ所ですわね」

「シレイア……。官吏の仕事は、人を操ることではないぞ？」

「勿論、分かっているわ。使えない人間を自分の都合の良いように誘導するのは官吏の仕事そのものではなく、仕事を円滑に回すための手段の一つよ」

「一理あるな。それなら詳細は追々詰めるとして、いつでも動けるように準備をしておこう」

そこでローダスは、早速ミランに声をかける。

「ミラン。ワーレス商会で用立てて貰いたい物が幾つかあるから、頼まれてくれないか？」

「そうね。あの二人と直接接触して働きかける可能性もあるし、その時に身元が露見しないように色々考えておかないといけないわね」

「分かりました。リストを作って貰えれば、すぐに取り寄せます」

「お願いね、ミラン」

エセリアはそう声をかけてから、改めて参加者全員を見回しつつ依頼した。

「それではローダスとシレイアには当面今後の基本方針を考えて貰って、ミランとカレナには引き続きアリステアの、サビーネには殿下の監視と周辺の情報収集を、イズファイン様には専科上級学年と貴族間の情報収集をお願いします」

「分かりました」

「お任せください」

全員が笑顔で請け負ってくれたのを見て、エセリアは頬が緩むのを抑えられなかった。

（これからがいよいよ本番だわ。なんだか段々、楽しくなってきたわね。絶対私のバッドエンドを回避しつつ、グラディクトとの婚約破棄に持ち込んでみせようじゃない！）

それからエセリアは、皆と他愛のない話をしながら楽しいひと時を過ごした。

同じ頃、図書室に併設された自習室では、グラディクトとアリステアが椅子を並べ、広々とした机に広げたノートを覗《のぞ》き込《こ》みながら何事かを書き込んでいた。

「それで……、ここでこの部分を持ってくると……」

「ああ、なるほど。漸《ようや》く分かりました！　殿下は、凄く教え方が上手ですね！」

「いや、それほどでもないが……」

散々手こずっていた問題が解けたことで、アリステアに感謝と尊敬の眼差しを向けられたグラディクトは、まんざらでもなさそうに応じる。しかし彼女が取り組んでいた問題はごく初歩的なもので、本来であれば褒められて喜ぶ以前に、彼女の学習進度の遅さに疑問を持つべきであったが、残念なことにグラディクトはそれには思い至らなかった。

「教授も殿下くらい、丁寧に教えてくれれば良いのに……」

無念そうに呟かれた言葉に、グラディクトが即座に反応する。

「アリステアのクラスを担当している教授は、きちんと指導しないのか？」

「はい。どんどん教科書の内容を進めてしまうんです。授業中に質問の時間を設定していますけど、きちんと教えてくれません。『放課後に聞きに来なさい』と言うばかりで」

「なんて教授だ。怠慢にも程があるぞ」

教授にしてみれば教えているのは彼女一人だけではなく、限られた授業時間内で個別に一から教えることが不可能な故であったが、彼女の話を聞いたグラディクトは本気で腹を立てた。そもそも官吏を目指す平民の生徒は学力や理解力が高く、貴族の生徒も入学前にある程度の基礎学力は身につけている。そのため貴族でありながら真っ当な教育を施されず、修道院で保護されてからも十分な教育を受けられなかった彼女が授業について行くのは至難の業だった。

心配した教授が放課後に個別授業をしようと指名したものの、その時周囲から漏れた嘲笑の囁きを聞き取った彼女は、教授が他の生徒たちと共謀して自分を馬鹿にしていると被害妄想を募らせた結果、個別授業を無断ですっぽかすという、非礼にも程があることをやらかしていたのだった。

「きっと私が下級貴族だから、馬鹿にしているんです。周りの人に質問しても、その侯爵家の人は『普通に授業を聞いていれば分かる内容よ？』と言って、解き方を教えてくれなくて……」

その他にも、同年代の生徒から指導を受ければ、さすがに恥じて自主的に勉学に励むのではないかと考えた教授は、クラス内で優秀な生徒にアリステアの指導役を依頼していた。しかしその女生徒も、すぐに彼女の理解力と根気のなさに呆れ果てて匙《さじ》を投げたというのが事の真相だったのだが、そんなことなど知りようもないグラディクトは、アリステアの主張をそのまま鵜《う》呑《の》みにした。

「なんと失礼な奴だ！　そんな奴に頭を下げて教えて貰わなくても、これからは私が教えるから」

「ありがとうございます！　でも私なんかと一緒にいると、殿下にご迷惑がかかりませんか？」

心配そうに周囲を見回しながら尋ねてきた彼女に、グラディクトは（なんて謙虚で他人の立場を思いやれる優しい子だ）と密かに感動しつつ、笑って宥める。

「自習室で勉強を教えることで、どうして迷惑がかかるんだ？　困っている下級生を助けるのは上級生として当然のことだし、私には何もやましい所はない。難癖をつけるような奴らのほうが、性根が曲がっているというだけの話だ。アリステアが気にすることではない」

「そうですよね……。分かりました。宜しくお願いします！」

「ああ。それでは次の問題に取り掛かろう」

そう言って二人は気分良く勉強を再開する。同様に自習室を利用しようとしていた女生徒達が、そんな彼らの姿を見て足を止めた。

「あら、グラディクト殿下だわ。自習室におられるなんて、珍しいわね」

「でも、一緒にいる方はどなた？」

「さあ……。お見かけしない顔ね」

彼女達《かのじょたち》は不審そうに、楽しげに語り合う二人を眺めてから通り過ぎたが、その後学園内でエセリア達が誘導するまでもなく、とある噂が静かに広まっていった。


翌日の準備を済ませ、後は寝るだけという時間帯。エセリアはマリーリカの突然の来訪に驚きながら、寮の自室に招き入れた。

「お姉様。夜遅くにお邪魔して、申し訳ありません」

「構わないわよ、マリーリカ。何か相談事があるなら、遠慮しないで？」

「相談ではなく、報告と言いますか……。単なる告げ口みたいで、どうかとも思うのですが……」

「マリーリカ？」

小さなテーブルを挟んで座りながら、何故《なぜ》か言い難そうに口ごもった従妹にエセリアは首を傾《かし》げた。そのまま様子を窺《うかが》っていると、少ししてマリーリカが思い切ったように話を切り出す。

「エセリアお姉様は、最近グラディクト殿下が、以前私達が話題に出したアリステア・ヴァン・ミンティアと、良く一緒におられることをご存じですか？」

（やはり相当噂になっているのね……。マリーリカは率先して噂話に花を咲かせるタイプではないから、周囲に促されたのかしら？　今後のこともあるし、きちんと言い聞かせておく必要があるわね）

それはある程度予想していた内容であり、エセリアは全く動じずに穏やかな口調で語りかけた。

「マリーリカ。心配させてしまったみたいだけど、それに関しては既に把握しているわ」

「そうでしたか。出過ぎた真似《まね》をして申し訳ありません」

「良いのよ。それだけ私のことを、心配してくれた結果だから。それは凄く嬉しいけど、普段から言動に注意しなくてはね」

「お姉様？」

急に口調を厳しいものに変えた従姉《いとこ》に、マリーリカは戸惑った顔つきになる。

「あなたが他人の噂話を、進んで広めるタイプだとは思っていないわ。恐らく周囲の方に『王太子殿下が軽々しく下級貴族の女性を近づけるのは王家の威信に関わる。従妹《いとこ》でありアーロン殿下の婚約者たるあなたから、エセリア様に注意を促すべきでは』などと進言されたのではない？」

「はい。確かにそのように言われました」

「その方の意見には確かに一理あるけれど、本心から現状を憂いた上での発言かどうか……。真《まこと》に王家の威信や体面を危惧しているのなら、あなたを介さず直接殿下に意見するべきではない？」

「でもその方も、ここの一生徒に過ぎませんし……」

「それでも相手の女性に対して、『身の程を弁えてはどうか』くらいの意見はしても良いでしょう？　その方に、そのような気配はあるかしら？」

「……いえ、ありません」

難しい顔になって断言したマリーリカに対して、エセリアは殊更不安を煽るような言い方をした。

「だからこの場合、かなり作為的なものを感じるの。仮に私が直接殿下に意見したとして、すんなり受け入れてくださるとは思えない。寧ろ、反発される筈。更に私が『アーロン殿下も王家の威信に傷がつく可能性を懸念されている』などと口にしたら、最悪の場合、どうなるか想像してみて？」

「…………」

そう問われたマリーリカは、顔色をなくして黙り込んだ。そんな彼女を宥めるように、エセリアは優しく言い聞かせる。

「あなたとアーロン殿下との婚約が成立した時、お二方の微妙な力関係、つまり側妃お二方のご実家の力関係に関しての説明を受けたわよね？　現状では両派の均衡は保たれているけれど、それを苦々しく思ったり、自分の利益のために崩したい方がそれなりに存在しているわ。今後はそれを十分に考えて、普段の言動に注意して欲しいの」

「はい、重々気をつけます。ですがお姉様、本当に放置しておいて宜しいのですか？」

気遣うような問いかけにエセリアが、笑いながら即答する。

「放置するつもりではないけど、あなた達の手を煩わせるつもりもないわ。賢《さか》しげに意見をするような者には、私は既に状況を把握しているし、必要に応じてきちんと対応すると言っておいて頂戴」

「分かりました。今後は『エセリアお姉様がきちんと状況を把握されている以上、対応をお任せするのが当然です。あなたはお姉様の判断を信じられないの？』と言い聞かせるようにします」

「上出来よ。アーロン殿下も色々と思うところがおありだと思うけど、この問題を変にこじれさせないためにも、あなたがその時々きちんとフォローしてくれると助かるわ」

「はい。将来、義理の姉妹になるのがエセリアお姉様で、本当に心強いです」

「私も、あなたと隔意なく話せる間柄なのを、嬉しく思っているわ」

そう言って楽しげに笑い合いながら、エセリアは心の中で密かにマリーリカに詫《わ》びた。

(ごめんなさい、マリーリカ。あなたに真実を言えなくて。でも真面目なあなたと王太子の座を奪い取る気など欠片《かけら》もないアーロン殿下に婚約破棄を目論んでいることを正直に打ち明けたりしたら、絶対に非難されて翻意を促されるに決まっているもの。この企《たくら》みが露見する危険は冒せないわ。でもこれでアーロン殿下とマリーリカは、アリステアについて進んで関与してこなくなるわよね)

心苦しく思いながらもそんな風に安堵していると、マリーリカが思い出したように言い出す。

「ところで、お姉様の意見を伺いたいことがもう一つあるのですが」

「あら、何かしら？」

「今日、放課後に上級生の方々から、剣術大会とそれに向けて参加する係の説明がありました」

それを聞いたエセリアは、もうあれから一年が経過したのかと、感慨深く思い返す。

「剣術大会は今年から正式に学園の年間行事に組み込まれて、進級直後には実行委員会が発足したものね。あれは準備期間が長いから」

「今月中に希望の係を取り纏《まと》め担当者に申し出るのですが、少し迷っています。上級貴族の女生徒は接待係が殆どだと伺いましたが、刺繍《ししゅう》や小物係も楽しそうだと思いまして」

本気で悩んでいるらしい表情を見て、エセリアは笑顔でアドバイスした。

「それなら遠慮せず、好きな係に申し込みなさい。去年も上級貴族の女生徒で、そちらの係でしっかり働いていた方が何人もいらっしゃったわ」

「本当ですか？」

「ええ。交友関係も広がるし、私としてはどちらかと言うと接待係より刺繍係か小物係を勧めるわ」

「分かりました。やはりお姉様に相談してみて良かったです」

「色々大変だとは思うけど、これも勉強の一つだと思って頑張ってみて」

そこでマリーリカは晴れ晴れとした笑顔で立ち上がり、エセリアに向かって一礼した。

「それではお姉様、遅くに失礼致しました」

「ええ、お休みなさい」

そうして彼女を送り出したエセリアは読みかけていた本を取り上げて読書を再開しようとしたが、すぐに意識は今後のことに向いてしまった。

(アリステアのことがかなり噂になっているようだし、ここは一つ悪役令嬢らしく、少々嫌みと暴言を垂れ流しておこうかしら？　勿論、時と場所はこちらできちんと選ぶけど。……そういえば本来の《クリスタル・ラビリンス》のストーリーに従うなら、そろそろあの話が持ち上がる頃よね。この際、あれと纏めて対応しましょうか)

そこで本来ヒロインが発案するイベントの内容を思い出したエセリアは、完全に読書する気をなくして本を放り出し、それから寝るまでの時間、考えを巡らせていた。

「どうしよう……。本ではああいう風に書いてあるけど、殿下に言っただけで本当に新しい行事が開催されるのかしら？　でも、殿下の私に対する好感度を上げていきたいし、取り敢《とあ》えず言うだけ言ってみよう」

「私がどうかしたのか？」

「あ、グラディクト様！　なんでもありません、つまらない独り言ですから！」

「そうか」

自習室でグラディクトを待ちながら、《クリスタル・ラビリンス～暁の王子～》の内容を思い返していたアリステアは、背後から聞こえた声に慌てて振り返り、下心丸出しの呟きをなんとか誤魔化した。それから二人で勉強を始め、一区切りついたところで控え目に話を切り出す。

「あの……、グラディクト様。最近周りの方から、私のことで色々言われたりしていませんか？ここで勉強を教えて貰っていると、それなりに人目につきますから」

それを聞いたグラディクトは一瞬顔をしかめたが、すぐになんでもないように答える。

「確かに側付きの奴らが少々くだらないことを言っていたが、特に問題はない」

「そうですか……、申し訳ありません。周りの皆に私が有能な人間だと認めて貰えれば、殿下が色々言われなくても済むと思うのに……。残念ですが、私の取り柄はピアノくらいですから」

如何《いか》にも残念そうにそう告げると、グラディクトが反射的に問い返す。

「ピアノ？　アリステアは結構弾《ひ》けるのか？」

「はい。ピアノだったら、少しは自信があります。でも学園内では、それを全校生徒の前で披露する機会などはありませんから……」

「確かにそうだな……」

意気消沈して項垂れる彼女に咄嗟にかける言葉が見つからなかったのか、グラディクトは曖昧に頷く。そこで彼女は、何気ない口調を装い言葉を継いだ。

「昨年グラディクト様が剣術大会を発案されて大成功を収めたと聞きましたが、そういう催し物が音楽の分野でもあれば、皆さんに私のことを少しでも認めて貰えると思うのに……。凄く残念です」

「音楽で？」

「はい。でも大会などと仰々しく銘打って技量を競って勝敗を決めたりしないで、日頃の練習の成果を発表して生徒全員で楽しむ主旨の音楽祭のようなものを、開催できたらと思いますけど……」

「…………」

表情を消して黙り込んだグラディクトに、アリステアは幾分不安そうに声をかけた。

「グラディクト様？　……あの、変なことを口走って、申し訳ありません。無理ですよね？　新しい行事を立ち上げるなんて、そんな難しいこと」

「いや、そうではない。ちょっと感動しただけだ」

「え？　どうしてですか？」

自分の台詞を遮って力強く告げてきたグラディクトに戸惑うアリステアをよそに、彼は顔を僅かに上気させながら真剣な口調で語り出した。

「秀でた生徒の陰に隠れて目立たない生徒は、学園内に多数存在している。しかしその中に、光る一芸を持っている者が数多くいる筈だ。そのような者達に配慮し、更に単なる優劣を競うのではなく、皆で楽しめるような行事があればと希望するとは……。君は本当に無私の人間だな。感動した」

「グラディクト様。私はそのような、大それた人間ではありません。ただ、皆で楽しく音楽に触れて貰って、その良さを再認識して欲しいと思っただけです」

「いや。普段から他人を蹴落とし、自分の地位を高めようなどと浅ましい考えを持つ人間からは、間違っても出ない崇高な考えだ」

「グラディクト様……、そこまで言って貰えるなんて嬉しいです」

直前に「ピアノだったら周囲の人間に認めて貰える」的な、私利私欲以外の何物でもない矛盾した発言をしていたことを、都合良く綺麗《きれい》さっぱり忘れ去ったアリステアとグラディクトは、自己陶酔気味の会話を続けた。すると彼が満面の笑みで告げる。

「分かった。君のその真摯な心がけを無駄にはしない。今年、音楽祭を開催しよう」

「本当ですか？　でもグラディクト様は学園内では一生徒ですし、お忙しいのに大丈夫ですか？」

一応心配して尋ねたアリステアに、彼が鷹揚《おうよう》に頷いてみせる。

「それは大丈夫だ。私が一人で全てを行うわけにはいかないからな。任せる所は他の者に任せる。それは為政者としては当然だ」

「さすがは王太子殿下ですね！　凄いです、グラディクト様！」

感激したアリステアが、更に称賛の言葉を惜しげもなく贈ると、グラディクトは満更でもない顔つきで立ち上がり、そのまま彼女に暫く待っているように伝えてからその場を離れた。それを見送った彼女は、心の中で歓喜の叫びを上げる。

(凄い!!　やっぱり言ってみて良かった！　本当に音楽祭が開催されるなんて！　さすがはグラディクト様。人の上に立つ方は、本当に行動力がおありだわ。それに書いてある内容が次々に実現するなんて、マール・ハナーは本当に凄い人ね!!　まるで預言者だわ!?)

音楽祭開催に賛同して即座に動いてくれたグラディクトに、アリステアは心酔していた。同時に《クリスタル・ラビリンス》の作者であるマール・ハナーを称えつつ、今後の展開に胸を躍らせる。

(開催される音楽祭が私のお披露目の場になって、それ以後私は周囲から一目置かれるようになるわ！　それで殿下の婚約者のエセリア様が私に嫉妬して、色々な邪魔をしてくるのよ。でもグラディクト様は、完全に私の味方よ！　悪役令嬢なんかに、絶対に負けたりしないんだから!!）

そこでアリステアは、一人勝ち誇った笑みを浮かべた。そんな彼女は自分の背後で一人の女生徒が怒りと呆れをない交ぜにした表情で立ち上がり、自習室を出て行ったことに全く気づかなかった。


「あのお二人が私の机とそう離れておられない場所で、今お話しした内容を、恥ずかしげもなく話されていたのです。今日はこちらで紫蘭会会員の《『欺瞞《ぎまん》と真実の狭間《はざま》で』について語る会》の会合があると耳にしておりましたから、急いで報告に参りました」

「それは分かったけれど……、シュザンナはどうしてそんなに慌てて知らせに来たの？」

いきなり教室に駆け込んで来るなり事の次第をまくし立てた友人に、エセリアが不思議そうに尋ねると、彼女は怒りの形相で断言した。

「殿下が『早速話をつけてくる』などと仰って自習室から出て行かれた上、人とすれ違う度にエセリア様の所在を尋ねていたからです！　あの方は恥ずかしげもなく、音楽祭とやらの準備をエセリア様に丸投げするおつもりですわよ!?　私の髪を賭けても宜しいですわ！」

彼女がそう叫んだ瞬間、室内の空気が瞬時に冷え切ったものに変化した。

「企画を考えるのは勝手ですが、自分で準備から実際の運営までされるのならまだしも……」

「エセリア様を都合の良い駒扱いとは、何様のつもりなの？」

「しかも、あの道理を弁えない女に良い顔をするためとは。もっての外だわ」

「呆れて物が言えませんね」

エセリアは無言のまま、周囲で湧き起こっている怒りの声を聞きながら考え込んでいたが、すぐに知らせてくれたシュザンナに礼を述べた。

「急いで知らせてくれてありがとう。これで何を言われても、落ち着いて対処ができるわ。向こうがその気なら、遠慮は無用ね。それなら……」

そこで傍らにいたシレイアに視線を向けたエセリアは、穏やかに尋ねる。

「シレイア。確実に殿下が彼女から離れている間に、例の件をお願いしても良いかしら？」

「お任せください。既にいつでも動けるように、準備万端整えてありますので」

「頼りにしているわ」

力強く頷き意気揚々と部屋から出て行くシレイアを見送ってから少し経《た》ったころ、何事もなかったかのように友人達と再び談笑していたエセリアのもとに、グラディクトがやって来た。

「エセリア！　散々探したぞ。どうしてこんな所にいる？」

（はっ！　放課後にどこにいようと、こちらの勝手よね!?）

理不尽な文句を言われたエセリアだったが、内心で毒を吐きつつ笑顔で答える。

「友人の皆様と、これからの年間行事についての意見交換をしておりました」

「ふん、暇そうだな。ちょうど良い。今度新たに音楽祭を開催する。剣術大会と同様に、お前が実行委員長を引き受けて企画運営しろ」

「お断りします」

「なんだと？　私の命令が聞けないのか？」

言下に拒絶されたグラディクトは、気分を害したようにエセリアを睨《にら》みつけた。しかし彼女は淡々と問い返す。

「逆にお尋ねしますが、どうして私がそのお役目を引き受ける必要があるのでしょうか」

「はぁ？　お前は私の婚約者だから、私のために働くのは当然だろうが！」

「それなら、その音楽祭とやらに、殿下は参加されるのですか？」

「参加はしない。剣術大会と同様に、名誉会長には就任するが」

恥ずかしげもなくそう言い切った彼に対し、エセリアは完全に興醒《きょうざ》めした表情を浮かべる。

「音楽祭を開催する意義も分かりません」

「浅慮な奴だな。学園は勉学だけに励む所ではない。多様な活躍の場を設けるべきだろう」

鼻で笑うグラディクトに、エセリアはそれ以上の冷笑を返した。

「そうお考えなら、ご自身で学園長や教授方と交渉してください。私は、開催する意義を認めません。それに、私は今年も剣術大会の実行委員長を引き受けて既に実働しておりますので、余計にそんなことに割く時間と労力はございません」

「言うに事欠いて『そんなこと』だと!?　無礼だろうが！」

「それに私は音楽など、殊更進んで嗜《たしな》みたいとは思いませんので」

激高したグラディクトだったが、その発言を聞いた途端、含み笑いをしながらエセリアを眺める。

「……ほう？　我が婚約者殿は、それほど演奏が不得手と見える。他者に披露するのもはばかられるとは、王太子の婚約者としては失格だな」

「そうですわね。ですから私がそれを開催する義務も意欲もありません。それらに満《み》ちあふれた方に、実行委員長を引き受けていただけば宜《よろ》しいでしょう」

挑発すれば「そんな事はない」と否定して率先して引き受けるだろうと思っていたグラディクトは、予想に反してエセリアがあっさり頷いたため、再度怒りの声を上げた。

「はぁ!? 貴様はそんな不名誉な噂が立っても、構わないと言うのか！」

「それのどこが不名誉だと？　大体、演奏などは本職の楽師が行えば宜しいのです。本来貴族に求められるのは、それを正確に愛《め》でる感性と知識です」

「話にならん！　貴様は本当の意味で音楽を理解できない、単なる知識の塊に過ぎない女だな！」

「ええ。ですから、音楽祭とやらの企画運営など不可能です。やっと殿下にご理解いただけたようで、安堵致しました」

「このっ……！」

そこまで失格者だと罵倒する人間に、大切な行事を任せるわけにはいきませんわね？　との含みを持たせてエセリアが話を終わらせると、反論できなかったグラディクトが悔しげに歯ぎしりした。

そして周囲から失笑が漏れる中、エセリアがさり気なく切り出す。

「そう言えば殿下。ご友人や側に置く者は、吟味なさったほうが宜しいですわね。さもないと、殿下までその程度のレベルの人間だと、周囲の者に侮られかねませんもの」

笑顔で告げられた台詞に含まれた意味を察したグラディクトは、地を這《は》うような声で問い返した。

「貴様……、何を言っている？」

「一般論を述べただけですわ」

「そうですわね。現に殿下が、取るに足らない人間をお側《そば》に置いておられるならともかく」

「殿下の評判を落とさないよう、ご心配されただけですもの」

「本当にエセリア様は、理想的な婚約者でいらっしゃいますわ」

これまで黙って二人のやり取りを聞いていた周囲の女生徒達が、エセリアに追従するようにこぞって意見を述べたため、グラディクトは彼女達を眼光鋭く睨みつける。

「貴様ら……。揃いも揃って、こんな女にすり寄るとは……」

そんな険悪な空気の中、エセリアがどこか他人事《ひとごと》のようにのんびりと口を挟んだ。

「どうしても分かりませんわ……。私の発言のどこがどう殿下に対しての不敬に当たるのか、両陛下にお尋ねしてみましょうか？　何度も殿下をご不快にさせるのは、私の本意ではありませんし」

「……っ！　もう良い!!　貴様には頼まん！」

万が一、この話が国王夫妻の耳に入った場合、一子爵令嬢のために公爵令嬢であるエセリアを動かすとは何事だと叱責される可能性があると判断したグラディクトは、悔しげに捨《す》て台詞《ぜりふ》を吐いてその場を後にした。その姿を見送ったエセリアが、友人達に笑いかける。

「漸く静かになりましたね……。ですが皆様が、咄嗟に私に合わせてくださって驚きました」

その言葉に周りの者達が、揃って笑顔で返す。

「当然です！　先程の台詞は『欺瞞と真実の狭間で』の中で、主人公をいたぶる敵役の悪役令嬢シェイラの台詞、そのままでしたもの！」

「エセリア様がシェイラになりきっておられるのに、私達が乗らないわけがございません！」

「ついつい悪ふざけが過ぎて、シェイラの取り巻きになりきってしまいました」

「エセリア様。この際、他の台詞も言ってみていただけませんか？」

「そうですね……。それでは」

その要望に、エセリアは一瞬考え込んでから冷酷な眼差しを作り、上から目線で言い放つ。

「お黙りなさい！　その不快極まりない顔を私の視界に入れること、その一事だけで万死に値するのが理解できないのなら、その綺麗な顔ごと頭を野良犬に喰《く》わせておしまいなさい‼」

その途端、彼女の周囲で歓声が上がる。

「きゃあぁぁっ！　正に本のイメージ通り！」

「さすがはエセリア様！」

「他にもお願いします！」

「そうね、それでは次は……」

それから暫くの間、エセリアは調子に乗って悪役令嬢を演じまくり、大盛り上がりの会員達から拍手喝采を浴びていた。

（人目がないから、安心して悪役令嬢っぽく振る舞ってみたけど。意外に楽しくて、癖になりそう）

そんな彼女達のやりとりを、偶々エセリアに報告することがあって彼女を探しに来たミランが目撃し、教室の入口で一人盛大に嘆息する羽目になったのは、また別の話である。

その頃、グラディクトにこのまま待つように言われたアリステアは、おとなしく自習室で彼を待ちながら勉強もせずに妄想に耽《ふけ》っていた。

（さすがはグラディクト様。王太子なだけあって、行動力も抜群ね。早速音楽祭実現のために、自ら動いてくれるなんて）

少々不気味な笑みを浮かべている彼女を、薄気味悪がった他の生徒達が一人二人と席を立ち、それほど時間が経たないうちに、室内は彼女だけとなる。

「やっぱりグラディクト様は、私の《暁の王子》なのよ。これからもきっと本の通り上手くいくわ」

周りから忌避されたことにも気づかないまま考えを巡らせていた彼女に、ここで控え目に声がけられる。

「アリステア様、ちょっと宜しいですか？」

「なんですか？」

不思議そうに彼女が振り返ると、そこには面識のない一人の女生徒がいた。

「不躾《ぶしつけ》にお声をかけ、失礼します。私はシェルビー男爵家のモナ・ヴァン・シェルビーと申します」

黒髪で口元のほくろが印象的なその女生徒が、自分を「様」づけで呼んでくれたことで、敵意はないのだろうと無意識のうちに判断したアリステアは、特に不審に思うこともなく問い返す。

「別に大丈夫ですけど。それでモナさんは、なんのご用ですか？」

「先程、グラディクト様がエセリア様に、音楽祭の仕事を任せようとされたことをご存知ですか？」

「え？　グラディクト様は、あの人に音楽祭の仕事をさせるつもりなの？」

驚いた様子のアリステアに、彼女は落ち着き払って言葉を返した。

「なんと言ってもエセリア様は優秀な方ですから、当然と言えば当然なのかもしれませんが」

「それで？」

「……はい？」

「だから、それがどうしたの？」

心底不思議そうにしている彼女に、モナが少々言《い》い淀《よど》みながら答える。

「エセリア様のお立場やご都合を考えず、一方的にお命じになったのは問題かと思うのですが……」

「どうして問題なの？　婚約者だから、グラディクト様のために働くのは当然よね？」

「エセリア様は既に剣術大会の実行委員長を引き受けておられますし、それをお断りなさいました」

グラディクトの言うことなら従うのが当然だと思っていたアリステアは、それを耳にした途端、本気で驚愕《きょうがく》した。

「嘘《うそ》!?　信じられない!!　なんて失礼なの!?　グラディクト様が直々にお願いしたのに、あっさり断るなんて失礼極まりないわ！　なんてお気の毒なグラディクト様！」

感情が高ぶり過ぎて涙目になってきたアリステアに、モナが沈痛な面持ちで語りかける。

「今年入学されたアリステア様はご存知ないと思いますが、エセリア様は貴族出身の生徒の殆どを、学園長や教授陣には分からないように巧妙に自分の支配下に置いているのです」

「えぇ⁉　それは本当なの⁉」

「はい。現に王太子殿下の申し出を、取るに足らない話の如《ごと》く即座に却下致しました。それは貴族出身の生徒の殆どを掌握しているので、『何か問題になったらそれらの生徒達の家に働きかけて、グラディクト殿下の王太子の座を奪えば良い』との考えからです」

「なんて悪逆非道なの！　そんな婚約者に蔑ろにされるなんて、グラディクト様が可哀想《かわいそう》だわ！」

本気で腹を立てるアリステアを、モナが微笑みながら宥める。

「ご安心ください。自らエセリア様にすり寄っている日和見の者が殆どですが、中にはこの状況を憂いたり反発している者も存在しています」

「本当に？」

「はい。今日はその事実をお伝えしようと思い、アリステア様にご挨拶に参ったのです」

「そうなのね……。でも、どうして私に？」

そこで首を傾げた彼女に、モナは満面の笑みで理由を述べた。

「それは貴女《あなた》が王太子殿下にとって、かけがえのない存在でいらっしゃるからです。それは心ある者なら、お二方の様子を見れば一目瞭然ですわ」

「そんな……、恥ずかしいわ……」

面と向かって言われたアリステアは照れ臭くなって視線を逸《そ》らしたが、そんな彼女の左手を両手で軽く包み込むようにして、モナが切々と訴える。

「アリステア様、お願いします。これからもエセリア様が持ち得ない、他者を思いやる優しく尊いお心で、殿下を支えてくださいませ」

「勿論よ。王太子殿下を蔑ろにする貴族とも思えない失礼な女から、絶対に殿下を守ってみせるわ！」

力強く宣言しつつ、アリステアが右手をモナの手に重ねると、彼女は神妙に話を続けた。

「なんて心強いお言葉……。公の場ではアリステア様や殿下の前に姿を現せませんが、これからも密かに見守りますし、追々時期を見て他の者もご挨拶に参ります」

「どうして？　私はモナさんと普段色々殿下のお話がしたいわ」

怪訝《けげん》な顔で如何にも残念そうに告げられた台詞に、モナが痛恨の表情を浮かべる。

「申し訳ありません。実は私の兄が王宮で、エセリア様の兄君の部下として勤務しております。そのせいで度々エセリア様から、無理難題を言いつけられておりまして……」

そこで言葉を濁した彼女を見て、アリステアは納得しながら深く頷いた。

「それだと殿下や私と一緒にいるのを、誰かに見られたら拙いのね？」

「はい……、誠に申し訳ありません」

「ううん、気にしないで。それなのにわざわざ挨拶に来てくれてありがとう。これからモナさんとどこかですれ違っても、無視するから安心して」

励ますように手に力を込めながらアリステアが告げると、モナは笑顔でさりげなく手を解いた。

「なんという寛大なお言葉。他の者達が耳にすれば、こぞって感涙するに違いありませんわ。それでは本当にお名残惜《なごりお》しいですが、そろそろ失礼致します」

「ええ。また会えるのを楽しみにしているわ」

立ち去っていくモナを見送ってから少しして、アリステアのもとに暗い表情を浮かべたグラディクトが戻った。

「アリステア。その……、音楽祭の話だが」

隣の席に座った彼が言い難そうに口を開いた瞬間、アリステアがそれを遮る。

「殿下がお仕事を任せようとしたのに、エセリア様が無礼にも断ったのですよね？」

「どうしてそれを知っている？」

「モナさんに教えて貰いました」

「モナとは一体誰だ？」

本気で驚いたグラディクトに、アリステアは満面の笑みで先ほど聞いたばかりの話を伝えた。それを聞いた彼は、その内容を微塵《みじん》も疑わず、唸《うな》るように応じる。

「そうか……。昨年あの女が急に剣術大会の開催を言い出した時、どうして多くの生徒が率先して仕事をこなしていたのか漸く分かったぞ。それに、常に人に囲まれている理由も。そんな風に常に自分の権力を誇示していないと気が済まないとは、なんて浅ましい俗物だ」

剣術大会が問題なく運営できたのは、エセリアのオリジナル書き下ろし短編に目が眩《くら》んだ紫蘭会会員の働きが大きく、その他にも大多数の生徒が楽しみながら自分の仕事に取り組んだからであったのだが、自分の考えに固執しているグラディクトには、それらが理解できる筈もなかった。

「でも良かったです。あの人に不満を持っている人達がいるのを、モナさんが教えてくれて」

「ああ。幾らあの女が金や権力に物を言わせて他人を従わせようとしても、心ある者は完全に屈していないことが、今回のことで良く分かった」

「そういう方々は公に殿下の味方はできませんけど、きっと陰ながら力になってくれます！　それに私はいつでも、グラディクト様の味方ですから！」

アリステアが明るく励ますと、グラディクトは心からの笑顔を返した。

「ありがとう。今の私には、君のその言葉だけで十分だ」

「それで私、考えたのですが、音楽祭の企画運営は生徒に任せなくても良いのではありませんか？　学園内の行事ですし、教授方にお手伝いして貰えれば良いですよね？」

その台詞を聞いたグラディクトは、一瞬虚を衝《つ》かれたような表情を浮かべたが、やがて納得したように頷く。

「それもそうだな……。すまない、昨年の剣術大会のことが頭にあって、生徒主体で行うことばかりを考えていた。私はまだまだ考えが浅いな。これからも私に助言してくれ」

「助言だなんて、そんな……。グラディクト様、光栄です！」

そして自分達《じぶんたち》が正義だと疑わないこの二人によって、周囲が多大な迷惑を被っていくのだった。


それから十日程経過したある日。エセリアは音楽主幹教授ソレイユからの呼び出しに応じ、放課後に彼女の研究室へ出向いていた。すると奥のテーブルに部屋の主である彼女の他、三人の音楽担当教授が顔を揃えているのを見て、エセリアは呼び出された用件を容易に察してしまう。

（教授方が勢揃《せいぞろ》い……。どう考えても、例の音楽祭絡みだとしか考えられないわ）

その予想に違わず、エセリアが着席してすぐに、総白髪のソレイユが恐縮しきりで話を切り出す。

「エセリア様。実はお話と言うのは、グラディクト殿下からの申し入れのあった音楽祭開催に関してなのです」

「音楽祭ですか……。ソレイユ教授。実は先日、殿下から音楽祭についてのお話がありました」

エセリアが落ち着き払った様子で音楽祭について言及すると、ソレイユ達が驚いた顔になる。

「因《ちな》みに、それはどのようなお話でしたか？」

「一方的に『音楽を楽しむための行事として、企画運営をしろ』と要請されたのですが、既に昨年同様、剣術大会の実行委員を引き受けて実働しておりますので、丁重にお断りいたしました」

「そうでしたか……。既にお話があった上で、お断りをされておいでだったとは……」

「まさかとは思いますが、私が断りを入れた後、殿下が教授方に音楽祭の企画運営を要請したのですか？　ですが学園行事に関しては学園長の許可が必要で、すぐには開催できないと思いますが」

話を効率的に進めるためにエセリアが指摘してみると、教授達が揃って重い溜め息を吐いた。そしてソレイユが、渋面になりながら話を続ける。

「私もそう申し上げましたら殿下が学園長に直談判《じかだんぱん》され、半日での開催を条件に許可が下りました」

「それはまた……、随分と慌ただしいお話ですね。それに殿下の話は簡単にしかお伺いしていないのですが、どのような形で発表するおつもりなのでしょう。そもそも音楽とは室内で静かに聴くもの、そしてそれに関しての知識や感想を語りながら余韻に浸るものです。これ見よがしに、大勢の前で発表するものではないと思うのですが……」

控え目に現実問題を口にしたエセリアは、心の中で辛辣なことを考えた。

（この世界には、広い会場でのコンサートやライブの概念は存在しないものね。貴族の屋敷《やしき》で個人的に招く場合は、多くても二十人程が室内楽を聴く程度だもの。あとは教会でのお祈りの時の演奏や、祝宴でダンスをする時の曲くらいだわ。だからかなり生徒達に根回ししないと盛り上がらないし、そもそも率先して参加する生徒も出ない筈よ。だけどゲームではそこの過程はバッサリと省かれた上で無事開催されて、ヒロインと攻略対象者の距離が縮まって大団円だけなのよね。シナリオライターが、そこら辺の設定で手を抜いたのが丸分かりだわ）

するとソレイユが、疲労感満載の声で応じる。

「ご相談したいのは、まさにそのことなのです。殿下は『学園長が半日でと言うなら、半日で問題なく開催しろ』と命じるだけで。実行委員長は『パーッと盛大に、粛々とやりましょうね！』などと口走るだけですし、全くお話になりません」

「実行委員長がもう決まっているのですか？　どなたでしょう？」

「それが……」

自分が断れば取り巻きの誰かに任せるだろうと思い込んでいたら、事もあろうに教授に丸投げと言う暴挙に及んでいたことに加え、ソレイユが口にした実行委員長とやらの台詞を聞いて、エセリアは頭痛を覚えた。やはり、というべきか予想に違わぬ答えが返ってくる。

「エセリア様は最近グラディクト殿下がご贔屓《ひいき》にされている、アリステア・ヴァン・ミンティアという生徒をご存知ですか？」

「……ああ、あの方ですか。直接お話ししたことはございませんが、噂は耳にしております。何やら、随分と個性的な方だと漏れ聞いておりますが」

内心で（やっぱり彼女くらいよね）と呆れたエセリアだったが、なんとか無難な物言いで表現した。しかしそれに対して、周囲から激しい怒りの声が上がる。

「『個性的』など、とんでもない！　あれは単に『無神経』で『自分勝手』と言うのです！」

「そうですとも！　あんな生徒に、音楽のなんたるかが理解できる筈ありませんわ！」

「お二方とも……。一体、どうされたのですか？」

普段は温厚な教授二人が揃って声を荒らげたのを見て、エセリアは目を丸くした。更には残ったライナスまで、怒りを表には出さないまでも困惑しきった表情で告げてくる。

「アリステア嬢は音楽史や音楽理論を我々が講義すると、『これが卒業してからなんの役に立つんですか？　こんな時間があるなら、皆で楽しく演奏したり合奏すれば良いじゃありませんか』と平然と口にするのです。私達が授業を進める上で、少々障害になっております」

「まさか……、本当に彼女が皆様に対して、そんな暴言を面と向かって口にしているのですか？」

「はい」

即答され、通常なら有り得ない事態に、エセリアは盛大に顔を引き攣らせた。

（本当に何をやっているの……。ライナス教授はこの国が誇る、名作曲家なのよ？　確かに音楽史や音楽理論はつまらないかもしれないけど、社交の場では必須の知識なのに）

ひたすら唖然とする彼女に追い打ちをかけるように、先ほどの二人が再び怒りの声を上げる。

「私のような若輩者に対してならともかく、ライナス教授に対しての暴言は到底許せません！」

「生徒に演奏させる場面では、呼ばれもしないのに他者を押《お》し退《の》けて出て、無神経にも程がある！」

「ですが当の本人は、私どもがそのように感じているなど、全く理解していないようで……」

「挙げ句の果て、本来の日常業務で忙しい教授方に、企画立案を丸投げしているというわけですか」

呆れ果てて後を引き取ったエセリアに、教授達が揃って頷く。

「当初はエセリア様に、殿下に翻意してくださるように説得をお願いするつもりでしたが、既にお話がいった上でお断りされているのであれば無理ですね。それにあんな生徒を本気で実行委員長などに据える愚行をなさる方に意見など、誰がしても無駄な気がしてきました……」

(正直言って音楽祭なんてどうでも良いけど、とばっちりで教授方が相当お困りの様子だし……。取り敢えず、方向性だけは決めておきましょうか)

ソレイユが沈鬱な表情で語るのを見て、彼女に心底同情したエセリアは、素早く考えを巡らせた。

「正直に申しますと、殿下は私のお話に耳を傾けてくださらないでしょう。ですがその代わり、何かお手伝いできることがあれば、遠慮なく申しつけてください」

「ありがとうございます。何分初めての試みなので、気がついたことがあれば助言を頂ければ」

「大した助言はできないと思いますが……、取り敢えず全校生徒の前で披露というからには、講堂を使用する必要がありますね」

「はい。後部の席まで音が届くかどうか、甚だ不安ですが仕方がありません」

「それから参加者を募る必要がありますが、初めての試みでもありますし、率先して手を挙げる方は少ない筈です。その場合は教授方で、技量のある方を指名されれば良いかと」

「はい。おそらくそうなるでしょう」

「参加者を募集する際、使用する楽器や選択する曲は自由にしても、一人、もしくは一組の制限時間を設ける必要がありますね。そうでないと、延々と演奏したがる方がおられるかもしれません」

「なるほど……、それはそうですね」

「なんと言っても今現在この学園には、常識が通用しない生徒が在籍しておりますからな」

強張《こわば》った顔を見合わせて頷き合う教授達に、エセリアが笑いながら説明を加える。

「それについて抗議する方に対しては、『限られた時間内で、より多くの一芸に秀でた人間に光を当てるためには、一人ごとの制限時間を設けるのは自然なことでは？』と反論すれば宜しいかと」

「誠にその通りですね。そうしましょう」

「それから私が助言したことは、内密にお願いします。『実行委員長就任を断ったのに、裏で係わるとは人を馬鹿にしている』と、理不尽な言いがかりをつけられかねませんので」

「確かにそうですね。皆さんも宜しくお願いします」

方向性が固まりつつあり、ソレイユは幾分安堵したように頷き、他の教授達も笑顔で返した。それから更に幾つかの助言を済ませてから、エセリアは教授達に見送られて研究室を出た。

（剣術大会の準備もそうだけど、今年は音楽祭の対策も練らないとね。でも、面白くなってきたわ）

俄然《がぜん》やる気を出したエセリアは、音楽祭を無事に成功に導きつつ自身がアリステアよりも目立ってグラディクトを激怒させるための方策について考えを巡らせながら、寮の自室へと向かった。

半年に一度の定期試験が迫った時期。エセリアは放課後、カフェに《チーム・エセリア》の面々を招集した。

「皆、試験前の忙しい時期に集まってくれてありがとう。この間に変わったことがあれば、報告して欲しいのだけど」

そうエセリアが切り出すと、ミランが如何にもうんざりした様子で言い出す。

「例のアリステア・ヴァン・ミンティアですが、また騒ぎを起こしました」

「……今度は何かしら？」

「少し前にクラスで剣術大会に向けての係決めをしたのですが、彼女だけどの係も希望しませんでした。それで取り纏め役の生徒が気を利かせて、『それなら接待役で登録しておきます。他に興味がある係ができたら、いつでも変更可能ですから』と説明したら、先程私達のクラスにグラディクト殿下が乗り込んできて、『彼女は近々公表する新企画で重要な役割を果たす予定だから、そんな些末《さまつ》なことに関わっている暇はない』と主張されたので、何の係にも登録しないままになりました」

それを聞いたイズファインが、盛大に溜め息を吐いた。

「剣術大会は建前上、殿下が発案した行事だし、今年も名誉会長を務めているのに……」

「それでは周囲に示しがつかないでしょう。クラス内で揉《も》めなかったの？」

シレイアが顔をしかめながら尋ねると、ミランが苦々しげに答える。

「『それならご自由に』と、全員が匙を投げました。これまで特に彼女に悪感情を持っていなかった生徒達も、今回殿下を巻き込んでごり押しさせたことで、呆れ果てていますよ」

「それはそうでしょうね」

「本当に殿下は、何をお考えなのか……」

シレイアはなんとも言えない表情になり、イズファインも沈鬱な表情で呻く。

「単にあの二人は、何も考えていないのでしょう。自分達が信じたい内容だけを信じて、見たいものだけ見ているだけです。まともに考えるだけこちらが馬鹿を見ますよ」

「辛辣ね」

もうすっかり二人を精神的に切り捨てているミランに、エセリアは苦笑しかできなかった。するとここで、カレナが思い出したように会話に加わる。

「剣術大会の係と言えば、マリーリカ様と小物係でご一緒しています。エセリア様がお勧めしたと聞きました」

従妹に勧めた後、どうしたのかを確認していなかったエセリアは、少々心配そうに尋ねた。

「ええ。刺繍係や小物係が気になるけど、上級貴族の令嬢は接待係になる方が多いと聞いたから、と悩んでいたの。どう？　マリーリカは顔見知りが少ない中で、上手く交流できているかしら？」

「安心してください。マリーリカ様は平民の方とも積極的に交流して、和気あいあいと活動されています。刺繍係としても活動しておられますが、そちらでの評判も同様です」

「それなら良かったわ。でもどちらにも参加しているなんて、驚いたわね。マリーリカがそんなに積極的なタイプだとは思っていなかったわ」

「アリステアさんには、是非マリーリカ様を見習って欲しいです」

カレナがそう語気を強めると、その場にいた全員が無言で頷いた。ここでイズファインが、苦々しい顔つきになりながら言い出す。

「そういえば、各係と同時に剣術大会の出場者も募っていますが、アーロン殿下が出場を希望されています」

それを聞いたエセリアは、驚いて問い返した。

「アーロン殿下が？　殿下は剣術がお得意なの？」

「はい、なかなかの腕前です。剣術大会に向けて放課後に鍛練場で自主訓練をしておられて、そこで良く相手を務めていますから、実力の程は存じています。専科で騎士科を選択すれば、選抜されて近衛騎士団への入団も可能なレベルだと思いますが……。レナーテ様が激怒するのが確実なので、とても公言できません」

そう言ってイズファインが苦笑すると、エセリアも同様の表情になる。

「確かにそうですね。殿下自身はともかく、レナーテ様はまだ王太子の座を完全に諦めてはいない筈ですから、『息子を一介の騎士扱いする気ですか！』と罵倒されるだけなら御の字です」

「ご本人も『王太子位など欲していないし、できれば騎士科に進みたいが、周りが許さない』と、少々無念そうに言っておられました」

そこでエセリアが、急に顔つきを改めて口を開く。

「それならイズファイン様は、アーロン殿下とはかなり懇意にされているのですね？　そうであればお願いしたいことがあるのですが」

「なんでしょう？」

「殿下の説得です。実はマリーリカにはさりげなく釘《くぎ》を刺しておきましたが、今後アーロン殿下の周囲で、アリステア嬢の騒ぎを利用してグラディクト殿下の評判を落とそうと考える方が、出ないとも限りません。王宮内や貴族間で問題となればディオーネ様やその周囲が黙っておらず、即刻アリステア嬢の排除に向けて動くでしょう」

その指摘を受けて、イズファインが考え込む。

「なるほど。そうなるとグラディクト殿下に、彼女を王妃にしたいと思わせるのも難しくなり、せいぜい側妃と遇するしかないと考えて、あなたとの婚約破棄を積極的に考えなくなる可能性があるのですね？　ですから彼らが問題を起こすのはともかく、それが変に外部に拡散したり彼女を排斥する動きに繋がらないよう、密かにフォローする必要があると」

「その通りです。少なくともグラディクト殿下が婚約破棄を明言するか、それに向けて確実に動き出すまで、彼女のことが表面化するのを避けたいのです。ですからアーロン殿下には、彼女に関しては私も把握しており、文句があれば私が受けて立つと公言していると吹き込んでおいてください」

「分かりました。アーロン殿下の周囲にも『王妃陛下と縁続きのシェーグレン公爵家に、喧嘩を売る物好きはいないと思うが』と、さりげなく囁いておきましょう」

「よろしくお願いします」

そんな風にイズファインとの会話に一区切りついたところで、今度はローダスが切り出した。

「ところでエセリア様。定期試験が終わって長期休暇に入るまでの時期に、以前お話ししていた件を実行に移すつもりです」

それにエセリアが、半信半疑の表情で尋ねる。

「本当に試すの？　かなり難しいと思うのだけど」

「その心配は不要かと。念を入れて、この間声音を変える練習もしていました」

自信満々に見えるローダスに、エセリアが苦笑で応じる。

「大した自信ね。それでは報告を楽しみにしているわ」

「万が一、大口を叩《たた》いたのにあっさり看破されたら、散々笑い者にした後で蹴飛ばしてやります」

「まあシレイア、酷いわね」

しかし、その軽口はシレイアが彼の成功を疑っていないことの裏返しだと分かっていたため、周りの者達は、早く彼の報告を聞きたいものだ、と余裕を浮かべ笑ったのだった。


学園内で色々な動きがある中、表向きは何事もなく日々が過ぎ、定期試験が終了した。その試験結果が全員に返却されたが、初回からどうしようもない事態に陥ってしまった者がいた。

「うぅ……、どうしよう……。こんな成績、大司教様にお見せできない……」

アリステアが人目のない茂みの中に座り込み、返却された成績表を手にしながら涙目で呟いていると、背後から現れたグラディクトが不思議そうに尋ねる。

「アリステア、どうかしたのか？」

「グ、グラディクト様!?」

慌てて成績表を背中に隠しながら振り返る彼女を見て、彼は何気なく問いを重ねた。

「それは、この前の定期試験の総合成績表だな？　結果があまり良くなかったのか？」

「あの……、とてもグラディクト様にお見せできるような内容ではありませんので……」

「私も平均程度で、殊更他人に誇るような成績ではない。それに全力で取り組んだ結果なのだから、恥じる必要はないだろう」

笑ってそう促されたアリステアは、恐る恐る成績表を彼に差し出す。

「はぁ……、それではご覧ください……」

「ああ、すぐに返すから」

微笑みながらそれを受け取ったグラディクトは、目を通した途端、表情を消して固まった。その様子を見たアリステアが、いよいよ涙を零《こぼ》しながら叫ぶ。

「やっぱり酷いですよね!?　どうしよう！　長期休暇には寮を出て修道院に帰らないといけないのに、大司教様にこんな成績を報告できない!!　私が入学するために散々手を尽くしてくださったから、絶対悲しまれるもの!!　休暇前半は、補習を受けないといけなくなったし!!」

「うわあぁぁぁん!!」と大泣きしながら勢いよく抱きついてきた彼女を、彼は狼狽しながらも受け止め、なんとか宥めようとした。

「お、落ち着け、アリステア。偶々、試験の点数が悪かっただけだろう？」

「その通りです。それに初回の定期試験ですから、勝手が分からずに調子が出ない方もおられます」

「誰だ!?」

唐突に割り込んできた第三者の声に忽《たちま》ちグラディクトは警戒の態勢をとり、アリステアを背後に庇《かば》いつつ振り返った。するとその視線の先にいた男子生徒が、恭しく頭を下げる。

「お話し中、失礼致します。モナから話が伝わっていると思いますが、私は彼女と想いを同じくする者です」

それを聞いたアリステアは、グラディクトの背後から顔を覗かせながら確認を入れた。

「ええと……。そうすると、本当にエセリア様ではなくて、殿下と私を応援してくれるの？」

「はい。申し遅れました。私はノルト子爵家の次男で、アシュレイ・ヴァン・ノルトと申します。今現在は、騎士科の下級学年に所属しております」

その生徒が一礼しながら神妙に名乗ると、彼を凝視したグラディクトは、幾分低い声で呟く。

「ノルトだと？　聞かない家名だな」

しかしアシュレイはその問いかけに微塵も動じず、正面から見返しながら説明を続ける。

「我が家は取るに足らない弱小貴族で、殿下に直々に紹介されたことなどございません。そもそも私自身が見栄えのする容姿ではなく、今まで殿下から認識されていなかったのも当然と思われます」

「…………」

少しの間、訝《いぶか》しげに彼を観察していたグラディクトだったが、特に不審なものを感じなかったのか、正直に思ったことを口にした。

「お前は確かに見栄えはしないし、あまり賢そうな顔でもないから、騎士として身を立てるのが分相応で無難だろう。アシュレイという名前も平凡だし、名は体を表すとはまさにこのことだな」

「……恐れ入ります」

微妙に反応が遅れたものの、グラディクトの感想を聞いたアシュレイは再度恭しく頭を下げた。そして中断していた話を再開する。

「先程のお話ですが、偶々初回の成績が悪かっただけですから、それほどお気に病む必要はないでしょう。次回以降は、もっと上がる筈ですから」

「……そ、そうですか？」

アシュレイが彼女を慰めると、途端にグラディクトは上機嫌になった。

「アシュレイ、その通りだ。良く分かっているじゃないか！」

「ですが、他者と比べて見劣りする点数を取っても、恥じることのない者が数多く存在する中、お世話になっている方に心配をかけたくないという、アリステア様の優しいお心も分かります」

「正にその通り！　お前はなかなか見どころがあるな！　卒業したら近衛騎士団長に申しつけて、私の警護人員に抜擢《ばってき》してやろう！」

「光栄でございます。それで殿下、今回一つ策があるのですが」

「え？」

「どういうことだ？」

そこで二人が怪訝な顔になると、アシュレイは真顔で彼らをそそのかし始めた。

「試験結果の報告用紙を保管している学園の事務係官に、殿下が『こちらの不注意で、総合成績表にお茶を零して汚してしまった。あんな見苦しいものを、陛下のお目に触れさせるわけにいかない。成績を書き写してお見せするので、白紙の報告用紙を一枚欲しい』と申しつければ宜しいのです」

「なんだと？」

「でも……。総合成績表には、主幹教授と学園長の確認の署名がありますけど……」

予想外過ぎる話の流れに二人は目を丸くしたが、アシュレイはそれを宥めるように笑顔で告げる。

「その保護者の方は、お二方の筆跡などご存じではありませんよね？　お二人で学園長と主幹教授の名前を署名すれば、事足りると思いますが」

「…………」

そこでさすがに黙り込んで顔を見合わせた二人に、アシュレイはわずかに声を潜めて言い出す。

「殿下。これは他言無用でお願いしたいのですが……。殿下はエセリア様が年間を通じて成績上位者リストに名を連ねているのを、ご不審に思ったことはございませんか？」

それにグラディクトは、あからさまに不機嫌な顔になって言い返した。

「あれがこの学園に入学前から、英才教育を受けていたからだろう」

「公爵家のご令嬢ですからそれは勿論ですが、優秀さを認められて入学を許された平民出身の者達をも押さえて、上位を保ち続けているというのは少々おかしく思われませんか？」

「お前……、何が言いたいのだ？」

何やら含みを持たせた台詞に、グラディクトは幾分険しい表情で問《と》い質《ただ》す。

「一部の生徒間で『エセリア嬢は並みの成績しか取っていないのに、教授達に命じて自身の点数のかさ上げを行っている』と、まことしやかに噂されています」

尤もらしくそう告げられた二人は、驚愕の叫びを上げた。

「えぇぇぇっ!! 嘘!! 信じられない!?」

「そんな恥知らずなことを、あいつは本当にしているのか!?」

「お二方とも、お静かに願います！」

慌てて二人を宥めつつ、周囲に人影がないことを再確認すると、アシュレイは冷静に話を続けた。

「これはあくまで、一部の者の間でだけ広まっている噂で、証拠など何もございません。仮に殿下がそれを糾弾したとしても逆に名誉棄損で訴えられて、殿下の評価を下げるだけです。ですからアリステア様も、くれぐれも口外なさらないでください」

そう念を押され、アリステアが如何にも悔しげに唇を噛《か》む。

「だけど……、そんな不正が行われているのに、黙って見ているしかないなんて……」

「やはりアリステアは正義感が強いな。そんな裏工作をするような、誇りなど欠片も持たない者とは、人間としての出来が違う」

「殿下、それは人として当然ですから」

「殿下、アリステア様。公の成績を改ざんすることに比べたら、自らの成績表の数値を誤魔化すなど、いかほどのことでございましょう。しかもそれは自らの成績を誇るためではなく、後見人の方を悲しませないための措置なのです。きっと神もその心がけを尊んで、お見逃しくださる筈です」

するとニ人は罪悪感など全く持ち合わせていない満面の笑みで、アシュレイの意見に賛同した。

「全くその通りだ！　やはりお前は、騎士科に置いておくには惜しい、優れた見識の持ち主だな!!」

「ありがとうございます。それから補習のほうも、『他の方が勉学に励んでいるので、それに刺激されました。長期休暇に入ってからも前半は学園に残り、自主勉強をしてから戻ります』とでもご連絡すればよろしいのではないかと愚考いたします」

「そうですよね！　大司教様にご心配かけるのは、申し訳ありませんよね？」

「それでは早速、事務係官に話をつけてこよう」

「殿下。係官がつまらないことを言って抵抗した場合、『こちらのミスだから、多忙な主幹教授と学園長の手を煩わせずに自分で書き写すと言っている』と強く言っておやりなさい。殿下の指示に従わない者など、この学園には不要です」

すかさずアシュレイがアドバイスすると、二人は更に上機嫌になった。

「全くその通りだ！　アシュレイ、これからも頼りにしているぞ！」

「アシュレイさん、これからもよろしくお願いします！」

「お任せください」

そこで二人の前から辞去したアシュレイだったが、廊下を歩く彼の顔には、つい先ほどまでの表情とは裏腹の、苦々しい色が浮かんでいた。

長期休暇に入る直前、《チーム・エセリア》の面々はエセリアの招集に応じて、いつも通りカフェに集まった。そこでエセリアが、笑いを堪えた表情で告げる。

「今日は最初に、シレイアとローダスから、この間の報告をしてもらおうと思うの。簡単には聞いているけれど、是非皆と一緒に詳細を聞かせて欲しいわ」

「それは構いませんが……。相当馬鹿馬鹿しい話になりますけど、よろしいですか？」

「それに加えて、相当腹立たしい話にもなりますが」

「愉快な話になる筈がないのは、分かっているから大丈夫よ」

揃ってうんざりした顔で応じた二人に、エセリアは苦笑してしまった。そんな三人の様子を見て、サビーネが怪訝な顔で問いかける。

「シレイア。あなた達、一体何をしていたの？」

「変装して偽名を使った上で、私がアリステアと、ローダスが殿下とアリステアに接触して、私達があの二人の支持者だと思い込ませるのに成功したのよ」

「え……、えぇぇっ!?　だってシレイア！　あなたは私同様、エセリア様の取り巻きの一人だと、殿下に認識されている筈よ!?」

あっさりと告げられた内容を聞いて、サビーネは本気で驚愕した。しかしシレイアは軽く肩を竦《すく》めて淡々と話を続ける。

「だから、まず直接接触したことのない、アリステアのほうに接触してみたの。私のほうは大した問題はないと思っていたけど、ローダスは一応入学直後にエセリア様に紹介されて顔合わせをしているから、正直どうかと思っていたのよ。でもその心配は、取り越し苦労だったみたいね。ローダスの演技力が相当だったのか、殿下の記憶力が残念だったのか」

そこでシレイアが視線を向けると、ローダスが後を引き取る。

「両方だな。殿下にとっては俺のような平民など取るに足らない存在で、認識する必要性も感じないのだろう。殿下に言わせると俺は平凡な名前に相応しく、見栄えはしないし賢そうな顔でもないそうだ。それにシレイアの変装はなかなかのものだから、あの姿で殿下の前に立っても、《エセリア嬢の取り巻きの一人のシレイア》とは認識されないと思うぞ？　今度試してみたらどうだ？」

「…………今の台詞だけで、殿下があなたを相当怒らせたのが分かったわ。それにそこまで言うなら、もう少ししたら殿下に接触してみるわね」

ローダスの物言いからはその場にいた全員が感じ取れるほどの冷気が発せられており、シレイアは思わず額を押さえて呻いた。それと同時に、カレナとミランから感嘆の声が漏れる。

「それにしても……、お二人とも無茶し過ぎではありませんか？　別人を装ってあの二人に接触するなんて」

「確かに準備はお手伝いしましたが、そんなことに使うためだったとは……。しかもしっかりやり遂げてしまうなんて、本当に凄いです」

そこでエセリアが、苦笑しながら会話に加わった。

「皆の気持ちは分かるけど驚くのはそれくらいにして、そろそろ詳細を聞かせて欲しいわ？」

「分かりました。じゃあローダス、私からで良いわね？」

「ああ、俺は次に報告する」

それからシレイアが《モナ・ヴァン・シェルビー》としてアリステアと、ローダスが《アシュレイ・ヴァン・ノルト》として二人との接触に成功し、両者とも相手に疑われずに一定の信頼を得た経過が語られた。それを聞いた一同は、アリステア達の自分本位で他人の迷惑を顧みない言動に呆れ果てると同時に、当事者二人の演技力と度胸に心底感心する。そしてエセリアは最後まで聞き終えると、至極楽しそうにローダスに確認を入れた。

「それでは私は、毎回定期試験の成績を教授に命じて改ざんすることで、上位の成績を保っている恥知らずの痴《し》れ者《もの》だと、殿下達には思われているわけね？　さすがローダス、大した手腕だわ」

「ありがとうございます」

エセリアは本心から彼の手腕を褒《ほ》め称《たた》えたが、その話は寝耳に水だったらしいシレイアが、憤怒《ふんぬ》の形相で隣席の彼に摑《つか》みかかった。

「冗談じゃないわ！　エセリア様にそんな汚名を着せるなんて、あなた一体何を考えているの!?」

「落ち着け、シレイア！　あの二人には『あくまで噂に過ぎず、証拠もありません。迂闊《うかつ》に非難した場合、逆に名誉棄損だとお二方が責められますので、あくまでもここだけの話に』と、くどいくらい念を押しておいたから、変な噂にはならない筈だ！」

「そういう問題ではないわよね!!」

「シレイア、勘弁してあげて？　あくまで殿下達だけの認識で、私には何も後ろ暗いことはないから」

「……分かりました」

シレイアが不承不承頷いたのを確認してから、エセリアが続ける。

「これで殿下達の、私に対する悪逆非道な令嬢の印象が、更に上書きされたわけね。幸先《さいさき》がいいわ」

そう満足げに口にして朗らかに笑ったエセリアを見て、他の者達は揃って溜め息を吐いた。

「本当は、笑いごとではない筈ですが……」

「幾らなんでも、そんな話を真に受けるなんて……」

「残念っぷりが甚だしいわね……」

そんな周りの反応を見つつ、エセリアがさり気なく話題を変えた。

「それで音楽祭に関してだけど、いまだに詳細が公表されていないの。ソレイユ教授のお話では、休暇明けの月末に日程は決まったのに、殿下が休暇明けに参加者を募集するように指示したそうよ」

それを聞いたサビーネは、首をかしげる。

「エセリア様。それでは少し、日程が慌ただしくありませんか？」

「そうですね。日程が決定したのなら、参加者の募集も休暇に入る前に済ませておけば、各自が休暇中に練習できると思いますが……」

イズファインも訝しげに口を挟むと、シレイアが顔を強張らせながら呻くように言い出す。

「まさか……、あの女以外の参加者にはあまり練習をさせたくないと、そういうことですか？」

彼女がそう口にした途端、エセリアに視線が集中した。しかし当のエセリアは肩を竦めてみせる。

「さぁ……、私は何も知らないわ。ただソレイユ教授から『音楽祭の準備が何も進まない』と、内密に愚痴られたの。だから向こうがその気なら、こちらも休暇の間にしっかり練習しておくつもりよ。あの話を持って来た時、私が音楽を苦手としているとさり気なく思い込ませておいたので、強制的にでも私を参加させて恥をかかせる腹積もりでしょうし」

一様に無言で渋面を作る面々を眺めながら、エセリアは何一つ問題などないように話を続けた。

「ローダスは学年末休暇の時、屋敷で聞かせた曲のメロディーを、覚えているかしら？」

唐突な話題の転換に戸惑ったものの、ローダスは記憶を探って即座に頷く。

「ええと……、あれですね。はい、通しで覚えていますが、それが何か？」

「あれに合わせて歌える、賛美歌を知らないかしら？　勿論主旋律は違うから、それに上手く当てはめて歌えるという意味だけど」

その問いに彼は難しい顔で考え込み、断りを入れる。

「……少し時間を貰えますか？　休暇に入るまでに調べてお返事します」

「ええ、お願いね」

音楽祭に関する一連のやり取りを聞いていたサビーネが、エセリアに申し出る。

「エセリア様、音楽祭の対応もしなくてはいけませんし、今年は当初の予想以上に慌ただしくなりそうですね。剣術大会の準備のほうは、私達に任せてください。剣術大会は去年経験済みですし、実行委員の面々も全体の流れを把握していますから大丈夫です。エセリア様は音楽祭で殿下達を見返すことに、全力を尽くしてください」

「そう言ってくれると助かるわ。確かに今年は、実働できるかどうか不安だったの」

エセリアが笑顔で頷くと、ミランも冷静に申し出る。

「今年は僕がいますから、必要な物品があればすぐに店から届けさせます。昨年の剣術大会後、製品の良さが学園の教授方に認められて、学園から細々した物を含め受注しています。それで連日のように店の者が納品に来ているので、その人間に手紙を託せばすぐに店に連絡がいきますから」

それを聞いたエセリアは、僅かに目を輝かせた。

「それではその方を経由して、外部とこまめに連絡を取ることも可能かしら？」

「はい。王都内へのお手紙なら、その日のうちに届けさせましょう。父や兄達にも伝えておきます」

「助かるわ。お願いね、ミラン」

緊急時の連絡手段も確保できたエセリアは、現状にすこぶる満足した。

（そうと決まれば、早めにマリーリカに話を通して、休暇中にあれを練習しておきましょう）

それからエセリアは頭の片隅で音楽祭の対策を考えながら、友人達と楽しいひと時を過ごした。

第十一章　傍迷惑な、脳内お花畑カップル

　ロータスから問い合わせの返事を貰った後、無事に前期の授業が全て終了し、クレランス学園は長期休暇に入った。そして他の大多数の生徒と同様に実家に戻ったエセリアは、その翌日にマリーリカを屋敷に招いた。

「マリーリカ。休暇に入ったばかりなのに、呼びつけてしまってごめんなさい」

「気になさらないでください。何か、急ぎの用事がおありなのですよね？　お姉様が無駄なことをする筈がありませんもの」

「確かにそうなのだけど……。正直あなたを巻き込んでしまって良いのか、未だに迷っているの。だけどあなたと一緒に出たほうが効果的だし、インパクトも大きい筈だから……」

　何やらぶつぶつと自問自答気味に呟いているエセリアを見て、マリーリカは困惑した。

（一体、何事かしら？　お姉様がこんな風に言い難そうにしておられるなんて、初めてだわ）

　そう考えた彼女は、わざと明るく笑い飛ばしてみる。

「お姉様、私にできることなら、なんでも致します。その代わり、無理だと思うことは即刻お断りさせていただきますので、ご容赦ください」

「そんなに無理難題を押しつけるつもりはないから、心配しないで」

「それを聞いて、安心致しました」

思わずエセリアも釣られて笑い、室内に和やかな空気が満ちた。それに幾分救われたように、エセリアがいつもの口調で切り出す。

「実は休暇明けに、学園で音楽祭の開催が決定しているの。詳細を含めて、未公表だけど」

「音楽祭？　それはどんな催し物ですか？」

「楽器演奏や声楽に自信がある生徒が、全生徒の前で演奏や歌を披露するのよ」

「全生徒の前で？　音楽室とか教室とかで開催されるのではないのですか？」

「ええ、講堂での開催になるわね」

そんな前代未聞の話に、マリーリカは目を丸くしながら尋ねる。

「お姉様、どうしてそんな催しを開くのですか？　それに休み明けに開催なら、休みに入る前になんらかの告知がされなければおかしいと思いますが」

「グラディクト殿下がソレイユ教授に、休み明けに公表するように指示を出したそうよ」

「どうして殿下が、そんなことを指示されたのですか？」

「そもそもその音楽祭は、ピアノだったら多少は自信があるミンティア子爵令嬢を、全校生徒の前で活躍させるための場として殿下が企画したと言えば、おおよその所を分かって貰えるかしら？」

それまで淡々と続けられる説明を戸惑いながらもおとなしく聞いていたマリーリカは、それを聞いた途端、怒りを露わにしながら声を荒らげた。

「なんですって⁉　お姉様、それは本当ですか⁉」

叫ぶと同時にマリーリカが勢い良く立ち上がったせいで、彼女が座っていた椅子が見事に背後に倒れた。淑女としては有り得ないその失態に、エセリアは苦笑しながら従妹を宥めつつ、壁際に控えているルーナに声をかける。

「マリーリカ、落ち着いて。ルーナ、椅子を戻して頂戴」

「マリーリカ様、どうぞ」

「失礼致しました……」

「良いのよ。気にしないで」

椅子を戻して貰ったマリーリカは、エセリアとルーナに詫びながらおとなしく座り直し、半ば呆然としながら独り言のように呟く。

「ミンティア子爵令嬢のことは、お姉様にお伝えしてからも色々と耳にしてはいましたが……。まさか殿下が、そこまでなさるとは……」

「それでその音楽祭に、おそらく私も参加することになるわ。殿下は私が音楽を苦手にしていると思い込んでいるから、アリステア嬢の引き立て役にでもするつもりではないかしら」

皮肉っぽくエセリアが告げると、マリーリカは何とか怒りを抑えながらも素朴な疑問を口にする。

「どうして殿下は、そんな変な勘違いをされているのですか？　お姉様は王妃様主催の後宮での演奏会でも、きちんと演奏しておられましたよね？　確かにその場に、殿下はおられませんでしたが」

「ちょっと意図的に、苦手だと思い込ませてみた結果なのだけど」

「そんなことが可能なのですか？」

まだマリーリカは納得しかねている様子だったが、エセリアは笑って誤魔化した。

「それで先程話に出た、王妃様の所での演奏会で聴いたあなたの歌声が忘れられなくて。今回是非とも私に力を貸して欲しいの」

「光栄です。それで私は、何をすれば宜しいのですか？」

「賛美歌の《光よ、我と共に在れ》は知っているかしら？　三番まであるらしいのだけど」

「それは……、確かに一番は聞き覚えがありますが、二番と三番は……」

「普通に演奏される場合は一番だけで終わるそうだから、三番までの歌詞を書いて貰ったものがあるの。ルーナ、お願い」

「こちらでございます」

ルーナが預かっていた用紙を自信なさげに考え込んでいたマリーリカの前に置くと、彼女は無言でそれに目を走らせる。

「それを私の伴奏で、音楽祭で歌って欲しいの。ただし本来のメロディーではなく、別の曲に合わせて歌って貰うことになるわ」

「どのような曲でしょうか？」

「今から弾いてみせるから、そのまま聴いていて頂戴」

エセリアは優雅に立ち上がり、室内に設置されているピアノに向かった。そして落ち着き払って椅子に座ると、学年末休暇の時にローダスとミランに披露した曲を弾き始める。

「え!?　これって……。この旋律は!?」

当初、素直に聴く態勢になっていたマリーリカは、その演奏が始まると驚きに目を見張り、演奏が終わるまで身じろぎもせずに固まっていた。

「マリーリカ、どうかしら？　その歌に詳しい者が言うには、この曲のメロディーにその歌詞を合わせられるそうなのだけど」

演奏する手を止《と》めエセリアがピアノ越しに尋ねると、マリーリカは再度手元の紙に視線を走らせてから、真剣な面持ちで答える。

「はい。確かに原曲とはかけ離れたかなり型破りなメロディーになりますが、歌詞が余ったり、逆に不足したりはせずにすみそうです。ですが、きちんと練習する必要はあります。なんと言ってもこれまで耳にしたことがないメロディーですし、従来とは比べ物にならない広い空間で歌うことになるわけですから」

マリーリカが現実的な問題を口にすると、エセリアも真顔で頷く。

「そうね。講堂の端まで、きちんと聞こえるように。だけど声を張り上げたり無闇に叫んだりはせず、響き渡るような発声を考えないといけないでしょうね」

「お姉様、今の曲の楽譜を頂けますか？　自分の部屋でもそれを見ながら、歌う練習をしたいので」

「ごめんなさい、楽譜はないのよ。弾けるのだけど、楽譜を書き起こすのは苦手で……」

心底申し訳なさそうにエセリアが告げれば、先程聴いた曲は誰か有名な作曲家の新曲だと思い込んでいたマリーリカは、本気で驚いた。

「まさか先程の曲は、お姉様が作曲されたのですか!?」

「ええ、まあ……、一応……」

「素晴らしいですわ、お姉様！　こんな才能あふれる方を誰かの引き立て役に使おうなどと考えるなど、到底許せません！　グラディクト殿下は、本当に何を考えていらっしゃるの!?」

自分を褒めちぎった流れでグラディクトを非難し始めたマリーリカを、エセリアは冷静に宥める。

「マリーリカ、私はそれほど気にしてはいないの。現に国王陛下には何人もの側妃がおられるけど、王妃様はしっかりと後宮内を取り仕切っていらっしゃるでしょう？」

「ですが！」

「だからと言って、私を蔑ろにしても構わないということではないから、この際、公の序列と言うものを彼女にきちんと実感させてあげるつもりなの。話を聞く限りでは、アリステア嬢は言い聞かせたら理解して貰えるタイプの方ではないみたいだしね」

そう含み笑いで告げると、マリーリカが満面の笑みで頷き立ち上がる。

「分かりました！　全力で取り組みます！　そうと決まれば、早速練習致しましょう！」

「そうね。ルーナ、この部屋の窓を全て開けて。その後、庭の花壇の端まで行って、私の演奏とマリーリカの歌声がそこできちんと聞こえるかどうか、一回毎《ごと》に感想を聞かせて欲しいの」

「……畏まりました」

その指示に、微妙に顔を引き攣らせながら応じたルーナは、庭に面している窓を全て開放してから部屋を出て行った。窓から庭を眺め、彼女が所定の位置に着いたのを確認したエセリアが、マリーリカを振り返って促す。

「それではまず一回、歌ってみましょうか」

「はい、お任せください！」

先程と同じ曲をエセリアが弾き始め、その旋律に合わせて窓際に立ったマリーリカが歌う。そして歌い終えてからそのまま待っていると、少ししてルーナが戻って来る。

「ルーナ、どうだった？」

「ピアノは聞こえましたが、歌声のほうは微《かす》かに聞こえる程度で……。何を歌っていらっしゃるのかまでは、良く聞き取れませんでした」

申し訳なさそうに、しかし正直にルーナが報告すると、エセリアが真剣な表情で考え込む。

「普通に歌うと、やはり難しいみたいね……。伴奏のピアノの音量を、少し抑えるべきかしら……」

しかしマリーリカの意欲は衰えず、寧ろやる気満々で告げる。

「大丈夫です、お姉様。先程はいきなり歌いましたし、きちんと発声練習をしてから歌ってみます」

「そう？　それではお願いね。ルーナも庭に戻って頂戴」

「はい……」

エセリアは意気軒高な従妹を頼もしげに見やり、ルーナは項垂れながら再び庭へと出て行った。

結局それから十数回歌ったところで、エセリアが今日はここまでとストップをかけ、マリーリカは少し休憩してから屋敷を辞去することとなった。

「お姉様。今日でメロディーは完全に頭に入れましたし、今度お会いする時までに研鑽《けんさん》を重ねて、なんとしてでもお姉様の期待に応えてみせますわ！」

その鼻息荒い宣言に、エセリアは若干引き攣った笑顔で言い聞かせる。

「それはとてもありがたいのだけれど……、無理だけはしないで。喉はきちんと労ってね？」

「はい、留意致します。それでは失礼します」

そしてマリーリカが乗り込んだ馬車が走り去るのを見送ったエセリアは、玄関ホールに入った途端、ルーナからもの凄く疑わしげに問いただされた。

「エセリア様……、大丈夫なのですか？　本当にマリーリカ様に、学園内で変なことをさせたりしませんよね!?　マリーリカ様はエセリア様とは違って、本物のお嬢様なのですから！　余所様《よそさま》のお嬢様を巻き込んで、取り返しがつかないような事態にはなりませんよね!?」

マリーリカの見送りに出ていた他の使用人達は、そんな主従のやり取りから目を逸らしながら立ち去って行き、エセリアは不本意そうに言い返した。

「何をそんなに心配しているのか分からないけど、本当に大丈夫よ。だけどどうして私が、まともなご令嬢ではないような言われ方をされなくてはいけないのかしら？」

「エセリア様は、まともな貴族のお嬢様ではございませんから」

「…………」

ろくでもないことをきっぱりと断言されてしまったエセリアは、(ルーナは私の専属メイドの筈だけど、主人たる私にこんなことを言って良いのかしら？)と、もの凄く今更なことを考えてしまった。

長期休暇に入り、かなりの日数を費やした補習も無事に終えたアリステアは、実家代わりの修道院へ向かうため、着替えなどを詰めた大きなトランクを手にして学園の正門に佇《たたず》んでいた。

「ええと……、そろそろ約束の時間だけど……。あ、来た！」

道の向こうから護衛の近衛騎士が騎乗する馬を二騎従えた、立派な二頭立ての馬車が近寄って来るのを認めたアリステアは、満面の笑みでその一行に向かって手を振った。それを見た御者役や警護の近衛騎士は揃って眉根を寄せたが、一見なんでもない顔を取り繕う。そして彼女の目の前で停《と》まったその馬車から、グラディクトが笑顔で優雅に降り立った。

「やあ、アリステア。待たせてしまってすまない」

「いいえ、私も今出て来たばかりですし、ちょうど良かったです」

「それなら良かった。じゃあ早速乗ってくれ」

「はい！　とても立派な馬車ですね！　流石《さすが》は王太子様がお乗りになる馬車です！」

「…………」

アリステアは御者台から降りてきた騎士に愛想良くトランクを渡し、上機嫌で馬車に乗り込んだ。しかし彼を含めた三人の騎士が、二人に対して物言いたげな視線を向けていたのを、久しぶりに顔を合わせてテンションが上がっている彼女達は、全く気がついていなかった。

「アリステアは入学前に入寮した時、どうやって荷物を運び込んだんだ？」

トランクを馬車の後部台に設置し、走り出してからすぐにグラディクトが尋ねると、アリステアは苦笑気味に説明する。

「荷物があるので、大司教様が教会の馬車を手配してくれました。でも休みに帰る時にまでお願いするのは、心苦しくて……」

「それで王都郊外の修道院まで、本気で歩いて行くつもりだったのか？」

「道は分かりますし、日没までには到着できます。私は元々頑丈ですし、幾ら歩いても平気です」

「そういう問題ではなくて、危険性のことを言っているのだが……」

少々呆れ顔になったグラディクトだったが、すぐに諭すように彼女に言い聞かせた。

「今後は修道院への行き帰りは私が馬車を手配するから、歩いて帰らないように。分かったな？」

「はい、ありがとうございます」

その申し出に、末端貴族の自分が王家の紋章入りの馬車を使うなど言語道断、などという殊勝な考えを持ち合わせていなかった彼女は、（やっぱりグラディクト様はお優しい方だわ）とひたすら感激していた。実は同行の近衛騎士達は、事前にグラディクトから市場の視察のついでに回り道をし、その際同乗者がいると聞かされていただけで、まさか単なる同級生に過ぎない小娘を乗せるつもりだったとは夢にも思っていなかった。それで乗るのを辞退するように先程アリステアに目線で訴えたのだが、その無言の抗議は完全に無視される結果となっていた。

「しかしミンティア子爵夫妻には腹が立つ。王都内の子爵邸なら、歩いても楽に帰れるものを……」

憤懣《ふんまん》やるかたない表情で呟いたグラディクトを、彼女は苦笑気味に宥める。

「構いません。あんな所に帰ろうとは思いませんから」

「確かにそうだろうが……。私はまだ一学生に過ぎないが、それなりの権力を得たら必ず子爵夫妻に正義の裁きを下してやる。特に子爵は許し難い！　後妻に良いように丸め込まれて、実の娘を下働き同様に扱うとは！」

「アリステア……」

「私は、グラディクト様にそう言って貰えただけで嬉しいです。ありがとうございます」

頭を下げて礼を述べるアリステアを見て、これ以上怒り続けるわけにもいかず、グラディクトは取り敢えず感情を抑え込んだ。そんな彼に、アリステアが明るく笑いかける。

「グラディクト様の他にケリー大司教様にも助けて貰いましたし、世の中そうそう悪いことばかりではありません。それに父達のような最低な人間には、いつかきっと天罰が下ります。グラディクト様の手を煩わせることもないと思いますよ？」

「ああ、そうかもしれないな」

彼女にそう宥められたグラディクトは、密かに感動していた。

(これまで散々実の家族に虐げられてきたのに、なんて健気《けなげ》な。驕《おご》り高ぶったあの女が彼女の十分の一でも謙虚なら、まだマシというものだが)

相変わらず彼の中では、アリステアは《不遇な境遇にもくじけず、他人を恨んだり妬んだりしない、心掛けの良い健気な少女》であり、その思い込みは崩れる気配がなかった。そして目の前の彼女と楽しく会話を交わしながら、彼は心の中でこの場にいない自分の婚約者のことを考える。

（アリステアとは明日以降は休暇明けまで会えないのに、この休暇の間に招待されている数々の夜会や催し物に、婚約者のあの女同伴で出席しなければならないとは……。考えただけで腹が立つ）

エセリアに対する悪印象や事実と乖離《かいり》した思い込みは、グラディクトの中で日々悪化しており、彼の苛立ちも静かに増加していた。そうこうしているうちに、無事に目的地へと到着する。

「殿下、到着致しました」

「ああ」

そこでアリステアと共に地面に降り立ったグラディクトは、トランクを受け取った彼女に笑顔で別れを告げた。

「それではアリステア。暫くお別れだ。寮に戻る時には予定を繰り合わせて、また馬車で寄るから」

「はい、宜しくお願いします」

走り去っていく馬車が見えなくなるまで手を振って見送ってから、アリステアは漸く修道院のほうに向き直った。

「助かった。殿下のおかげで楽に戻れたわ」

そうして満足げに門の中へと足を進めた彼女をよそに、グラディクトに面と向かって進言できなかった騎士達によって、彼女の噂が近衛騎士団内で密かに広がっていく事態となった。

アリステアが修道院で与えられていた自室に戻り、持参した荷物を整理して寛いでいると、小さなノックの音に続いて、年老いた院長が顔を覗かせた。

「アリステア。ケリー大司教様がお見えです。面会室に行ってください」

「はい、分かりました」

その呼びかけに、彼女は荷物の中から迷わずある物を取り出し、足取り軽く面会室に向かった。

「大司教様、お久しぶりです」

「やあ、アリステア。こちらに戻る予定を手紙で知らせてくれたから、早速様子を見に来たよ」

笑顔を向けてくる彼の向かい側の椅子に座りながら、アリステアは申し訳なさそうに頭を下げる。

「わざわざこちらに出向いていただいて、申し訳ありません。明日にでも総主教会に出向いて、ご挨拶するつもりでしたが」

「いや、学園からここまではかなりの距離だ。歩くと疲れるだろうし、ここからわざわざ王都の中心近くまで出向くのも大変だろう」

「実は今回、馬車に乗せて貰ったので、ここまで楽に帰って来られました」

思わず彼女がそう口走ると、ケリーが怪訝な顔になる。

「乗せて貰った？　どなたに？」

「え、それは……」

そこで我に返ったアリステアは、慌てて頭の中で考えを巡らせた。

(正直に、「王太子殿下に送ってもらった」と言っても良いかしら？　ううん、真面目な大司教様に「王太子殿下に近づいて、玉の輿《たまこし》を狙っている」なんて言ったら、卒倒して怒られるか泣かれるに決まっているわ。後で本当のことを打ち明けるにしても、当面は誤魔化しておいたほうが良いわよね？)

そう方針を決めた彼女は、咄嗟にそれらしい嘘を捻《ひね》り出《だ》した。

「その……、仲良くなった下級貴族の方に、近くまで同乗させて貰いました。体面上、修道院の門前で降ろして貰うわけにはいかなかったので、途中で降ろして貰ったら不審がられましたが。最近体調を崩した乳母を見舞いながら帰ると説明したら、彼女には納得して貰えましたから大丈夫です」

それを聞いたケリーは納得し、次いで気の毒そうな表情になった。

「そうか……。苦労しているな、アリステア。正直に実家の状況を口にできないばかりに。友人にも正直に打ち明けられず、心苦しいだろう」

「大丈夫です、大司教様。モナさんは余計な詮索とかはしない、落ち着いた人ですから。それにアシュレイさんも変な噂とかに流されたりせず、いつも的確な助言をしてくれます。二人とも下級貴族出身ですけど、とても気さくな方達です」

未だに友人らしき者はいないアリステアが、咄嗟にモナ達の名前を出すと、それを聞いたケリーは安堵の表情を浮かべる。

「そうか……。入学早々、そんな得難い友人ができたのなら安心したよ。君は貴族とは名ばかりの生活をしてきたから、生粋の貴族の方々に受け入れて貰えないのではないかと懸念していたから」

しみじみとそんなことを告げてくる彼に、アリステアは苦笑いした。

(大司教様は本当に心配性ね。貴族の上に位置する王族の王太子殿下に認めて貰っているから、なんの問題もないのに)

そんな彼の目の前に、アリステアは部屋から持って来た定期試験の成績表を差し出す。

「大司教様。お土産代わりに、定期試験の成績表を持参しました。日頃お世話になっていますから、やはり成績表くらいはお見せしないといけないと思いまして。本当はもっと高得点で、良い順位のものをお見せできれば良かったのですが……。力不足で、本当に申し訳ありません」

そう言いながらアリステアが神妙に頭を下げると、それを確認したケリーが大きく首を振る。

「アリステア、高倍率の選抜試験をくぐり抜けた平民出身の生徒と、幼い頃から英才教育を受けてきたであろう貴族出身の生徒に混ざって、ほぼ中間の位置にいるなら上出来だろう。寧ろ上位に食い込んでいたりしたら採点が間違っているのではないかと、学園に問い合わせるところだ。本当に良く頑張っているじゃないか」

そんな風に満面の笑みで褒められた彼女は、同様に笑顔で頷きながら密かに冷や汗を流した。

（アシュレイさんの言った通り、平均の点数と中間くらいの順位を書いておいて良かった……。殿下は『せっかくだからもっと良い成績にしろ』と言っていたけど、アシュレイさんの『好成績過ぎると却って怪しまれます』という意見に従っておいて正解だったわ）

アリステアがアシュレイ、つまりローダスの助言に感謝していると、ケリーが声を詰まらせる。

「それに世話になっているからと、自分にとって不本意な成績でも、自ら進んで見せてくれるとは……。私にはその心掛けが、何よりも嬉しい……。亡くなられた母上も、このように立派に成長したあなたを見たら、きっと手放しで喜ばれただろうに……。本当に不憫《ふびん》でならない……」

「大司教様……」

ハンカチで目元を押さえ、零れる涙を拭き取ったケリーが、微笑んで激励してくる。

「順調そうで何よりだ。これからも頑張りなさい。困ったことがあれば、いつでも力になろう」

「はい！　きっと大司教様にもご満足いただける成果を上げてみせます！」

（だって私は一人じゃないもの！　アシュレイさんやモナさんの力を借りて、絶対グラディクト様と幸せになってみせるわ！）

満足げに微笑むケリーに笑顔を返しながら、アリステアは密かにそんな決意を新たにしていた。


マリーリカの誕生日を祝う夜会にローガルド公爵家から招待されたグラディクトが、婚約者であるエセリアを同伴して出席するのは当然だったが、シェーグレン公爵邸に彼女を迎えに来た時点で、彼の機嫌はすこぶる悪かった。

「グラディクト殿下、ようこそお越しくださいました」

同様に招待を受けているシェーグレン公爵夫妻は一足先に屋敷を出た後であり、グラディクトを玄関ホールで出迎えたのは、使用人を除けば公爵家嫡男のナジェークだけだった。

「エセリアの準備はできているか？」

「はい、抜かりなく。今、部屋に呼びに行かせております。少々お待ちください」

恭しく頭を下げた彼にグラディクトは小さく舌打ちし、苛立ちを隠さないまま文句を口にする。

「この私を待たせるとは」

「先程までエセリアはこちらのホールで待機しておりましたが、殿下のご到着が遅れましたので一度部屋に戻しておりまして。誠に申し訳ありません」

自分の台詞を遮りながら、落ち着き払って事情を述べたナジェークにたじろぎながらも、グラディクトは尚《なお》も言い募ろうとする。

「仮にそうでも」

「我が家では定刻前行動を常としておりますから、時間が押した場合の対処には慣れていないもので。今後は殿下がどれほど予定の刻限から遅れても、それに対処できるように心がけておきます」

「……っ！　そうしておけ！」

慇懃《いんぎん》無礼《ぶれい》としか思えない穏やかな笑みを浮かべながらのナジェークの申し出に、グラディクトは忌々しげに吐き捨てるように言った。そんな彼に相変わらず笑顔を向けながら、ナジェークが心の中で罵倒する。

(自分が指定した時間に遅れて来たくせに、大きな顔をするな。せめて詫びの一つも口にしたのなら、大目に見てやったものを)

二人の間に微妙に緊迫した空気が漂い、周囲の使用人達が無言で顔を見合わせていると、僅かな衣擦《きぬず》れの音を立てながらエセリアがその場に現れた。

「殿下、お待たせしました」

「遅い！　行くぞ！」

挨拶もそこそこに、グラディクトは踵《きびす》を返《かえ》して外に待たせている馬車に向かったが、エセリアは落ち着き払って兄に笑いかけた。

「それでは行って来ます」

「ああ、気をつけて行っておいで」

そして馬車寄せに停めてあった王家の紋章入りの馬車にエセリアが乗り込んで去っていくのを見届けてから、ルーナが思わずと言った感じで口にする。

「あの方が王太子殿下ですか……。初めてお目にかかりましたが、お気の毒な方ですね」

それを耳にした周囲の使用人達が、怪訝な顔で問い返す。

「ルーナ？　どうして殿下がお気の毒なの？」

「何かにお困りとか、悩んでいるようにも見えないが？」

「そういう意味ではなく……。何と言っても、あのエセリア様の婚約者でいらっしゃいますし……」

ぼそぼそとルーナが理由を述べると、周囲は一瞬ポカンとしてから揃って破顔一笑した。

「そういう意味か。でも大丈夫だろう？　確かにエセリア様は非凡な方だが能力的には問題ないし」

「そうそう。対外的には全く問題ないし、王太子妃になっても大丈夫よ」

「ルーナは心配性ね。エセリア様付きで色々とんでもないことに遭遇していれば、仕方がないけど」

「……はぁ、そうかもしれません」

(そうじゃなくて、エセリア様が婚約破棄に向けて着々と小細工を進めているからなのだけど……。エセリア様が王太子殿下を毛嫌いして嵌《は》めようとしているなんて言っても、誰も信じないわよね)

そこでなんとなく視線を感じた彼女がそちらに顔を向けると、どうやら先程から自分達のやり取りを眺めていたらしいナジェークと目が合った。すると彼が思わせぶりに微笑んだことで、ルーナの強張った笑顔が更に固まる。

（お屋敷の中でエセリア様が殿下からの婚約破棄を目論んでいることを知っているのは、ご本人の他はナジェーク様と私と、ナジェーク様付きのオリガさんだけ。こんなことを口にしても誰も信じてくれないだろうけど、万が一表沙汰になったら大騒ぎだわ。絶対に周囲に露見しないようにしないと）

そして用は済んだとばかりにさっさと自室に戻るナジェークの後姿を見ながら、ルーナは密かに気合を入れ直していた。


「…………おい」

「はい、何かご用でしょうか？」

「…………」

二人きりの馬車の中で暫く続いていた沈黙を破った不機嫌そうなグラディクトの呼びかけに、エセリアが笑顔で応えた。しかし再び相手が無言になったため、彼女は素知らぬふりで馬車の壁面に描かれている蔓草《つるくさ》模様の葉を数えるのを再開する。

「何を黙っている！　それにこっちを向け！」

そんな理不尽な物言いをされたエセリアだが、相手が腹を立てるのは願ったり叶《かな》ったりだったので、余計に神経を逆撫でする言い方をしてみた。

「先程、『何かご用でしょうか』とお尋ねしましたが、特にご用命がおありではなかったので、考え事をしていただけです。何のご用か、早く仰ってください。もうすぐローガルド公爵邸に到着しますが、ご挨拶の文言をお忘れになってしまいましたか？　それでは私が適当に考えて差し上げます」

そう言って満面の笑みを振《ふ》り撒《ま》いた彼女に、グラディクトは怒声を浴びせた。

「挨拶くらい、なんとでもできる！　お前は私を馬鹿にしているのか!?」

「そうでしたか。それではどんなご用でしょう？」

「お前は、気の利いた話題の一つも出せないのか？」

「まあ、私と会話がしたかったのですか？　殿下は随分と、内向的でしたのね」

「話を逸らすな！　黙っていても、そちらから相手に相応しい話題を出すのが礼儀だろうが！」

しかし彼女はそんな非難など聞き流し、少々困った顔を装いながら申し出る。

「ですが内向的な殿下と盛り上がる話題など、私には咄嗟に思いつきません。お互いにもう少し、見聞を広める必要がありそうですね」

「なんだと？」

益々《ますます》不快そうに眉間にしわを寄せたグラディクトだったが、ここで馬車が僅かな振動と音を立てて停止した。

「到着しましたね。殿下、お先にどうぞ」

そこで彼は穏やかに促したエセリアを放置し、些《いささ》か乱暴に馬車から降り立った。

（相変わらず、なんて高慢な女だ！　アリステアなら楽しい話題を幾らでも出すし、いつでも私を立ててくれるぞ。容姿や血統ではなく人間性で婚約者を選べたら、こんな奴は死んでも選ばん！）

立腹したグラディクトは、馬車から降りる手助けしてくれた騎士に礼を述べるエセリアを、眼光鋭く睨みつけた。しかし王太子という立場上、どれほど険悪な仲であっても婚約者であるエセリアをエスコートせずに会場入りしたら、周囲からどんなことを言われるか分からないのは重々承知しており、仏頂面でエセリアに腕を差し出す。それに微笑しながらエセリアが軽く自身の腕を絡め、正面玄関から公爵邸に足を踏み入れた。

表向き取り繕った二人が、執事の案内で夜会会場の大広間を進むと、すぐ傍《そば》で招待客を待ち構えていたローガルド公爵夫妻とマリーリカが、満面の笑みで歩み寄って彼らに向かって頭を下げる。

「王太子殿下。今夜は娘、マリーリカの誕生祝いの夜会にご出席頂き、ありがとうございます」

その時には既に仏頂面など覆い隠したグラディクトが、王太子らしい威厳を醸し出しながらローガルド公爵に笑顔を向けた。

「ご令嬢は、弟の婚約者でもあるからな。貴公と顔を合わせるのは久しぶりだが、息災で何よりだ」

「ありがとうございます」

その二人の会話に一区切りついたところで、エセリアがマリーリカに声をかける。

「誕生日おめでとう、マリーリカ」

「ありがとうございます、エセリアお姉様。グラディクト殿下。それにしても並び立つお二人を見ると、本当にお似合いですわね。お父様、お母様、そう思われませんか？」

二人の姿をしげしげと眺めたマリーリカが、全く邪気のない笑顔で両親に意見を求めた。それにグラディクトが僅かに頬を引き攣らせたが、公爵夫妻は娘の意見に力強く賛同する。

「誠にその通りですな。お二方とも若さと威厳に満ち溢れ、光り輝くようです」

「我が娘マリーリカは、とてもお二方と肩を並べることなどできませんわ。お恥ずかしい限りです」

謙遜と羨望が入り交じったその台詞に、エセリアは苦笑しながら叔母夫妻を宥めた。

「叔母様。そんなに謙遜するものではございませんわ。マリーリカはアーロン王子殿下と並び立っても遜色ない、気品と教養を身につけておりますもの。学園内ではアーロン殿下とお似合いだと、専らの評判ですわ。グラディクト殿下、そうでございますよね？」

「……ああ、アーロンとは似合いなのではないか？」

「ありがとうございます、王太子殿下」

「光栄でございます」

「…………」

グラディクトの台詞には（王太子である自分とは不釣り合いだが）という若干の皮肉が籠っていたのだが、それは公爵夫妻には全く伝わらず、却って喜ばせる結果となった。そして憮然となったグラディクトの神経を更に逆撫でする台詞を、マリーリカが無邪気に口にする。

「本当に王太子妃に相応しい方は、エセリアお姉様以外に存在しませんわ。同世代の女性達の中で、お姉様以上に才能あふれる方などおられませんから」

「まあ、マリーリカ。それはちょっと褒め過ぎよ？　恥ずかしいわ」

「褒め過ぎなどではありません。お姉様の有能さを認められない人間のほうが、間違っていますもの。それだけで罪と言っても過言ではありませんわ」

大真面目に告げる従妹に苦笑したエセリアは、そのままローガルド公爵夫妻に向き直った。

「叔父様、叔母様。マリーリカが私の信奉者というのは分かりましたが、些か大げさ過ぎませんか？」

その問いかけに、夫婦は一瞬顔を見合わせてから穏やかに笑う。

「申し訳ないが私もマリーリカ同様、いや、それ以上に君の才能に惚《ほ》れ込《こ》んでいるからね。万が一、君を蔑ろにするなどという暴挙に出る者がいた時には、義兄上に頼まれるまでもなく、それ相応の報いを与えてやるつもりだよ？」

「私もそのつもりよ。そんな愚か者が万が一存在しているのなら、マグダレーナお姉様やミレディアお姉様が手を下す前に、私が社交界から葬り去ってあげますからね」

「まあ……。お二方ともマリーリカ以上に強硬なご様子ですが、とても心強いですわ」

「…………」

朗らかに笑っているエセリアが、本来アーロン王子派と目されているローガルド公爵夫妻とも懇意にしており、彼らの全面的な後押しを得ている事実を目の当たりにして、グラディクトは心穏やかではなかった。

(王妃陛下やシェーグレン公爵家の人脈のみならず、ローガルド公爵家まで丸め込んでいるとは……。この女、どこまで外面が良いのやら。この調子なら権力や人脈をいかようにでも使って、気に入らない女の一人や二人、平気で無実の罪を着せて追放しかねないぞ)

アリステアのことを内心で危惧したグラディクトだったが、それは表には出さずに公爵夫妻との挨拶を終えた。そして公爵夫妻から離れた途端、二人はお約束通り数多くの貴族達に囲まれる。笑顔で応じているうちに両者は自然と離れ、話に一区切りついたところで、エセリアは飲み物を取ろうと周囲に断りを入れて壁際のテーブルに向かった。そこで彼女が給仕の一人から飲み物を受け取って何気なく会場内を見回していると、マリーリカがさり気なく近寄って声をかけてくる。

「お姉様、楽しんでくださっていますか？」

「ええ。そう言えばさっきのあれは、殿下への嫌みを含んでいたわね？」

エセリアが苦笑しながら問えば、大真面目な答えが返ってくる。

「当然です。お姉様を蔑ろにして、あんな生徒の肩を持つなど。お姉様と彼女の格の違いを、少しは理解すれば宜しいのですわ。あの女など側に寄せたら、殿下の価値が下がるだけだというのに」

「あら、怖い。あなたも随分言うようになったわね」

「確かに政略結婚である以上、他に好意を寄せる女性ができるのは仕方がありませんし、権勢上から側妃を迎える必要もあるでしょう。ですが国王陛下はきちんと王妃様を尊重し、お互いに信頼し合っておられます。ですから王太子殿下もそのように序列を厳守し、お姉様を尊重する姿勢を他者に対して見せるべきです。ご自分が本当に好ましいと思っておられる女性と正式に結婚できないのは無念でしょうが、そんな男性と結婚する羽目になるお姉様のほうが、よほど無念ではないですか。それをあの方は、全く理解しておられません。私が怒っているのは、その一点だけです」

少女らしい真っ直《ま》ぐ《す》な考え方とその姿勢に、エセリアは自然に笑顔になった。

「マリーリカ、心配してくれてありがとう。私は大丈夫だから、あなたはアーロン殿下と自分のことだけを考えていらっしゃい」

「失礼します、エセリア嬢。何か私の話題で盛り上がっておられましたか？」

マリーリカを宥めたところで唐突に現れたアーロンに、エセリアは頭を下げる。

「アーロン殿下。ご挨拶が遅れて申し訳ありません」

「いいえ、兄上と共にあなたが会場入りしたのは目にしていたのですが、少々人と話し込んでいて失礼致しました。兄上には先程、ご挨拶してきたところです」

それから少しの間三人は楽しげに会話を続けたが、エセリアは密かに罪悪感を覚えていた。

（私と殿下の婚約を破棄に持ち込んだらマリーリカには相当心配をかける上、予想外に王太子妃の座が転がり込んで迷惑をかけてしまうわね。せめてものお詫《わ》びに、あなたが王太子妃や王妃になった時は、全力で支えると誓うから）

そんな様々な思惑が飛び交う夜会は、表面上和やかに進行していった。


長期休暇もそろそろ終わりという時期。王妃であるマグダレーナから呼び出されたエセリアは、手土産持参で王宮に出向き、取り次ぎの女官に愛嬌《あいきょう》を振りまきながら伯母が待つ私室へと向かった。

「出向いてくれてありがとう。会いたかったわ、エセリア」

「お久しぶりです、伯母様。ご招待、ありがとうございます」

挨拶を済ませて向かい合わせに座り、ワーレス商会から取り寄せた目新しい製品や本を進呈したエセリアに、マグダレーナが早速近況を尋ねてくる。

「ところでエセリア。学園生活も二年目に入りましたが、変わりはないかしら？」

「そうですね……。クラス編成が変わり貴族科になりましたので、どうしても交友関係や話題に上る事柄が、昨年とは微妙に異なっております」

「交友関係と言えば、グラディクトの交友関係に少々毛色の変わった友人が加わったようですが、あなたはそれを把握しているのかしら？」

にこやかに、しかし目は笑っていないマグダレーナを見て、エセリアの頭は瞬時に冷えた。

(それってまさか……、いえ、かなりの高確率でアリステアよね!? どうして学園内の状況が、王妃様に筒抜けなのよ!!)

動揺のあまり固まってしまった彼女に、マグダレーナが重ねて問いかける。

「エセリア、どうかしましたか？」

「いいえ、なんでもありません。ええと……、殿下の交友関係のお話でございましたね」

(どう言えば正解なのかは分からないけれど、取り敢えずしらを切り通すのは無理だわ……)

そこで素早く算段を整えたエセリアは、なんとか気合いを入れて平静を装う。

「確かに最近、殿下に毛色の変わったご友人が増えたのは存じ上げていますが、私はそれを好ましいことだと考えています」

「あら……、本当に？」

少々意外そうにしている伯母に、エセリアは余裕の笑みで応じる。

「はい。学園在籍中に見聞と人脈を広めること、多種多様な価値観を認識すること、それらを心がけるように、伯母様から入学前にお話がありました。ですから通常では懇意にするなど有り得ない人物を近づけることに対して、過剰に反応せずとも良いと思われます」

「あなたがそれで良いと、判断しているわけですね？」

「はい。その方は王太子殿下に対して敵意はなく、危害を加える様子も見受けられませんので」

落ち着き払ってエセリアがそう述べると、マグダレーナは嬉しそうに顔を綻ばせた。

「分かりました。それではあなたの判断に任せましょう。私が安心するだけの判断力と自制心をあなたが持ち得ていて、本当に嬉しいわ」

「ご信頼いただき、ありがとうございます」

どうやら正解だったらしいと安堵しながら、エセリアは深々と頭を下げた。

（冷や汗をかいたわ……。王妃様が怒っていて『即刻排除しろ』なんて口にしたら、一巻の終わりだもの。単に殿下の周りに女がまとわりついたくらいで喚《わめ》き立《た》てるなら王太子妃として失格だから、私の反応を見ただけみたいね）

それからは隔意なく色々な話で盛り上がり、予定時間を少し過ぎてエセリアはマグダレーナの前から辞去した。侍従に案内されて公爵家の馬車まで戻り、王宮までつき従ってきたルーナと一緒に馬車に乗り込んだエセリアだったが、人目を気にする必要がなくなった途端、彼女の形相が徐々に険しいものへと変化していく。

（それにしても……。婚約破棄を望んでいることを王妃様に露見しないように、こちらは未来の王太子妃を目指すアピールをしつつ地道に努力しているのに。あの、お気楽脳内お花畑カップルは……）

そこでエセリアは、何気なく座席の横に置かれた箱に目を向けた。それは別れ際、マグダレーナから「卒業後は公式行事への出席が目白押しになるから、今のうちにこれくらいは頭に入れておきなさい」と言われて与えられたものだったが、それを目にしたことでエセリアの怒りがぶり返した。

「マリーリカの台詞ではないけれど…………、ちゃんと私を認めて、尊重するふりくらいはしたらどうなのよ！　あんの色ボケ考えなし王太子がぁぁ――っ!!」

「ひいっ!!　なっ、なんですかっ!?」

つい無意識に怒声を放ち、拳で力一杯横の壁を叩いたエセリアを見て、向かいの座席に座るルーナが怯《おび》えきった表情で悲鳴を上げた。それで我に返ったエセリアが、慌てて彼女を宥める。

「え？　あ、ご、ごめんなさい、ルーナ。ちょっと不愉快なことを思い出して。なんでもないのよ？」

弁解してから笑って誤魔化そうとしたエセリアだったが、ルーナは座った姿勢のままじりじりと座席を移動し、あまり広くない馬車の中で、エセリアの真正面から対角線上の位置まで移動した。

「ルーナ。急に暴れてあなたに殴りかかったりしないから、もう少し近くにいても大丈夫よ？」

「…………」

優しく言い聞かせてみたものの、明らかに警戒心丸出しで固まっているルーナを見て、エセリアは屋敷に戻るまでそれ以上は口にせず、盛大に溜め息を吐いた。

第十二章　驚天動地の音楽祭

長期休暇も終了し、クレランス学園では後期の授業が開始された。貴族科下級学年で最初の音楽の授業が行われたその日、エセリアを囲む友人達の話題は、当然ながら授業の最後に担当教授から告げられた内容についてだった。

「先程の教授のお話は、随分唐突でしたわね」

「ええ。いきなり『音楽祭』などと言われても……、何をどうすれば良いのか分かりません」

「私、身内やごくごく親しい方同士の集まり以外では、演奏を披露したことなどありませんが……」

「私も同様です。どうしてわざわざ全校生徒の前で、披露する必要があるのかしら？」

訝しげな様子で歩く彼女達のもとに、背後から人波をかき分けてグラディクトが駆け寄って来る。

「エセリア、ちょっと待て‼」

「……騒々しいですね」

「何事かしら？」

その怒声に彼女達が足を止めると、追いついたグラディクトが前置きなしに言い出した。

「授業の最後に説明があった音楽祭のことは、ちゃんと聞いていたな？」

「はい、勿論です。それが何か？」

「それなら当然、お前は参加するのだろうな？」

「どうして私が、参加しなければならないのですか？」

「私が剣術大会と同様、名誉会長を務めるからだ。婚約者のお前が協力しなくてどうする」

「私が参加しなくとも、他に優秀な方が幾らでもいらっしゃるのでは？」

「お前が音楽を得意としていないのは知っているが、まさか後ろ指をさされる程ではあるまい？　私の婚約者として、音楽祭成功に向けての誠意を見せて貰いたいものだな」

そう言って些か馬鹿にするように笑ってみせた彼を見て、周りの女生徒たちは咎めるような顔つきになったが、エセリアは淡々と了承した。

「分かりました。それでは教授には参加申し込みを」

「お前がそう言うだろうと思って、もう済ませておいたからな。ありがたく思え！」

「そうでしたか。お手を煩わせて、申し訳――」

「それでは当日、仮病など使って逃げるなよ！　分かったな！」

エセリアの台詞を一々遮りつつ、一方的に言うだけ言って上機嫌に引き上げて行った彼を見て、周囲の者達は呆気に取られた。

「なんなのですか？　あの殿下の物言いは」

「エセリア様は別に、音楽が苦手ではいらっしゃいませんのに。何か変な誤解をされているのでは？」

そんな素朴な疑問に、エセリアは笑って答える。

「殿下は私が音楽理論や歴史には詳しいけれど、演奏技術は人並み以下と思い込んでおられるようですね。ですがその認識を一々正すのも面倒なので、そのままにしておいていただけますか？　音楽が不得意だと殿下に思われても、私には特に支障はございませんし」

「はぁ……」

「分かりました」

怪訝な顔をしながらも彼女達は素直に頷き、すぐに別の話題で盛り上がりながら移動を再開した。

（想像通り、私の参加をごり押ししてきたわね。あまりにも筋書き通りで笑えるわ）

予想通りの展開に、エセリアは密かに苦笑していた。


その頃、上手く事が運んだと思い込んだグラディクトは、側付き達を従えて歩きつつ薄笑いを浮かべていた。

（あれでエセリアも後には引けまい。当日仮病を使って休んだら、私に対して非協力的な婚約者としてあるまじき振る舞いだと非難すれば良いし、素直に参加したらアリステアの直前に順番を組み込んで、その下手さを全校生徒の前で印象づけて恥をかかせられる。どちらに転んでも、私にとってはいいことずくめだ）

そんな風に満足しながら気分よく歩いていた彼に、背後から声がかけられる。

「グラディクト殿下。先程のエセリア様に対する発言は、少々拙いのではありませんか？」

「おい、ライアン、よせ！」

「何を言い出す気だ!?」

側付き達の焦った声が聞こえる中、気分を害したグラディクトは、足を止めて振り返った。

「お前、私に意見する気か？」

「エセリア様は、音楽祭に大してご興味がおありでない様子。そのような得体の知れないものに参加を強制し、万が一彼女に恥をかかせる事態になっては、殿下のお名前にも傷が付きかねません」

側付きとして真っ当な進言をしたライアンだったが、グラディクトは怒声で応じた。

「『得体の知れないもの』とはなんだ！　無礼だろうが！」

アリステアのために企画したそれを非難され、グラディクトは本気で腹を立てたが、一つ言ってしまえば二つも三つも同じだと完全に開き直ったライアンは、彼よりも声を荒らげて言い募った。

「ですが事実です！　この際、無礼を承知で言わせていただきますが、長期休暇前から私達を遠ざけた上で側に寄せている、あの女生徒は何者ですか!?」

「……黙れ」

「いいえ、黙りません！　噂を拾ってみれば礼儀も知識も全く身についていない、取るに足らない子爵家風情の」

「黙れと言っている!!」

「ぐあっ！」

「ライアン！」

「殿下！　こんな所でお止めください！」

アリステアを真っ向から非難されたグラディクトは、相手を手っ取り早く黙らせるため、問答無用で殴り倒した。まさか学園の廊下でそんな暴挙に及ばれるとは夢にも思っていなかったライアンは、頬にまともに拳を受けて廊下に転がり、他の側付き達が慌ててグラディクトの腕を取って押さえる。

「もう良い、ライアン！　たった今、貴様の側付きの任を解く！　詫びを入れても無駄だぞ！　父親のクレスコー伯爵に、貴様の無能さを叱責されろ！」

そうグラディクトが吐き捨てると、ライアンはゆっくりと立ち上がりながら、冷め切った目で言葉を返した。

「そうですね。あなたの罵倒より父から叱責されるほうが、数倍筋が通っていますから甘んじて受けましょう。それでは失礼します。以後、ご用命は承りませんので、お声はかけないでください」

「誰が声などかけるか！　おい、行くぞ！」

「あ、は、はい！」

「殿下、お待ちください！」

他の側付きの者達は憤然として歩き去るグラディクトの後を慌てて追いかけ、ライアンは妙にすっきりとした表情で彼らとは逆方向に歩き出した。

「まあ……、それでは仲間割れ？」

偶々、その一部始終を目撃したシレイアの報告に、エセリアが目を丸くする。

「仲間と言っても、親の言いなりに殿下についていただけの、腰巾着でしたが」

「だが側付きの中でも、ライアン殿は比較的常識的だったし、幾ら父親から『殿下のご機嫌を取っておけ』と言われても、これまでにも色々と思うことがあったのでは？」

「恐らくそうでしょうね」

昨年から冷静にグラディクトの周囲を観察していたローダスが思う所を口にしてみると、エセリアも納得したように頷く。

「殿下にあることないことを吹き込まれた親から理不尽な叱責を受けるのは少々気の毒だから、私からクレスコー伯爵に、第三者の立場で一筆書いておくわ」

エセリアがそう述べると、ローダスとシレイアは思わず顔を見合わせた。

「エセリア様が書いたものを、クレスコー伯爵が信じるでしょうか？」

「自分の益になると思って、息子を殿下の側付きにしていたわけですし……」

「それは伯爵次第よ。そこまでは私の関知する所ではないわ」

「それもそうですね」

笑って肩を竦めるエセリアの言い分に二人はすぐに納得し、そこで彼らに関する話題は終了した。

音楽祭の開催公表後、アリステアは放課後に音楽室へ出向くのが日課となった。

「やっと授業が終わったわ。今日もしっかり練習しないと！」

そんな独り言を口にしながら、慌ただしく荷物を纏めて教室を駆け出して行くアリステアに、その頃には彼女の無神経さと騒々しさに慣れきっていたクラスメートの殆どは、冷ややかな目を向けただけだった。しかしその中の一人が、如何にも腹立たしげに周りの友人達に訴え始める。

「例の音楽祭のことだけど……。実は私、ソレイユ教授から『参加希望者が少ないので、演奏技量が秀でているあなたに、是非出て貰いたい』とお願いされたの」

「まあ、名誉なことじゃない」

「凄いわね。頑張って」

偶々隣のクラスから訪ねてきていたカレナを含めた友人達は、素直に彼女を褒め称えたが、当の本人は険しい表情で首を振った。

「話はこれからよ！　それであまり興味はなかったけど、出るからには無様《ぶざま》な演奏はできないもの。放課後に練習しようと思って音楽室に出向いたら、彼女が第一音楽室を占拠していたのよ」

「占拠って……」

「どういうこと？」

意味が分からなかった周囲が首を傾げると、彼女が怒りの形相のまま話を続ける。

「音楽室を個人的に使いたい時は、ソレイユ教授の研究室で管理してある、使用予約簿に予め記名する必要があるの。でもそれを見たら、彼女が音楽祭まで毎日、放課後から退館施錠の時間までずっと第一音楽室を使うことになっているのよ！」

　それを聞いた周囲が、さすがにざわめいた。

「え？　どうしてそんなことに？」

「特定の人物に使用が偏らないように教授方が管理するため、使用簿があるのでしょう？」

　そこで彼女が素早く周囲を見回してから、幾分声を低めて真相を口にする。

「ソレイユ教授に失礼を承知で仔細《しさい》をお尋ねしたら、グラディクト殿下から、そうするように厳命されたそうよ。『こちらから参加を要請しておきながら、本当に申し訳ありません』と教授に頭を下げられたから、それ以上は何も言わなかったけど」

　それを聞いた面々は、互いの顔を見合わせながら溜め息を吐いた。

「まあ……。ソレイユ教授も、なんて災難な……」

「本当に、同情しますわ」

「それでは他の参加者の方達も、怒っておられるでしょうね」

　カレナがさり気なく尋ねてみると、彼女は苦笑いを浮かべる。

「怒ると言うより呆れているわ。他の方達は順番を譲り合って、第二と第三音楽室を使って練習しているけど、同じく参加を表明されているエセリア様は、一度も練習にいらしていないみたいだし」

「それは本当なの？」

「練習しなくとも良いのかしら？」

　周囲が困惑するのをよそに、彼女が幾分素っ気なく答える。

「エセリア様は、全く練習する価値のない行事だと考えておられるのではないかしら。だから私達も適当に練習をしているわ。真面目にやるのが馬鹿馬鹿しいもの」

「確かにそうみたいね」

「それなのに誰かさん一人だけ、必死になっているのね」

「でもそれくらいしか取り柄がないのなら、仕方がないのでしょうけど」

アリステアを揶揄《やゆ》するような笑いが漏れたところで、その中の一人が興味津々で尋ねた。

「ところで肝心の彼女の腕前は？　そこまで気合いを入れるなら、相当自信があるのよね？」

しかしその問いかけを、彼女は一刀両断する。

「練習しているのを廊下で聞いたけれど、あの程度の技量の方なら学園内には幾らでもいらっしゃるわ。練習している曲も平凡な、大して難易度の高くない曲だったもの」

それを耳にした周囲から、思わずと言った感じの失笑が漏れる。

「あらあら、それなら恥の上塗りになるのでは？」

「本人はやる気満々でしょうけど、こちらが真面目に付き合う義理はないわね」

「そんな人間に肩入れするなんて……」

「グラディクト殿下の人を見る目は、本当に大したことはないみたいね」

周囲に怪しまれないよう調子を合わせて笑っていたカレナだったが、内心ではうんざりしていた。

(良くもまあ、毎回問題を起こせるものね。音楽室を独占したりしないで、参加者が一堂に会して使用時間を割り振るような話し合いの機会を設ければ、同じく音楽に親しんでいる者同士で交流を

深めることもできたと思うのに。自分で勝手に周囲の反感を煽っているなんて、残念極まりないわ）
そうして彼女達と別れたカレナは、今の内容を報告するべくエセリアを探し始めた。

無事にエセリアとカフェで合流したカレナが先程の話を語り終えると、そこに居合わせたミランとサビーネが、彼女と同様にうんざりした表情を浮かべた。

「あからさま過ぎる……」

「本当に何を考えているのよ、あの人達は」

呻くように漏らした二人を横目に、エセリアも本気で頭を抱える。

（絶対、何も考えていないわね。余計な敵を増やしてどうするのよ？　私が何も言わなくても周りが騒いでアリステアを非難したら、早々に彼女が退学になりかねないじゃない！　退学にならないまでもこの騒動が王妃様やディオーネ様の耳に入ったりしたら、絶対に彼女をグラディクトから遠ざけようとする筈よ。この件に関して私は無関係だから、普通に考えれば安泰な筈だけど……。万が一、ゲーム本来の流れに沿って変な補正が作動したら拙いし、断罪されるにしてもこちらの筋書き通りにいって貰わないと困るのよ！）

そこで、エセリアは、溜め息を吐いてから立ち上がった。

「不平不満が噴出して音楽祭自体が不成功に終わってしまったら、一応名誉会長である殿下の婚約者としては少々具合が悪いから、最低限のフォローをしておきましょうか」

それを聞いたカレナは彼女に同情の眼差しを向けてから、軽く頭を下げた。

「ご苦労様です。私も周囲に事を荒立てないように、さり気なく注意しておきます」

「ありがとう、助かるわ。それではちょっとソレイユ教授の所に行って、教授に参加者名簿を見せて貰うわね。アリステア以外の参加者全員が大なり小なり迷惑を被っている筈だから、個別に話をしてなんとか宥めておくから」

そう告げて優雅に歩き去るエセリアの背中を見送りながら、ミランが忌々しげに呟く。

「本当にやることなすこと、傍迷惑な人達だな……」

「下手をしたら、殿下がエセリア様との婚約破棄を決断する前に、アリステアが退学になりそうね」

「そうなったら、確かに元も子もありませんね。エセリア様と本気で張り合おうと考える身の程知らずの方なんて、他には存在しませんもの」

そんなことを真顔で囁き合った三人は、あまりにも問題児過ぎるが故に自分達の計画まで破綻させかねないアリステアに対して、怒りを通り越して頭痛を覚え始めていた。


そして迎えた音楽祭当日。昼食を済ませてからマリーリカと合流し、それぞれの友人達と談笑しながら会場の講堂に向かったエセリアは、その入り口に仁王立ちになっているグラディクトを認めた。そのまま何食わぬ顔で歩み寄ると、彼女に気づいたグラディクトが意外そうな顔をする。

「ほう？　逃げずにちゃんと参加するとは、なかなか感心だな」

その物言いに彼女の周囲は無言で顔をしかめたが、エセリアはおかしそうに笑いながら言い返した。

「授業と同様、行事に参加するのは生徒としての義務です。どうして逃げる必要があるのでしょう？」

「そんな余裕な顔をしていられるのも今のうちだ。発表者は全員最前列で、発表順に座ることになっている。勝手に場所を変えるなよ？」

言いたいことだけ言って去っていくグラディクトを眺めながら、エセリアは無言で肩を竦めた。

それからエセリアは友人達と別れ、マリーリカと共に舞台前の最前列に移動する。そこで指定された席に着いて顔見知りの出演者達と挨拶を交わしていると、斜め前方に設置された長机にグラディクトとアリステアとソレイユが並んでいるのに気がついた。マリーリカも同様にそれに気づき、更に机の前面に表記された肩書を見て、呆れ気味に感想を述べる。

「いい気なものですね。名誉会長も実行委員長も」

「放っておきなさい。目が覚めるまでの話よ」

「はい。この際、しっかりとお二人に目を覚ましていただきましょう」

人目のある場所で能天気に笑い合っている二人にエセリアも溜め息しか出ない。そんなエセリア達のもとに、アーロンが歩み寄ってくる。

「エセリア嬢、マリーリカから聞いて、演奏を楽しみにしています」

「ご期待に沿えるよう、頑張ります」

「マリーリカ、いよいよ発表だね。頑張って」

「はい、お姉様と共に、きっとアーロンを驚愕させてみせますから」

「それは楽しみだ」

開始前に激励に来た彼とマリーリカの仲睦《むつ》まじい様子を、エセリアは微笑ましく眺めた。

（相変わらず、二人の仲は良好みたい。それにしても……、ソレイユ教授は平然としているように見えて、こめかみに青筋が浮いているのがここからでも分かるわ。段取りを整えるだけでなく、必要な物品の準備やその他諸々《たもろもろ》まであの二人に丸投げされて、本当に災難だったわね）

再び長机のほうに視線を戻したエセリアは、心底ソレイユに同情した。そうこうしているうちに開催予定時刻になってアーロンが離れていくのと同時に、ソレイユが立ち上がり、注意を促すように手を叩いて大声を張り上げる。

「皆さん、静粛に！」

ざわめいていた講堂内が静かになり、立ち歩いていた生徒達も全員着席する。それを確認してから、ソレイユがグラディクトに声をかけた。

「それでは殿下、お願いします」

「ああ」

すると彼は頷いて立ち上がり、同様に席を立ったアリステアを連れて、設置されていた階段から舞台に上がった。そして斜め後ろに彼女を控えさせると、広い講堂内に向かって声を張り上げる。

「皆、私は本音楽祭、実行委員会名誉会長のグラディクトだ。これよりクレランス学園、第一回音楽祭を開催する。それでは実行委員長が開会の挨拶を行う。アリステア」

「はい！」

彼から全生徒に紹介されたアリステアは満面の笑みで頷き、一歩前に出た。そして妙に明るい声で生徒達に呼びかける。

「音楽祭実行委員会委員長のアリステア・ヴァン・ミンティアです！　皆さん！　学園生活は勉学だけではありません！　この機会にもっとたくさん、音楽に親しんでくださいね！　今回、このような有意義な催し物を企画できて光栄です！　皆で一緒に、今日のひと時を楽しく過ごしましょう！」

今まで彼女を知らなかった者にしてみれば、いきなり出て来て何を言っている程度の感想しか持てず、彼女を良く知っている生徒達に至っては、この挨拶で完全にしらけ切ってしまった。

「……なんだ、あれ？」

「何様のつもり？」

生徒達がそんなことを囁き合ってざわめく中、ふいに最前列から拍手が起こった。

「お姉様は本当に、お人がよろしいですわ」

「そう言わないで。誰も拍手しないと、私が睨みを利かせているからだと、言われかねないもの」

「本当に腹立たしいですわね。ですが、仕方がありませんわ」

微塵も躊躇《ためら》うことなく真っ先に拍手したのはエセリアで、苦笑しながら隣のマリーリカも倣う。王子二人の婚約者が拍手しているのに周りが拍手しないわけにはいかず、最前列から徐々に後方へと拍手の波は広がり、出足は悪かったがとにかく講堂中が拍手で満ちることとなった。それに満足したグラディクトが手振りで拍手を止めさせてから、笑顔でアリステアを引き連れて階段を下りる。

「グラディクト様、私の挨拶はおかしくなかったですか？」

「ああ、堂々として、立派なものだった。ソレイユ教授、何を呆《ほう》けている。さっさと始めないか」

「……畏まりました」

アリステアに笑顔を見せてから、グラディクトは素っ気なくソレイユに指示した。それを聞いた彼女のこめかみに更に一本青筋が増えたが、傍目《はため》には冷静に立ち上がって声を張り上げる。

「それでは発表に移ります。まず一人目は、キリエ・ラグレーヌ。フルートの演奏で、曲目は《憧憬》です」

紹介と同時に一人目の発表者が立ち上がり、先程の階段を上って舞台に立つ。生徒達からの拍手が沸き起こる中、彼女は一礼すると持っていたフルートを口に当てて演奏を始めた。その彼女の演奏が終わり、拍手の中一礼して舞台を降りると、すかさずグラディクトの指示がソレイユに飛ぶ。

「次だ。さっさと進めろ」

「それでは次は、三重奏になります。演奏者は……」

そんな風に傍目には順調に音楽祭は進行していったが、発表の合間に斜め前方に目をやっていたマリーリカは、不思議そうに首を傾げた。

「お姉様。先程から一人終わるごとに、殿下は教授に何を仰っているのでしょう？」

この単調な流れで何をそんなに口にする必要があるのかと、マリーリカは疑問に思った。しかし彼らの様子を窺ったエセリアは、グラディクトの性格を考えておおよその見当がついた。

「分かり切った進行の指示を、殿下が一々出しているのでは？　それが名誉会長の仕事みたいね」

「ご自分は座ったままで、一々教授を立たせてですか？　随分とお気楽な名誉会長ですこと」

呆れ顔になったマリーリカだったが、エセリアは先程から彼女とは違うことが気になっていた。

「それにしても……、出演者の皆さんは、今日は調子が悪いのかしら？　先程から殆どの方が間違ったり、音を外したりしていない？　それに普段なら、もっと難度の高い曲を演奏されている方が何人もおられると思うのだけれど……」

「聞くところによると、エセリアお姉様や私が全く音楽室での自主練習をしていなかったので、適当に流しておけば良いと皆さんが判断されたようです」

苦笑しながらのマリーリカの解説に、エセリアは少々困った顔になる。

「それは皆様に悪いことをしたわ。でも音楽室であれを演奏したら、今日の衝撃が半減するもの」

「長期休暇の間に二人でしっかり練習しておいて、本当に良かったですわね」

そんなことを囁き合っているうちに、とうとう二人の出番がやってきた。

「それでは次の発表者に移ります。独唱者マリーリカ・ヴァン・ローガルド、ピアノ伴奏エセリア・ヴァン・シェーグレンによる、《光よ、我と共に在れ》です」

「それでは行きましょう」

「はい」

つい先程までの参加者へのそれより何割増しかの拍手を受けて二人は立ち上がり、落ち着いて階段を上がって行った。そして舞台上で客席に向かって一礼すると、更に大きな拍手が沸き起こる。

そんな会場の様子を冷静に観察したエセリアは、隣のマリーリカに囁いた。

「後方の皆様は、睡魔の国に片足を踏み入れておられるみたいね？」

「それでは、そこから引っ張り上げて差し上げるのが、私達の役目ですわ。次の方には到底期待できそうにありませんもの」

「確かにそうね」

互いに笑顔で頷いてからマリーリカは舞台中央やや前方寄りに立ち、エセリアは真っ直ぐピアノに向かって椅子に座った。

「はぁ……、いつまで続くんだよ。かったるいな……」

「おい、目を開けて拍手しろよ。マリーリカ様とエセリア様の番だぞ？」

「俺は、誰が演奏しても同じにしか聞こえないんだよ。そんな人間に何を聞かせようっていうんだ。誰だよ、こんなくだらない行事を企画したのは」

「しいっ！　お前、聞いてなかったのか？　グラディクト殿下だろうが！」

「なんで殿下がこんな行事を？」

音楽祭は当初から、音楽に興味がない生徒達にとっては退屈極まりない行事だった。加えて大した目玉の発表もない、やる気のない発表ばかりを聴かされ、音楽に対して造詣が深い生徒達ですら内心でうんざりとしていた。そんな中、エセリアが彼らの目を覚ます特大の隠し玉を放つ。

（さあ、行くわよ!!　《光よ、我と共に在れ》ラデツキー行進曲バージョン!!　前世の発表会の時期も情景も全く記憶がないのに、指の動きだけは完璧に覚えているなんて、本当に奇跡よね!?）

その事実に感謝しながらエセリアは鍵盤に指を叩《たた》き付《つ》け、力強いメロディーを奏で始めた。

「なっ、なんだ!?」

「え？　このメロディーって!?」

出だしのワンフレーズに、講堂内の全員が度肝を抜かれた。そして慌てて意識を舞台上に向けると、マリーリカが演奏されている主旋律に乗せて、通常は教会で讃美歌《さんびか》として静かに歌われている《光よ、我と共に在れ》を力強く歌い始める。

「はるかはるか高みから　我に降り注ぐ光　その素晴らしい恵み　胸に刻み込んで」

マリーリカは、講堂のような広い場所で歌う対策として長期休暇の間に特訓を重ね、エセリアの指導のもと腹式呼吸も完璧にマスターしていた。

これまでにも独唱や合唱の発表はあったが、本来、狭い室内で行う独唱にはさほど声量は必要としないため、広い講堂の後部までその歌声が届かず、それがさほど関心のない生徒を余計に飽きさせる原因にもなっていた。しかし金切り声を上げているわけではないのにしっかりと隅々まで響き渡る堂々とした彼女の歌声に、聴き慣れない速さと旋律のメロディーが相まって、殆どの生徒が目の色を変える。

「凄い……、こんな速い、しかも力強い旋律なんか、聴いたことがないわ」

「でも耳障りではなく、心地よいなんて」

「それに、マリーリカ様の歌も凄いですわ」

「ええ、なんて伸びやかな歌い方でしょう」

普通の生徒はエセリアとマリーリカの技量に対する純粋な賛美の言葉を囁き合っていたが、曲が進むにつれて難しいことを議論し合う生徒達も増えてきた。

「神の身下に侍る時《とき》　光よ我と共にあれ　なぜならそれが　真実そうあるべきなのだから」

曲の調子が変わり、当初の明るく快活な調べから、微妙に音量を落とした、流れるようなメロディーに変化すると、講堂内のあちこちで先程までとは異なる感嘆の声が上がり始める。

「本来《光よ、我と共に在れ》は煌《きら》めく光を崇拝し、静かに降り注ぐ空間に身を置くような情景の歌だが、歌詞は同一なのに更に力強い意志を感じる。これはまるで、光を自分に従えるような……」

「ああ、解釈の違いでこれほどの差が出るなんて、思いもよらなかった」

「さすがは次代の王室を担うお二方です。古くから伝わる讃美歌を引用しつつ、その表現方法に新しさを求めるなど、誰にでもできることではないわ」

「全くその通りだ。いや、本当に素晴らしい」

そんな風に、講堂内にいるほぼ全員が二人の発表に聴き入っているのを察したグラディクトは歯ぎしりし、そんな彼にアリステアは不安そうな目を向けた。そして無事に演奏を終えたエセリアが立ち上がり、マリーリカの横に並んで一礼すると、講堂内が割れんばかりの拍手と歓声に包まれる。殆ど全員が椅子から立ち上がっているのを認めたマリーリカが、満面の笑みでエセリアに囁いた。

「お姉様、大成功ですね」

「ええ。マリーリカ、とても素晴らしい歌声だったわ」

「いいえ、お姉様の演奏が画期的で素晴らしかったので、これほどの反応が得られたのです」

笑顔でお互いを称え合っていると、グラディクトが憤怒の形相で舞台へ駆け上がって来る。

「エセリア！　さっきのふざけた演奏は、なんのつもりだ!?」

その剣幕に驚き、顔を強張らせた従妹を半ば背中に庇いながら、エセリアは彼に向き直った。

「なんのつもりと言われましても……。私流にアレンジした《光よ、我と共に在れ》ですわ」

「あんな無茶苦茶な曲があるか！　貴様には常識と言うものが！」

「エセリア様！　素晴らしい、最高の演奏でした！　感動のあまり、涙が出てきてしまいました!!」

「……え？」

しかし彼の言いがかりに近い非難の声は、同様に階段を駆け上がって来たライナスの歓喜の言葉によってかき消された。それにグラディクトが戸惑い、エセリアが苦笑で応じる。

「まあ、ライナス教授。それは少々大げさなのではありませんか？」

しかしそれは、続けて舞台に上がって来た音楽担当の教授達によって全面的に否定された。

「大げさではありません！　先程のあの演奏は、停滞している音楽界に画期的な変革をもたらす神の調べです！」

「誠にその通り！　あの曲はどなたの作曲ですか？　是非、創作活動に至る構想について、激論を交わしたいものです！」

そんなことを嬉々として尋ねられたエセリアは、少々困ったように口ごもった。

「ええと……、その、大した構想などはなくて、感じるまま頭の中で鍵盤上の指の動きを考えたと言うか……。それで、きちんと楽譜も作っていませんし……」

(正直に「前世で弾いた曲の指の動きを覚えていただけ」なんて言ったら、頭がおかしいと思われるから、これで引き下がって欲しいのよね……)

冷や汗もので弁解したエセリアだったが、それを聞いた教授陣は更に熱狂的な声を上げた。

「なんですって!!」

「まさか、エセリア様の作曲ですか!?」

「しかも旋律を、楽譜にしてもいらっしゃらない!?」

「素晴らしい！　正にエセリア様は、真の天才！　音楽界の改革者です！」

「そんなわけがあるか！　あんな変な音楽で！」

「音楽のなんたるかが分からん者は、雑音など口にせずに黙っていろ!!」

思わず声を荒らげて反論しようとしたグラディクトを、完全に我を忘れたライナスが怒りの形相で怒鳴りつける。

「……っ!?　貴様、たかが教授の分際で、私にそんな口をきいて良いと思っているのか！」

しかし足音荒く焦った様子で階段を駆け上がって来たアリステアの訴えが、彼の怒声を遮った。

「グラディクト様！　私の演奏がまだなのに、皆がどんどん講堂から出て行っているんです！」

「なんだと!?」

慌ててグラディクトが講堂内を見回すと、確かに生徒達の大半が席を立ち、続々と出入り口から出て行くのが目に入った。

「いやぁ、最後の発表は凄かったなぁ」

「本当に。鳥肌が立ったぞ」

「さすがはエセリア様ですね」

「マリーリカ様との息もぴったりで素晴らしかったな」

「最後を飾るに、相応しい発表でしたわ」

　エセリアはソレイユ達に音楽祭についての助言をした時、敢えてプログラムの作成や会場内に進行予定の紙を張り出すなどの工夫について言及しなかった。そのため全体を把握している教授陣や発表順を知らされている発表者以外の生徒達は、エセリアの次にアリステアの発表があるなどとは知る由もなかった。そもそもアリステアが最初から長机の実行委員長席に座り、発表者席の並びには座っていなかったため、その発表者席の一番端に座っていたエセリアとマリーリカの発表が済んだ時点で、これ以上発表者はいないと誰もが思い込んでしまったのだった。

　それまで名誉会長の席から動かなかったグラディクトが、わざわざ舞台まで上がって彼女を称賛し（教授陣が大声で褒め称えていたので、大方の生徒にはそう見えた）、更に彼女達の発表が最後を飾るに相応しい発表だったことで、音楽祭が終了したと判断した生徒達が感想を述べ合いながら出て行こうとする光景を目にして、グラディクトは総責任者たるソレイユ教授を叱責した。

「ソレイユ教授!!　アリステアの発表がまだなのに、どうして次の発表者の紹介をしない!?」

「殿下が指示を出さずに、舞台に上がられましたので。これからも続けるのですか？　それならこれまで同様、そう指示していただかないと分かりません」

「このっ……」

「グラディクト様、どうしましょう？」

これまで一々指示を出されていたことを逆手に取って堂々と反論したソレイユに、エセリアは勿論、周囲の教授達も笑いを噛《か》み殺《ころ》す。それを目にしたグラディクトは、怒りに任せて目の前の者達を怒鳴りつけようとしたが、ここでアリステアが不安そうに呼びかけてきたためなんとか怒りを抑え込み、出て行こうとする生徒達に向かって声を張り上げた。

「おい、全員戻れ!! まだ音楽祭は終わっていないぞ!! 外に出た者も、全員呼び戻せ!!」

それを耳にした生徒達は怪訝な顔で足を止め、彼の側付き達は出て行った生徒を呼び戻そうと、血相を変えて講堂の外へと駆け出して行く。

「え？ あれで終わりじゃないのか？」

「だって殿下や教授達が、舞台に上がっていたのに……」

「何事なの？ あんなに声を荒らげるなんて」

「あんなに素晴らしい演奏が聴けたのだから、もう終わりで良いよな？」

納得しかねる顔つきで呟きながらも、徐々に生徒達は席に戻って来たが、出入り口に近い後方の席には空席が目立った。段々移動する生徒が少なくなり、殆どの者が再び着席した状態でも、ざっと見まわして後方の席を中心に四分の一程の座席が空席になっているのを認めたグラディクトが、盛大に顔をしかめる。そんな彼に側付きのうちの一人が歩み寄り、恐縮気味に報告した。

「殿下、申し訳ありません。既にかなりの者が、講堂付近から立ち去っておりまして……」

「使えん奴らだな。途中退席するような不届き者を見たら、即座に注意して席に戻せ」

「…………」

側付き達にも当然進行スケジュールなどは知らされておらず、他の生徒と同様エセリア達の発表で最後だと思い込んでいた彼は、心の中で（それならあんたがさっさと注意しろよ！）と盛大に悪態を吐いたが、黙って頭を下げた。それを見たグラディクトは、不機嫌そうにソレイユに向き直る。

「仕方がない。ソレイユ教授、続けるぞ」

その指示に無言で立ち上がった彼女は、平坦《へいたん》な声でアリステアを紹介した。

「それでは続きまして、最後の発表者になります。アリステア・ヴァン・ミンティアによるピアノ演奏。曲名は《春の訪れ》です」

それを受けてアリステアが立ち上がり、意気揚々と階段を上がって舞台上で一礼した。そこで力強いグラディクトの拍手と、大多数の生徒のやる気のない拍手を受けてから、彼女は落ち着き払ってピアノに移動し演奏を始めたが、それを聴いた殆どの者はすっかり興醒めしてしまった。

「なんだ、普通の曲じゃないか」

「エセリア様の次だから、どんな凄い演奏かと思いきや」

「一気に普通の、単調な曲になりましたわね」

「エセリア様のあれを聴いた後では、どんな曲を聴いても物足りなく感じてしまうわ」

「私、エセリア様が弾いたような曲を弾いてみたい」

「私もそう思ったの。今度エセリア様にお願いして、楽譜を見せていただかない？」

アリステアの演奏に聴き入るどころか、次第にざわざわとした生徒達の声が伝わってくるに至って、グラディクトは完全に腹を立てた。

（どいつもこいつも……。アリステアの演奏を真剣に聴かずに、何をやっている!?）

しかし彼女の演奏中ということもあり怒りを堪えているうちに、演奏が終了して講堂内に静寂が訪れる。それを合図に、パラパラとした気の抜けた拍手が起こった。

「漸く終わりましたわね」

「やれやれ、これでやっと帰れるな」

「……え？」

しかし面倒くさそうに拍手していた生徒達は、その拍手が収まった途端、別の曲が演奏され始めたことで揃って当惑した。

「あの方、どうしてまだ演奏しているの？　《春の訪れ》は終わったのに」

「これまでの皆さんだって、全員一曲だけの発表だったわよ？」

「どうしてあの人だけ？」

実はグラディクトは、アリステアにだけ何曲も弾かせても他の参加者から文句が出ないように、わざと彼女の順番を最後にし、教授達にも事前に反対されないように一曲分しか曲名を伝えていなかった。この事態に瞬時に顔色を変えた教授達とは裏腹に、実は《モナ》と《アシュレイ》として、グラディクトが「当日は彼女に五曲弾かせるつもりだ。最後だし、文句を言う奴もいないだろう」と言い放つのを聞いていたシレイアとローダスは、事前のエセリアとの打ち合わせ通り、周囲に聞こえるように会話し始める。

「ソレイユ教授が口にした曲が終わったのだから、もう発表は終了ね。あれは、今までずっと皆さんの発表を聴いていた、私達を送り出すための曲なのよ」

「なるほど、彼女は実行委員長みたいだし。音楽祭は今年初めての試みだから、普通の行事とは違う、変わった趣向を取り入れているのか」

「それならさっさと外に出ないといけないわね。私達がぐずぐずしていつまでも講堂内に残っていると、彼女が延々と弾き続けなければならないもの」

「それもそうだな。しかし、なかなか有意義な時間だった」

「ええ、エセリア様の演奏は、本当に素晴らしかったわね」

そう言って立ち上がった二人を見た周囲は、如何にも尤もらしい主張に頷き、彼女らに倣って席を立った。そして何事かと訝しんで声をかけてくる周りの者達に、「発表は終了」「これは自分達を送り出すための曲」との説明をし、相手を納得させる。その主張はさざ波のように講堂内の座席を伝わっていき、それに従って生徒達は続々と席を立ち、再び出入り口に向かい始めた。

「お前達！　何を勝手に、席を立っている!?」

「殿下、演奏中です。騒ぎ立てるのは演奏者に失礼ですよ？」

「……っ!?」

グラディクトが慌てて席を立った生徒を注意しようとしたが、横のソレイユ教授が小声で諌《いさ》める。

さすがにアリステアの演奏を台無しにしたくなかった彼は、歯噛《はが》みして側付き達に目線で訴えた。

（お前達、さっさと出て行こうとする生徒達を連れ戻して来い！）

しかし彼らの耳にも、今演奏されている曲が生徒達を送り出すための曲だとの話が伝わってきており、一体どういうことかと戸惑いながら座り続けるだけだった。その結果、アリステアの演奏が終了するまでに残っていた生徒は、その話が伝わらなかった者、閉会宣言もないのはおかしいと疑問に思った者、更には最前列の発表者くらいで、講堂内はかなり閑散とした状態になってしまっていた。

（終わった！　これで皆も私のことを見直して、これからは一目置いてくれる筈よ！）

全くミスなく五曲を弾き終えて満足げに顔を上げたアリステアは、満面の笑みで舞台の前方に歩いて行った。しかしそこで一礼しようとして、激変していた講堂内の様子に目を丸くする。

（え？　どうして座席が、半分以上空席になっているの？）

演奏を始める時よりも更に少ない拍手を受けながら彼女が茫然《ぼうぜん》と佇んでいると、ソレイユが冷静にグラディクトに声をかける。

「それでは殿下。全員の発表が終了致しましたので、閉会の宣言をお願いします」

「…………」

口調だけは穏やかに促してきた彼女を睨みつけてから、グラディクトは憤然としながら舞台に上がり、仏頂面で宣言した。

「これで、第一回音楽祭を終了する。以上だ」

それを受けて残っていた生徒達は、心底安堵した様子で次々に席を立つ。と同時にかなりの者達が、笑顔でエセリアを取り囲んだ。

「エセリア様！　今度私に、先程の演奏技法の伝授を！」

「それよりも楽譜が先ですわ！　私にお見せくださいませ！」

「今回のこれは、エセリア様の演奏を聴けたのが最大の成果でしたな！」

エセリアを取り囲んだ一団が、彼女を賞賛しながら賑《にぎ》やかに講堂の出入り口に向かって歩いて行くのを、グラディクトは忌々しく思いながら見送る。

「あの女……、どこまで人を馬鹿にするのか……」

「グラディクト様……」

そして徐々に人気がなくなった講堂に取り残されたグラディクトに、困惑顔でアリステアが声をかけた。それに応じて振り向いた彼は、如何にも無念そうに彼女に告げる。

「すまない、アリステア。まさかエセリアがあのような奇抜な曲を恥ずかしげもなく演奏するとは、全く予想できなかった。そのせいで、あれ程練習していた君の演奏がすっかり霞《かす》んでしまって」

しかしそれを聴いたアリステアは、困ったように首を振る。

「グラディクト様。私はエセリア様のように目立ちたくて、音楽祭を提案したわけではありません。少しでも多くの人が音楽に親しんでくれたら、私はそれで満足です。気にしないでください」

「アリステア……」

それを聞いたグラディクトは、軽い自己嫌悪に陥った。

（なんて謙虚で、思いやりにあふれた言葉だ……。それなのに私は、彼女の真価を他の人間に認め

させることすらできないとは）

（予定では、私がもっと目立つ筈だったけど……。さすがにそこまでは上手くいかないわね。あの本の中では敵役の悪役令嬢が、エセリア様みたいな奇抜な演奏をしていなかったし。でもグラディクト様が益々私に好感を持ってくれたみたいだから、結果としては良かったわよね？）

少々残念に思いはしたものの、アリステアは自分自身を納得させながら笑みを浮かべた。そんな彼女を見て、グラディクトも自然に顔を緩める。

「アリステア。私にとっては君の演奏が、今回の音楽祭では最良の演奏だった」

「ありがとうございます。お世辞でも嬉しいです」

「世辞など、私がわざわざ口にすると思うのか？」

楽しげに笑い合いながら歩き出した二人が講堂を出て行くところまでを見届けてから、この間座席の陰に身を潜めて二人の様子を窺っていたミランとカレナが、慎重に立ち上がる。

「調子に乗って五曲も弾いた人間が、何を殊勝なふりをして『目立ちたくて、音楽祭を提案したわけではありません』などと言っているのか……。余計な曲は退場時の伴奏だと大多数の生徒達に思わせなければ、とっくに非難の声が上がっているのに」

「皆がエセリア様の演奏に夢中になって、あの人の不作法ぶりや殿下の無茶振りを忘れてくれているだけなのに。最後はエセリア様にフォローして貰ったのにも気づかずに、本当にいい気なものね」

講堂の出入り口を見やりながらそんな遠慮のない感想を述べた二人は、無言で顔を見合わせて盛大な溜め息を吐いた。

第十三章　秘密兵器《クーレ・ユオン》、誕生

音楽祭の数日後。エセリアはいつものように、カフェに《チーム・エセリア》を集めた。

「なんとか無事に音楽祭が終了して良かったわ。それでその後、殿下の様子はどうかしら？　少しは私を排除してしまおうと、積極的に考えるようになった？」

その問いかけに、何故かローダスが開口一番詫びを入れてくる。

「実は、エセリア様に謝罪することがあるのですが……」

「あら、ローダス。どうしたの？」

その思いつめた様子にエセリアは不思議そうに首を傾げ、周りの者も何事かと視線を向けた。

「アシュレイとして様子を見に行った時、殿下が『何かアリステアの存在感を増すことができるような催し物はないか』と尋ねてきたので、思わず『絵画展はどうですか？』と口走ってしまいました」

そこで口を閉ざした彼に、エセリアは怪訝な顔で問いを重ねる。

「絵画展？　知らなかったけれど、彼女は絵が得意なの？」

「彼女の絵心に関しては知りませんが、殿下の側付《そば》きのエドガーの絵を、去年美術の授業で目にしていましたから。彼が指導すれば、多少は見られる絵を描けるのではないかと思いまして……」

そこでシレイアが、憤然としながら会話に割り込んだ。

「何を言っているのよ!? あのお花畑ペアが素直に絵の描き方を指導して貰って、真面目に描く筈がないわよ！ その側付きが描いた絵にあの女が一筆か二筆入れて、あの女の作品ということにして、臆面もなく発表するのに決まっているじゃない！」

「………………」

それを聞いてがっくりと項垂れるローダスを横目に、サビーネが控え目にシレイアを宥めた。

「シレイア。幾らなんでも、さすがにそこまでするとは思えないけど？」

「絶対にしないと断言できる!?」

「……むしろ、やりそうに思えてきたわ」

「そうよね!? だけど証拠もないのに盗作呼ばわりもできないし、あの女の評判を高めるだけよ。もうこうなったらエセリア様名義の絵を、有名な画家の方に描いて貰うしかないわ！」

問われたサビーネが思わず遠い目をしたのを見て、シレイアは血走った目で拳を握りながら主張した。それを見たエセリアは、呆気に取られてから苦笑する。

「シレイア、落ち着いて。私は彼女と手段を選ばず、勝負をしているわけではないのよ？」

「ですが私はどんな形であれ、エセリア様があの女に負かされるなんて我慢できません！」

「絵画展を開催しても私は別に構わないし、誰かに絵を描いて貰おうとも思わないわ。描き上げたものを、そのまま出すだけよ」

「エセリア様……。もう、ローダスったら！　少しは考えなさいよ！」

（絵画展か……。そんなイベントは、ゲームの《クリスタル・ラビリンス》のシナリオにはなかったわよね？　さて、どういう対策を取れば良いかしら……）

シレイアがローダスに八つ当たりする中、エセリアは真剣に絵画展に関して考えを巡らせた。するとここで、イズファインが控え目に会話に割り込む。

「私からも、ちょっとした報告があるのですが」

「イズファイン様、なんでしょう？」

「昨年卒業して近衛騎士団に入団した騎士科の先輩達から聞いたのですが、長期休暇中にグラディクト殿下が、アリステア嬢を王家の紋章つき馬車に乗せて、修道院まで送り迎えしたそうです」

それを聞いたエセリアを含めた全員が、一瞬、自分の耳を疑った。

「……え？　それは本当ですか？」

「はい。当日同行した者達から、騎士団内に徐々に噂が広がっているらしく……。先輩達とは昨年の剣術大会以降定期的に交流していますが、この前の休みに顔を合わせた時、『話を聞く限りでは、その令嬢は分を弁えない礼儀知らずらしいが、本当のところを知っているか？』と尋ねられました」

戸惑いを滲《にじ》ませながらの説明を聞いたエセリアは、文字通り頭を抱えた。

（あの考えなしは、本当に何をやっているのよ!?　王家の紋章つき馬車に乗れるのは、王族、もしくはそれに準ずる者か、正式に招待された人間だけに決まっているでしょうが!!　気軽に送迎に使う代物ではないのに、そんなことをしたら噂になるのは確実じゃない！　分かったわ！　ここからアリステアのことが、伯母様のお耳に入ったのね！）

長期休暇中にマグダレーナに呼び出された時のことを思い返したエセリアは、瞬時に状況を理解した。それと同時に、この状態を放置できないと悟る。

「イズファイン様、お願いがあるのですが」

「安心してください。先輩達にはアーロン殿下に対して説明したのと同様に、『エセリア嬢は全てご存じの上で、グラディクト殿下のすることを容認している。下手に騒ぎ立てるとシェーグレン公爵家を敵に回すことになる』と伝えた上で、騎士団内でこの話を広めて貰うようにお願いしておきました。とは言っても先輩達は今年入団したばかりの新人なので、どれくらい話を広められるかは未知数ですが」

早速手を打ってくれていたイズファインに、エセリアは心から感謝の言葉を述べる。

「ありがとうございます。本当に助かります。ついでにもう一つ、お願いしたいことがあるのですが」

「はい、なんでしょう？」

「騎士団の先輩達の中で、婚約破棄を目論んでいることを聞いても口外せず、こちらに協力して貰えそうな方を何人か、今年中に選定しておいて貰えませんか？」

それを聞いたイズファインが、真顔で考え込む。

「そうですね……。顔見知りの先輩達の中でも、クロード先輩を含めた何名かはエセリア嬢を崇拝していると言っても過言ではないので、協力して貰えるのではないでしょうか？　現にアリステア嬢の話を聞いて『婚約者であるエセリア嬢を蔑ろにして、何様のつもりだ！』と殿下に対して憤慨していましたから。今年中にそこら辺を、注意深く見極めておきましょう」

「よろしくお願いします」

そこで話は終わり、絵画展に関しては特に対策は取らないことにして、その場は解散した。


数日後の休日。次から次へと問題を引き起こす二人に頭を痛めていたエセリアは、気分転換にワーレス商会の工房を訪れた。

「こんにちは。皆、変わりはなさそうね」

「エセリア様もお変わりなく」

「おい、クオール！　エセリア様がいらっしゃったぞ！」

「分かった！　今、試作品を持っていくから、待っていて貰って！」

「エセリア様、いつものようにそちらでお待ちください」

「ありがとう。そうするわね」

顔見知りの職人達が口々に工房の奥に向かって呼びかけると、何やら木工作業をしていたらしいクオールが身体についた木屑《きくず》を払い落としながら立ち上がり、隣接している保管庫に入って行った。促されたエセリアが工房の片隅に設置されているテーブルで待っていると、それほど待たされずに幾つかの試作品を入れた籠を抱えたクオールがやって来る。

「お待たせしました、エセリア様。この間、形にしておいた物はこれだけです。完成度や使い勝手を見て欲しいのですが」

「ええ、分かったわ。今回はこの再構築《タン・グラーム》と折り畳み式の傘立てと、自立式虫除け香ね。それではまず、再構築《タン・グラーム》を使ってみましょうか」

提案時に再構築《タン・グラーム》と仮称していたパズルの、大きさが異なる三角形、正方形、平行四辺形の木片が綺麗に収められた浅めの木箱を見て、エセリアがやる気満々で申し出た。それにクオールが笑顔で応じながら、一緒に持参した用紙を机に広げる。

「タン・グラームの構想時に一緒に考えておいて欲しいと頼まれた完成影絵は、五十四種類作っておきました。難易度別に考えて作ってみましたが、どうでしょうか？」

「五十四種類って、そんなにできたの!?　ちょっと見せて！」

「はい、こちらです」

「うわぁ……。本当だわ、凄い。でもこれとかどうやって組み合わせるのか、皆目見当がつかないけど？」

「まずは実際に、色々試してみてください」

「そうね。まずは手始めに、簡単そうな風車から作ってみるわ」

エセリアは意気揚々と木片を持ち上げ、配置や向きを考えながら次々と机の上に影絵と同じ形を作っていった。しかしクオールが難易度が高い部類に設定した影絵に取りかかると、さすがに容易に思うように形が作れず、試行錯誤した挙句に白旗を上げる。

「何これ！　全然、どこがどうなるか分からないんだけど⁉　本当にこのパーツだけで、この形が作れるの⁉」

「作れます？　因みに、パーツごとに隙間を空けて、配置を分かり易くした解説画もありますが」

「そんなものがあるのなら、先に言ってよ！　もう、クオールったら意地悪ね！」

「すみません。それがこちらです」

「……ああ、なるほど！　これなら分かったわ‼」

むきになって文句を言ってきたと思ったら、新たに出された解説画を目にするなり嬉々として再びタン・グラームに取り組み始めたエセリアを、クオールは微笑ましく見守った。

「よし、全部作れたわ！　それにしても……、クオールの物作りが天才的なのは、空間認知能力が並外れているからなのかしら？」

「何か聞き覚えのない、難しい言葉を聞いた気がしますが……。ところで、このタン・グラームの使い勝手や難易度はどうでしょうか？」

そこで確認を求められたエセリアは、前世の記憶にあったタングラムパズルを再現したものを見下ろしながら頷く。

「大丈夫よ。影絵の種類を多くして、難易度の低いものから高いものまで満遍なく作っておけば、小さい子供から大人まで楽しめると思うわ」

「そうですね。そうと決まれば本格的な売り出しに向けて、木材を多めに調達しておかないといけないな。ただ造りが簡素なだけに、すぐに他の所から類似品が売り出されるのは確実ですね。何かで他と差別化を図ることはできないかな……」

タン・グラームを眺めながらクオールが自問自答していると、エセリアから声がかけられる。

「クオール。今、『木材を多めに調達』とか、『他と差別化を図る』とか言ったわよね？」

「はい。確かに言いましたが、それが何か？」

「ええと…………。新しい商品と一緒に、新しい考え方を広めたらどうかと思うの」

「……どういう意味ですか？」

怪訝な顔になったクオールを凝視しながら、エセリアは自分の考えを述べた。

「庶民の間では使わなくなった玩具とか、身体が大きくなった子供の服とかを、弟妹とか近所の子供に譲って再利用するでしょう？　大人の服を、子供用に仕立て直すこともあると思うけど」

「その通りですね。現に自分も兄のお下がりを着て、それをミランに譲りました」

「それなら例えば、子供用のゆりかごやベッド、椅子や木馬とかは？　譲る相手がいなくなって古びたものはどうなるの？」

「どうなるって……。分解して叩き割って、薪にでもしますが」

「確かに最後に薪にすれば少しは有益に使えるでしょうけど、その子自身や親が愛着を持っているものだったら、今後は無用のものだと分かっていても、手放したり処分するのは寂しいのではないかしら？」

「…………」

どうやらクオールにも過去に手放した思い出の品があったらしく、なんとも言えない表情で口を閉ざした。そんな彼に言い聞かせるように、エセリアが告げる。

「だから、勿論新たに木を切り出して商品を作るけど、それを売り出す時に『皆様のお手元に捨て難い木工品があれば、そちらを利用してこちらの玩具を作ります』と宣伝するの。さっき言った服とは違って、形状と用途を完全に変えての再利用よ」

「形状と、用途を変えての……、再利用……」

「そうね……。さっきの宣伝時の売り出し文句は……、例えば『忘れたくない思い出の品を、形を変えていつまでも、あなたのそばに、私のそばに』なんてどうかしら？　後追いする商人は出るでしょうけど、こんな取り組みを呼びかける商人はこれまで皆無だったから、世間に対するインパクトは十分にあると思うの。樹木だって無尽蔵に生えているわけではなくて、山火事や害虫が発生して瞬く間に枯渇する場合だってあるのよ？　貴重な資源は最後の最後まで、有効に使わないとね」

「樹木が、貴重な資源……。それを最後まで有効に……、ですか？」

呆気に取られたままおうむ返しに呟くクオールを見て、エセリアは少々落胆した。

（う～ん、思いつきで言ってみたけど、この世界ではリユースの仕組みはあってもリサイクルや環境保護の概念は殆どないし、「何か変なことを言いだした」くらいの感想しか持ってくれないかしら？）

しかしクオールの反応は、良い意味でエセリアの予想を裏切った。

「前々から思っていましたが……、やはりエセリア様は凄い人ですね。自分はこれまで何気なく使っている木材を、『貴重な資源』などと思ったことは一度もありませんでした。それに元々の形と用途とは全く別の、新たな形と用途で思い出の品を残す。言わば物を売るだけではなく、相手の思い出を守るという付加価値をつけるのですね？　本当に素晴らしいです。そんな崇高な考え方ができるエセリア様と比べて、ただ単に、何も考えずに物作りをしてきた自分が、本当に恥ずかしいです」

「あの……、さっき言ったようなことは一般的な考え方ではないと思うし、たいして重要でもないから、そんなに難しく考えないで？」

「確かに一般的な考え方ではないですが、凡人には想像もつかない大局的な視野に立った、革新的な物の見方をされるということです。私は、そういう進んだ考え方をされるエセリア様が好きですよ」

「え？　あ……、そ、そう？　どうもありがとう……」

（いやいや、何を動揺しているのよ。クオールは単に、私の考え方が好きだと言っているだけで、本当に他意はないんだから!?）

何気ない口調での手放しの賛辞にエセリアは内心で密かに動揺したが、クオールは深く頷きながら話を続けた。

「確かに発売後、類似品が出ると思いますが、エセリア様のお考えは確実に父さん達の賛同を得ると思います。それはきっと、来店するお客様達も同様でしょう」

「ありがとう。でも持ち込まれる木工品の種類や大きさによっては加工が難しい場合もあるだろうし、職人さん達に面倒をかけてしまうかもしれないわ」

「そこはどうとでもなりますし、寧ろ職人の腕の見せ所ですから気にしないでください」

「それもそうね。それに思い出の品の加工だから、記念の日付とか文言を焼き印するなんてどうかしら？　そうすれば通常の商品より加工賃を加算して割高になっても、気持ち良くお金を払って貰えそうだわ。それから、自分で新たに創作した影絵をワーレス商会に持ち込んで、それを商品内の影絵見本に組み込まれたら、奨励金を支払うとか何か商品を無償提供するなんて仕組みを作ったら、他の店には出向かずにワーレス商会にお客が集まりそうじゃない？　あ、いっそのこと、一般客参加型の創作影絵品評会とかを企画して、集客するのはどうかしら？」

「やっぱりエセリア様は、商魂たくましいですよね」

楽し気に次々と提案を繰り出してくるエセリアを見て、クオールは思わず頬を緩めた。

それからエセリアは他の試作品の完成度を確認し、改善点を提案してから満足げに感想を述べた。

「今日は気分転換に、ここに来てみて良かった。楽しくて、憂鬱なことをすっかり忘れていたわ」

それを聞いたクオールが、意外そうに問い返す。

「『憂鬱なこと』ですか？　エセリア様だったら、大抵のことは難なくこなしてしまいそうですが」

「他人が聞いたら、能天気な人間のように聞こえる言い方をしないでよ……。実は今度学園で、絵画展が開催されそうなの。しかもそれに、出展を強要される可能性があるのよ」

エセリアから淡々と説明された内容を聞いて、クオールは沈痛な面持ちで溜め息を吐いた。

「……………あぁ、それは確かに微妙過ぎますね。公爵家でお雇いになられた絵画教師の尽力で、エセリア様のデッサン力と絵画技巧が、幼少期と比較すると格段に向上したことは知っていますが」

「容赦ないわね」

「この件に関しては、今更遠慮なんかしても、仕方がないと思います」

「私としては人並みの絵を出しても構わないのだけど、周りに『エセリア様の作品が他者の作品と比べて劣ると言われるのが我慢できない』と憤っている人がいて、その対応に少々困っているの」

「やっぱり学園内にも、エセリア様の熱烈な信奉者がいるのか……。その気持ちは良く分かるな」

「『良く分かるな』じゃないわよ。色々揉めそうなのに」

しみじみと語るクオールに、エセリアは少々情けない顔になりながら訴える。しかし彼も、同様の困惑顔で応じた。

「でも、どうしようもないですよね？　急にエセリア様の画力を底上げするのは無理ですし、他の方法でエセリア様の絵を際立たせることができれば、その信奉者の方も満足するかもしれませんが」

「他の方法って？」

「そうですね……。例えばエセリア様が書物において、『小説』という新しい分野を切り開いた時のように、これまでの絵とは全く傾向が違う画風や画法で描くとか、今まで用いられたことがない画材を使っ……、うわぁあぁぁっ!!　しまった!!　今の今まで、すっかり忘れていた!!」

話の途中でいきなり叫び声を上げ勢い良く立ち上がったクオールに、エセリアは勿論、工房内にいた者達全員が驚きに目を見張った。

「うわ……、驚いた。クオール、一体どうしたの？」

「すみません！　今すぐ持ってきますから、このまま待っていてください！」

「それは構わないけど、クオール？　今すぐ持ってくるって、何を？」

エセリアの問いかけを綺麗に無視し、奥のドアから再び倉庫に駆け込んだクオールを見て、皆が呆気に取られた。

「どうかしたの？」

「さぁ……、私達にも、何がなんだか……」

エセリアが手近な者に尋ねても全員が首を傾げ、そうこうしているうちにクオールが大きな平たい木箱を幾つか抱えて戻ってくる。

「お待たせしました、エセリア様。これを見てください！　再来月からワーレス商会で発売予定の、新開発の画材です。これを使って絵を描けば、これまでの絵画とは全く違う画風の絵を描くことが可能です。そうすれば、従来の画材と画風で描かれた絵がどれほど素晴らしくても、エセリア様はそれと単純に優劣を比較されることなく、話題を独占できますから！」

テーブルの上に載せた木箱のうち、一番小さくて薄いものを手に取りクオールが説明を始めると、それを聞いてピンときたエセリアが、興奮気味に尋ね返す。

「それってもしかして……。かなり以前に、私が『こんなものがあったら良いのに』って話したものの？」

「はい。エセリア様からお話を聞いてから、ワーレス商会で試行錯誤を繰り返し、七年越しで商品化した力作です。どうぞご覧ください！」

そう力強く宣言したクオールが木箱の蓋を取り去ると、その中にそれぞれ異なる色をした八本の棒状の物体を認めたエセリアは、歓喜と称賛の声を上げた。

「これってクレヨンよね!?　本当に作っちゃったの!?　凄い!!」

クオールの説明で予想していたものの、その再現度を目の当たりにしたエセリアが興奮気味に立ち上がりながら叫ぶと、それを聞いた周囲の職人達が怪訝な顔で声をかけてくる。

「エセリア様?」

「ああ、クオールが作っていたそれか」

「でも、今、『くれよん』とか言いましたか?　なんのことです?」

「え、ええと……、こちらの話よ。気にしないで。ところで……、それの名前はなんと言うの?」

前世の記憶と寸分違わないものを目にしたことで、うっかり「クレヨン」と口走ってしまったエセリアが、かなり苦し紛れに誤魔化しながら尋ねる。

「実は、まだ名前は決まっていません。発案者のエセリア様に決めて貰おうと思っていて、この間お話しするのをすっかり忘れていたものですから。何か良い案はありませんか?」

「そうね……、そのまま過ぎるけど、簡易画材《クーレ・ユオン》なんてどうかしら?」

「なるほど。クーレ・ユオンですか。子供にも分かりやすいし、それが無難ですね」

（だけど、再構築《タン・グラーム》に簡易画材《クーレ・ユオン》か……。本当に時々、変な風に前世の記憶での発音と単語の意味が酷似しているから、脳内でシンクロして困るわね）

エセリアはしみじみとそんなことを考えてから、クオールに問いかけた。

「確かに七年くらい前、『子供が気軽に、楽しく絵を描ける画材がないから、こういうものを作れない?』とアイデアを出した記憶はあるけど、それから一年程経ってワーレスに、『なかなか思うようなものができません』と言われて、それきりになっていたでしょう？　だからてっきり、その話は立ち消えになったと思っていたの。あれからずっとワーレス商会で開発を続けていたの？」

するとクオールが、エセリアにとって予想外のことを言い出す。

「いいえ。この工房として積極的に試作してはいませんが、僕が時間のある時に、原材料を厳選して配合を変えながら、少しずつ調整を続けていました」

「クオールが個人的に、ということ？　どうして？　特に絵が好きというわけではないわよね？」

「父さんから『このような画材の開発は難しい』と言われた時、エセリア様が相当がっかりしていた様子を見て気になっていました。それで、あんなに欲しがっているなら、もう少し頑張ってみようかなと思って色々試しているうちに、七年も経ってしまいました。時間がかかり過ぎですよね？」

そう言って苦笑いしたクオールに、エセリアは嬉しそうに言葉を返した。

「時間がかかったなんて、そんなこと気にしないで！　寧ろ、そんなに頑張ってくれていたのが分かって嬉しいわ！　ありがとう、クオール！」

「お礼なら、是非兄さんにも言ってあげてください。僕がこの画材の開発をこつこつ続けていたのを知っていたので、今年に入ってから『買い付け先のソラティア子爵領でこういうものを見つけたが、例の画材に使えないか？』と蜜蠟《みつろう》を持ち帰ってくれて。そのおかげで完成できましたから」

そこでクオールが照れ臭そうに口にした内容を聞いて、エセリアは不思議そうに尋ねた。

「デリシュさんが？　ワーレス商会がソラティア子爵領と茶葉の取引を始めたのは知っていたけど、蜜蠟も取引商品だったの？」

「いいえ。ソラティア産の蜜蠟は、他地域産のものと比べるとクリームや口紅の原料として使うには少々硬くて難があり、蠟燭《ろうそく》としても使い勝手が悪くてそれまで買い叩《かたた》かれていたそうです。でも兄さんが『以前、柔らか過ぎない蜜蠟があれば良いと言っていたから、これを試してみないか』と言って渡してくれまして。それで試作してみたら予想以上の出来栄えになりました。早速ソラティア領から大量に仕入れて量産し、この紙と一緒に再来月から大々的に販売する予定です」

そう言いながら、クオールが大きい箱の蓋を開けて中身を披露すると、そこに入れられていた白い紙に手を伸ばしたエセリアが、感嘆の声を上げた。

「見上げた職人魂と商人魂ね、感動したわ！　しかも私が口頭で説明した、画を描くための厚みのある紙まで作ってあるなんて！」

「これはどちらかと言うと副産物ですね。エセリア様が本を出し始めた頃に、『紙の用途は文章を書くだけじゃなくて、他にもあるでしょう？　もっと色々な可能性を探って販路拡大するのが、優れた商人というものじゃないの!?』と叱責されたのを受けて、父さんが工房内で様々な厚さや材質の紙を試作させ始めた成果ですから」

「ええと……。私としては、叱ったつもりでは……。むしろ、激励のつもりだったのだけど……」

冷や汗をかきながら弁解したエセリアに、周囲の職人達から物言いたげな視線が集まる。しかしそれには構わず、クオールは苦笑しながら話を続けた。

「既に包装紙や、飾り付けに使用する色紙を販売して需要が伸びていますが、この厚紙もこの画材と組み合わせて上手く販売すれば、売り上げは更に伸びる筈です」

「ええ、そうよ。これを使えば、小さな子供が絵を容易《たやす》く描けるようになるわ。一々顔料を油と練り合わせて描かなければならないなんて、手間暇のかかることを子供が一人ではできないし、道具一式を揃えるだけでも高額になるもの」

「はい。それ故にこれまで絵画を趣味とできるのは、貴族、もしくは裕福な商人のみでした」

クオールが真顔で同意し、エセリアの主張にもなお一層熱が籠る。

「だけどこれなら机と紙があるだけで気軽に絵を描けるから、子供の情操教育向上に貢献できる。しかも忙しい母親の手を煩わせず、雨の日でも家の中で子供が一人で遊べるわ。母親のイライラ解消にも一役買うのよ！　問題は、子供が紙以外の所に落書きしてしまった場合だけど……」

そこでトーンダウンして難しい顔になったエセリアを見て、クオールが笑いを堪える表情になりながら口を挟んできた。

「エセリア様、お忘れですか？　この画材のアイデアを出した時、『気楽に描けるのは良いけど、主に子供が使うだろうから心配なの。できればその油性の汚れを綺麗に落とす洗剤も、一緒に開発できれば良いのだけど』と仰っていましたよね？」

「え？　そうなると、まさか……」

それを聞いたエセリアは、信じられないと言った顔つきで瞬きした。そんな彼女に、クオールが最後の少々深さのある木箱の蓋を開け、中から小さな瓶を取り出しながら誇らしげに告げる。

「画材と紙と並行して、油汚れを綺麗に落とせる洗剤も開発済みです。クーレ・ユオンを発売する時には、これを試供品として少量を瓶詰めしたものを無料配布することになっています」

その計画を聞いたエセリアは、満面の笑みで販売の成功を予言した。

「さすがクオール！　さすがワーレス商会！　これはいけるわ、絶対売れるわよ!?　それじゃあ、幾つかアドバイスをするわね。このクーレ・ユオンは剝き出《むだ》しのままではなくて、手を汚れにくくするために、薄い紙を巻いておけば良いと思うの。短くなったら、それをちぎって使えば良いし」

「ああ、なるほど。言われてみればそうですね。そう言えば『こんな薄い紙、何に使う気だ』と、父さんが呆れていた紙があったな。あれを使えば……」

独り言のように呟いて考え込んだクオールに、エセリアが更なる提案をする。

「ところでこのクーレ・ユオンを売り出す時には、この八色組で売り出すの？」

「あ、ええと……。実は作り始めたら夢中になり過ぎて、色々顔料を調整しながら作っているうちに、四十色を作ってしまいまして……。でも一度にこんな大量に買う客などいないだろうと父さんと兄さんに呆れられて、取り敢えず八色と十二色と二十四色組で売り出すつもりです」

先程の、クーレ・ユオン八本入りの箱よりかなり大きい木箱の蓋を、クオールが面目なさげに開ける。その中に四十色のクーレ・ユオンが入っているのを認めたエセリアは、本気で呆れかえった。

「これを見た時のワーレスの心境が、容易に推察できるわ……。クオールは本当に凝り性なのね。やっぱり商売には向いていないみたい」

「全くその通りです。弁解できません」

そこでエセリアは、大真面目に頷いたクオールと顔を見合わせて笑ってしまった。

「確かにその本数での売り出しは、妥当だと思うわ。それから子供によってはお気に入りの色があるでしょうから、他と比べて早くなくなってしまう色が出るはず。だから箱買いだけではなく、一本ずつ補充できるように、ばら売りもするようにワーレスに言っておいて」

「ばら売り……。なるほど、その考えはなかったです。父さん達に伝えておきます」

「それから、これは絵を描くだけじゃなくて、手軽なアイキャッチとしても使えるのよ」

「は？『あいきゃっち』とはなんですか？」

クオールが完全に当惑した様子を見せるも、エセリアの口の動きは止まらなかった。

「店で物を売り出す時、その商品をお客に知って貰う必要があるでしょう？　だけどお客一人一人に、店員を張り付かせて説明するわけにはいかない。そんなことをしたら、人件費がとんでもないわ」

「ええ。ですから店では、必要な内容や宣伝文句を紙に書いて貼り出したり、説明文をつけます」

「どこを読んでも代わり映えしない、黒や濃紺のインクでね」

「…………」

そこでなんとなく相手の言いたいことが分かってきたクオールが無言になって彼女の顔を凝視すると、エセリアは溜め息を吐いて話を続ける。

「ええ、本当に。どうしてインクに黒とか紺しかないのかと、困惑したわよ。勿論、店舗の看板とか内外の装飾に使う顔料はあるわよ？　だけどそれだと、作るのも手間暇がかかって気軽に作れないし、一度作ったら簡単に廃棄できないでしょう？」

「そうすると……、このクーレ・ユオンで描いたものを、看板の代わりに使うと？」

「看板と言うほど、大げさなものじゃないわ。店内に並べてある商品の横に『売れ筋新商品とか太い赤字で書いてあれば、嫌でも目につかない？　そして改良商品が出たら、今度は『型落ちにより割引品』の紙と、取り替えれば良いでしょう？」

そこまで聞いたクオールは、慎重に確認を入れた。

「つまり……、画材としてだけではなく人目を引くのに有効な、筆記具としての可能性ですね？」

「そう！　それでこまめにポップでアートなアイキャッチを最大限に活用することで、最小の人員と労力で最大の利益を確保するのよ！　これぞマーケティングの基本理念だわ！」

「素晴らしい発想です、エセリア様！　感動しました！」

「感動したのは私のほうよ！　アイデア倒れになって放置されたのだろうとすっかり諦めていたら、まさかここまでやってくれていたなんて……。もうこれの販売利益については、私に渡さなくて良いわ！　ワーレス商会で、好きに使って頂戴！」

「本当ですか？　ありがとうございます」

「このことは、クオールからワーレスに伝えておいて。それじゃあこの紙と、クーレ・ユオンの……、そうね、大き過ぎても持て余すし、取り敢えず十二色組の箱を貰っていっても良いかしら？」

「勿論です。どうぞ、思う存分試してみてください。喜んで貰えて良かったです」

達成感に満ちあふれているクオールからクーレ・ユオンや画用紙もどきを受け取ったエセリアは、彼以上に笑み崩れていた。

（嬉し過ぎる誤算だわ。クオールは以前から、私の欲しい物を次々作り出してくれているけど、まさかクレヨンがこのタイミングで出てくるなんて！　それが長期間、私を喜ばせるためにこつこつ頑張ってくれていた結果だなんて、余計に嬉しい！　クオールは本来のシナリオではヒロインのサポートキャラの筈だけど、この世界ではそんなことは関係なく、私がやりたいことを実現する上で欠かせない、必要な存在だと思えてきたわ！）

そんな上機嫌な二人のやり取りを聞くともなしに聞いていた周囲の職人達が、困惑顔を見合わせながら囁き合う。

「おい……。エセリア様の話の終盤、半分くらい意味不明だが……」

「『あいきゃっち』とか『ぽっぷ』とか『あーと』とか『まーけてぃんぐ』とかのことか？」

「俺にも分からん。クオールは分かっているのかもしれんが」

「いや、絶対にクオールも分かっていないが、感性だけで会話していると思うぞ？」

「なんだよ、それは……。つくづくあの二人、ただ者じゃないよな」

そこで職人達は楽しげに語り合っている二人に生暖かい目を向けたが、当事者二人は勿論そんなことなど知る由もなかった。

思わぬことから絵画展に対する秘密兵器を得たエセリアは、寮の自室に戻るなり簡易画材《クーレ・ユオン》で猛然と絵を描き始めたが、ある意味予想通り躓《つまず》いてしまった。

「これを使えば、確かに嫌でも人目を引けるだろうけど……。ある程度絵心がないと、確実に悪目立ちしてしまうわね。私が描いた作品を出すのは、かなり無謀で危険な賭けだわ……」

描きかけの自分の絵を見下ろしたエセリアは、それを冷静に評して軽く落ち込んだ。どうしたものかと彼女が真剣に悩み始めていると、ノックに続いて廊下から聞き慣れた声が呼びかけてくる。

「エセリアお姉様、マリーリカです。入っても宜しいでしょうか？」

「ええ、大丈夫よ、マリーリカ。どうかしたの？」

ドアに歩み寄ったエセリアが内鍵を外して押し開けると、心配そうな表情の従妹と目が合った。

「あの……、お姉様。今日の夕食は、ご一緒する予定ではなかったでしょうか？」

「……え？　あぁっ、マリーリカごめんなさい！　すっかり忘れてしまっていたわ！」

控え目に問われたエセリアは、すぐに自分がその約束をすっぽかしてしまったことに気がつき、顔色を変えて謝罪した。しかしそれを見たマリーリカは、安堵したように微笑む。

「いえ、お姉様がお元気なら良かったです。待ち合わせの時間になっても姿が見えないので、部屋で急に体調を崩されたのではないかと心配になって、様子を見に来たので」

「マリーリカ、無用な心配までさせてしまって、本当に悪かったわ」

(やっぱりマリーリカは良い子だわ。現実のアーロン殿下が、ゲームの設定通り気難しくて屈折しまくったヤンデレキャラじゃなくて、本当に良かった)

エセリアが動揺しつつも内心で密かに安堵していると、何気なく室内を眺めたマリーリカが不思議そうに尋ねてくる。

「お姉様、絵を描いていらしたのですか？」

「ええ。珍しい画材を手に入れたので試しに描いていて、つい時が経つのを忘れてしまったの」

「あの色がついた棒で、描いているのですか？　あのようなものは初めて見ました」

「少し描いてみる？　好きに使って良いわよ？」

「宜しいのですか？　それなら少しお借りします」

勧めてみるとマリーリカが嬉しそうに頷いたので、エセリアはそのまま彼女を室内に招き入れた。

「商品化する時はこの周りに薄い紙を巻いて手を汚れにくくするつもりだけど、今はこの手袋を塡《は》めて描いていたの。描くのはこの紙よ」

「このような紙も初めてです。少しザラザラしていますが、厚みがありますから簡単に折れたりしわになったりしないのですね」

エセリアが説明しながら差し出した手袋を手に塡めながら、マリーリカはしげしげと机の上の紙を見下ろす。そしてクーレ・ユオンを一本取り上げ、慎重にその上を滑らせてみたマリーリカは、驚きに目を見張った。

「凄い！　簡単に鮮やかな色がつくわ。それにこれだと筆を変えるのではなく、紙に接する面積を変えることで、線の太さを自由に変えることができるのね……。それに薄く重ねることで、違う色合いに見せることもできるし、上から擦ったり削ったりすれば、また違う質感になるのではないかしら？」

「…………」

マリーリカは線を引くだけではなく、クーレ・ユオンの紙に接する面を変えてその変化を確認し、更に軽く擦ったり色を変えて重ねてみたりと、思いつくまま様々な描き方を試し始めた。そんな彼女の様子を、エセリアは無言のまま凝視する。

「これの主原料は何かの油？　いえ、蠟《ろう》？　顔料の他に色々混ぜてあるようだけど、そうなると」

「マリーリカ、ちょっと良いかしら？」

「はい、お姉様。なんでしょうか？」

自問自答していたマリーリカが顔を上げると、エセリアは真剣な面持ちで彼女に依頼した。

「あなたにかなりの絵心があると見込んで、お願いがあるの。これを使って、絵を描いて貰えないかしら？　それで描き上げたものを、絵画展に出品して欲しいのだけど」

そこまで聞いたマリーリカは、不思議そうに尋ね返した。

「『絵画展』ですか？　学園の年間行事に、そんな催し物がありましたか？」

「今はまだないけれど、これから新たに企画される可能性があるのよ」

エセリアがそう口にした途端、マリーリカの眉が僅かに上がる。

「まさかまた、グラディクト殿下が発案されるのですか？　あのアリステアと言う生徒はピアノと同様、実際の技量はどうあれ、絵にも自信がおありだとか？」

「それは分からないけれど……。殿下の側付きの方に絵が得意な方がいらっしゃるみたいだから、その方に指導を仰ぐかもしれないわね」

それを聞いたマリーリカは、いつもの彼女らしくない皮肉っぽい口調で、少し前にシレイアが語った内容と同様のことを口にした。

「『ご指導』ですか？　代作などではなく？」

「マリーリカ。私は別に、絵の腕前の優劣を競うつもりはないの。でもせっかくだからこの機会に、この新しい画材を少しでも多くの人にアピールできればと思ったのだけど……。残念なことに、私には絵の才能がそれほどなくて。それで」

徐々に不穏な気配を醸し出し始めた彼女をエセリアは宥めようとしたが、全てを言い終える前にマリーリカが力強く宣言した。

「お任せください、お姉様！　お姉様の名誉は、私が守ります！　あの生徒が恥知らずにも誰の手による作品を出品しようとも、それが霞んでしまう作品を必ず生み出してみせますから！　そうと決まればこちらの画材と紙を使わせていただいても、宜しいでしょうか？」

「え、ええ……。構わないわ。気に入ったのなら、全部持っていって頂戴。不足するならワーレス商会に頼めば、すぐに届けて貰えるから遠慮なく言ってちょうだい」

「分かりました。それではお姉様。取り敢えず食べながら、どんな絵を描けば一番効果的か、早速作戦を練りましょう！」

「作戦って……、あの、マリーリカ？」

そんな戦闘意欲満々のマリーリカに引きずられるようにして、エセリアは食堂へと向かった。

《チーム・エセリア》の予想通り、絵画展の開催が公表された日。放課後に側付きの一人を呼び出したグラディクトは、彼に向かって言い渡した。

「エドガー。来月、絵画展を開催するのは知っているな？」

「はい。美術担当の教授からお話がありました。私がこれまで授業中に描いた絵の中からも出品する予定ですが、それがどうかしましたか？」

「それにアリステアも出品する予定だ」

それを聞いた途端、エドガーは無表情になりながらも、傍目には平然と言葉を返した。

「……そうですか。ですが彼女は今年入学したばかりで、授業で描いた作品も少ないでしょう。入学前、実家で描いていた作品があるのですか？」

「いや。彼女はここに入学するまで、絵を描いた経験はない」

「はい？」

さらりと信じられないことを言われたエドガーは自分の耳を疑ったが、グラディクトはなんでもないことのように話を続ける。

「だから、あと一ヶ月の間に彼女に絵の描き方を指導して、鑑賞に耐えうる作品を仕上げるようにしろ。明日から毎日放課後に、美術室を使う許可は教授から取りつけている。分かったな」

言うだけ言って踵を返して歩き出した彼を、エドガーは慌てて呼び止めた。

「殿下、お待ちください！　今のお話を聞く限りでは、彼女は絵に関して初心者です。それなのに一ヶ月で鑑賞に耐えうる絵を描かせるなど、無理に決まっているではありませんか！」

エドガーにしてみれば当然の訴えだったが、振り返ったグラディクトは不愉快そうに顔を歪めた。

「お前は王太子の側付きではないのか？　それくらいできなくてどうする」

「それくらいと、簡単に仰いますが！」

「簡単なことだろう？　普段自分の画才を誇っているくせに、つまらない文句を言うな」

一方的に話を終わらせ、グラディクトが立ち去る。唖然としたままその場に取り残されたエドガーは、彼の姿が完全に見えなくなると床を蹴りつけて悪態を吐いた。

「『簡単なこと』だと？　それなら自分でやれよ！　大体、上手下手は別として、仮にも貴族なら教養として、子供の頃に一度は絵を描く機会はある筈なのに、どうして入学するまでそれがないんだ？　そんな平民並みの素人に、どんな『鑑賞に堪えうる絵』を描かせろというんだ！」

アリステアの境遇であれば無理もなかったが、エドガーはそんな事情など知らない上、普通では考えられない無茶ぶりをされて、本気でグラディクトに対する怒りを滾《たぎ》らせることとなった。


色々と言いたいことはあったにせよ、翌日の放課後、グラディクトにアリステアと美術室で引き合わされた時、エドガーは礼儀正しく彼女に接した。

「アリステア。これが君に絵の指導をする、エドガー・ヴァン・カールゼンだ。エドガー。彼女が、これからお前が指導するアリステア・ヴァン・ミンティアだ。宜しく頼むぞ」

「エドガーさん、宜しくお願いします！」

「畏まりました。それでは教授にお願いして、必要なものは一通り揃えておきましたので、まず絵の題材を決めたいと思いますが」

「あ、それはもう決まっているわ！　グラディクト様の肖像画にするの。だって校内で披露する絵だから、皆さんにグラディクト様の魅力をこれまで以上に知って貰いたいもの」

「殿下の絵……、ですか？」

思わず顔を引き攣らせたエドガーだったが、それを聞いたグラディクトは嬉しそうに応じる。

「それは良いな。本当に描いてくれるのか？」

「ええ、勿論です！　頑張って、素敵に描いてみせますね？」

「それは楽しみだな」

そんな能天気な会話を交わしている二人を眺めながら、エドガーは心の中で悪態を吐いた。

（おい、この女、本当に描けるのか？　殿下の顔など下手に描いたりしたら、それだけでこの人は不機嫌になるぞ？）

始める前から気が重くなったエドガーだったが、何とか気を取り直して二人に声をかけた。

「それでは、グラディクト殿下の肖像画にしましょう。殿下。早速で申し訳ありませんが、モデルをお願いして宜しいですか？」

「ああ、構わない。始めてくれ」

そこでエドガーはグラディクトを椅子に座らせ、既に設置してあったイーゼルとキャンバスの前に座ったアリステアに声をかけた。

「それでは下書きを始めましょう。美術の授業で、絵を描いていますよね？」

「はい、大丈夫です」

「それでは、軽く構図を取ってみてください。授業でも説明は受けたかも知れませんが、この時点で細かく書き込む必要はありませんので」

「はい、分かっています」

一応確認を入れると、木炭を取り上げた彼女が力強く答え、少々気分を害したようなグラディクトの声が続く。

「エドガー。一々、つまらないことを言うな。彼女の下書きが終わるまで、お前は黙って見ていろ」

「……失礼しました。それでは自由に描いてみてください」

「はい」

エドガーはグラディクトの指示通り少し離れた所に椅子を運び、アリステアが構図を取り終えるのを黙って待つことにした。

(幾ら入学前まで絵を描いたことがないと言っても、美術の授業で描いている筈だし、下書きくらいはできるだろう。どの程度手直しするかは、それを見てからの話だな)

時折、グラディクトと楽しそうに雑談しながら下書きを描き進めたアリステアは、かなり日も傾いたころ、ようやく僅かに顔を傾げつつ木炭を置いた。

「う~ん、こんな感じかしら？」

「できましたか？　それでは拝見し……」

「どうですか？」

イーゼルの前に座る彼女の背後に回り込んでキャンバスを覗き込んだエドガーは、それを目にした瞬間、不自然に口を閉ざして固まった。そんな彼を見上げながらにこやかに尋ねてくるアリステアに、エドガーは一瞬目眩《めまい》を覚える。

（こいつ……、臆面もなく意見を求めてくるってことは、これでまともに描けていると、本気で思っているのか？　俺をからかっているわけではないよな？）

そしてなんとか自制心をかき集めたエドガーは、アリステアに向かって短く告げた。

「……描き直しをお願いします」

「え？　どうしてですか？」

彼女が戸惑いながら問い返すと、グラディクトが憤然として立ち上がりつつ文句をつける。

「エドガー！　アリステアがどれだけ時間を費やしたと思っている！　描き直せとは無礼だろう！」

「ですが殿下。このままこれに絵の具を乗せると、殿下のお姿は頭が肩幅よりも広く、更に顔の下半分に目、鼻、口が集まる、未《いま》だかつて目にしたことのない生物の姿になってしまいます」

「なんだと？　お前は一体何を……」

怒りながら歩み寄って来た彼にエドガーが場所を譲ると、キャンバスを覗き込んだグラディクトも固まった。さすがにその反応を見て、アリステアが不安そうな表情になる。

「だ、駄目ですか？」

（駄目に決まっているだろうが！　お前、目が腐っているのか!?　これはデッサンが下手とかそういうレベルではなく、絵画に対する冒瀆《ぼうとく》だ!!　これまでの授業で、どんな作品を描いていたんだ？）

エドガーは本気で罵倒しかけたが、仮にも女性に対する台詞ではないと自制し、心の中だけに収めた。そしてどう収拾をつけるか真剣に悩み始めた彼に向かって、グラディクトが怒声を浴びせる。

「エドガー！　貴様、どうしてこんなになるまで放置していた！　彼女がきちんとバランス良く描けるように指導するのが、お前の役目だろうが！」

その理不尽過ぎる非難に、さすがのエドガーも声を荒らげて反論しようとした。

「ですが、殿下！　下書きは経験があるし分かっているから大丈夫だと、先程彼女自ら！」

「それに甘えて、貴様が教える労力を惜しんだせいで、私まで時間を浪費したぞ！　私は貴様ほど暇ではないのに、どうしてくれる！」

「……っ！　そこまで言われるのなら!!」

嬉々として椅子に座り、無駄話をしながらモデルをしていた彼に非難されたエドガーは、思わず我を忘れて怒鳴りつけようとした。しかしアリステアが、しおらしい口調で二人の会話に割り込む。

「グラディクト様、エドガー様を怒らないでください。割と良く描けていると思って、エドガー様に一々意見を求めずに描き進めたから、変になってしまったんです。悪いのは私ですから」

するとグラディクトは彼女に向き直り、真面目に告げる。

「アリステアが引け目を感じることはない。君が初心者だと分かっていたのに、指導を怠ったあいつが悪いのだからな。取り敢えず遅くなったし、今日はもう切り上げよう」

「そうですね。それではエドガーさん。また明日、宜しくお願いします」

「明日はきちんとアリステアを指導しろよ？　私がまたモデルになるのだからな」

日が傾いているのを窓越しに確認した二人があっさりと話を纏め、何事もなかったかのように連れ立って美術室を出て行くのを、エドガーはひたすら唖然として見送った。そして放置されたキャンバスや木炭を見て、漸く我に返る。

「後片付けもせずに帰るのかよ……。ふざけるな！　あんな素人以下の下手くそに教えても、まともな絵なんか描けるかよ!!」

思わず彼が怒りに任せて叫んだところで隣室に繋がるドアが開き、責任者の教授が姿を現した。

「エドガー君、そろそろ美術室を閉めたいのだが……」

「あ、教授。お騒がせして、申し訳ありません。今すぐ、ここを片付けます」

「いや、急がなくて良いが……。それが、例の彼女のデッサンかい？　彼女のクラスは他の教授が担当しているから、私は彼女の技量を知らなくてね」

慌てて片付けようとしたエドガーは、教授に尋ねられて動きを止めた。その一方で、エドガーが手にしているキャンバスをしげしげと眺めた彼が、もの凄く疑わしげに問いかけてくる。

「君は作品提出締め切りまでに、彼女がまともに描けるようになると思うかい？」

「どう考えても無理です」

「同感だ。それでは君は、どうするつもりかね？」

更に問いを重ねられたエドガーは、些か自棄《やけ》気味に答えた。

「急いで、殿下の肖像画を一枚描いておきます。どうせ期限までに間に合わないのが明確になった時点で、殿下が『お前とアリステアの共同作品として出せ』とか言い出して、私が描いた絵に一筆か二筆彼女が絵の具を乗せた絵を、出すことになるでしょうから」

それを聞いた教授が、彼に心底同情する目を向ける。

「君も大変だな……。暫く予備の鍵を預けておくから、ここは好きに使って構わないよ。大して金目の物は置いていないし。後片付けと施錠をしておいてくれれば良いから。それでは先に失礼する」

「本当に助かります。ありがとうございます」

教授からスペアキーを受け取ったエドガーは深々と一礼して彼を見送ってから、その場の後片付けを再開した。


絵画展開催が公表されてから、初めて《チーム・エセリア》の面々が集まった日。カフェで顔を合わせて早々に、シレイアが確認を入れてきた。

「エセリア様。例の絵画展ですが、以前のお話し通り、特に何も対策は取らないおつもりですか？」

それにエセリアが、微妙に視線を逸らしながら答える。

「ええ……。予想通り殿下から出品を厳命されたので、授業で描いた絵を出す予定よ」

「そうですか……。あぁあぁあっ、忌々しいっ！　エドガーなんとかの秀作をアリステアの名前で発表して、得意顔になっているあの二人組の姿が容易に想像できて、考えただけで腹が立つわ！」

「それなら考えるな。エセリア様の前で騒ぎ立てるなんて失礼だろうが」

「だけどローダス！」

憤慨しているシレイアと宥めるローダスを見ながら、この場をどう収めようかとエセリアが思案していると、控え目に声をかけられた。

「お姉様、お待たせしました」

「マリーリカ。今日は急に呼びつけてしまってごめんなさい。予定は大丈夫だった？」

「はい、特に予定はありませんでしたから。それで、例のクーレ・ユオンで描いた絵はこちらです。キャンバスと違って丸めて運べますし軽いですから、持ち運びに便利ですね」

朗らかに笑いながら丸めて抱えてきた絵をテーブルに載せたマリーリカは、それをくっていたリボンを解いた。そして、持ってくる間に少し丸まってしまったそれを広げながら申し出る。

「お姉様、申し訳ありません。そちらを押さえていただけますか？」

「ええ、丸めている間に、少しくせがついてしまったわね……、って！　これって!?」

頼まれるまま用紙の端を両手で押さえたエセリアは、もう一方の端を押さえながらマリーリカが広げた絵を目の当たりにして驚愕した。それは他の者も同様で、一斉に驚きの声が上がる。

「えぇ!?」

「嘘。凄い!!」

「なんですか、これは!?」

「どうしようか迷いましたが、せっかくですからお姉様を描いてみました。いかがでしょうか？」

しかしマリーリカはそんな周囲の動揺など意に介さず、のんびりとした口調でエセリアにお伺いを立てた。それを聞いたエセリアの顔が、微妙に引き攣る。

「いかがでしょうかって……。あの、マリーリカ？　渡したクーレ・ユオンの中に、金色とか銀色はなかった筈だけど、この髪の色はどうやって表現したの？」

自分の髪の色と寸分違わない色合いのそれを指さし、エセリアが若干動揺しながら尋ねると、マリーリカは落ち着き払って答えた。

「そこは確か……、黄と白と灰色を基本に、若干茶と赤と緑を差した上で油を含ませた口紅用の筆で上からなぞって、顔料を馴染《なじ》ませながら線を引くと、そのような細かい柔らかな線と、お姉様の髪の色と酷似した色合いになりました。他にも色々な描き方で試行錯誤したので、頂いた紙を全て使い切ってしまいましたが」

「はぁ!?」

想像もできなかった画法を耳にしたエセリアが、度肝を抜かれて間抜けな声を上げると、今度は席を立って駆け寄ったミランが、背景の一部を指し示しながら尋ねる。

「マリーリカ様。申し訳ありませんが、背景の、窓から光が差し込んで壁に陰影が出ている箇所は、どういった描き方をされたのか教えていただけますか？」

それにも彼女は僅かに首を傾げただけで、あっさりと答えた。

「その辺りは確か……。使っていないヘアピンであの画材を削って細かい粉状にしたものを、軽く振りながら落とした上で、上から布で軽く擦りました。落とす量と混ぜる色と力加減を調整したら、場所によって随分と違いを出せまして……。あの、皆様。どうかなさいました？」

「…………」

いつの間にか静まり返り、全員が自分の手元を凝視しているのに気づいたマリーリカは、不安そうに問いかけた。すると絵から手を離したエセリアが、勢い良くマリーリカに抱きつく。

「マリーリカ！　あなたは天才よ！　まさかここまでとは思わなかったわ！　本当に凄い！」

「え？　あの……、お姉様？」

抱きつかれて戸惑うマリーリカの横で、ミランが嬉々として申し出る。

「マリーリカ様！　こちらの絵を、是非ワーレス商会で買い取らせていただけませんか!?　どうしても売却が無理なら、期間限定でお貸しいただけるよう、何卒《なにとぞ》お願いします！　クーレ・ユオン新規発売の折りに、使用見本として店内に飾りたいのです！」

「あの……。これは、お姉様に気に入っていただけたら、差し上げようと思っておりましたので、お姉様さえ良ければそちらにお渡ししても構いませんが……」

マリーリカの返事を聞くなり、彼は即座にエセリアに向き直った。

「エセリア様！」

その呼びかけに、エセリアはマリーリカから身体を離し、改めて彼女に礼を述べる。

「マリーリカ！　素敵な絵をありがとう。ありがたく頂くわ！　それで絵画展の期間が終わったら、ワーレス商会に譲るから。ミラン、それで良いわね!?」

「勿論です！　エセリア様、マリーリカ様、ありがとうございます！」

「いえ、皆さんに喜んでいただければ、私は構いません。気に入って貰えて、本当に良かったです」

「この絵が気に入らない方など、存在するはずがありません！」

どこまでも控え目に微笑むマリーリカにミランが感極まった様子で断言していると、エセリアが唐突に言い出した。

「ミラン。これは絵画展で、絶対話題になるわ。商会での発売前に、絶好の宣伝ができるわね」

「校内で宣伝ですか？」

「ええ。そのためにはまず、学園長の了承を得ないと。至急学園長に小さなお孫さんがおられるかを確認して、それから一番数が揃っているクーレ・ユオンのセットを、大至急取り寄せて頂戴」

「それでは早速、店から取り寄せます」

キラリと少々物騒に目を光らせながらエセリアが口にした内容に、何か察するものがあったのか、ミランが即座に頷いた。そこでカレナが、控え目に確認を入れる。

「あの……、先程からお話に出ている、そのクーレ・ユオンという新規発売の画材は、もしかしてソラティア領の蜜蠟を使ったものですか？」

「ええ。蜜蠟の中でもソラティア領のものが偶々画材に適していたらしく、ワーレス商会でかなりの量を買いつけたそうよ。クーレ・ユオンの売れ行きによっては、増産を依頼することになるかもね」

「本当ですか⁉　使い勝手が悪くて持て余されていた蜜蠟を、ワーレス商会が大量に買いつけていったと領地で話題になっていましたが、まさか画材になっていたなんて！　そのクーレ・ユオンが大量に売れたら、うちの領地の蜜蠟はよりたくさん買って貰えますよね⁉　販売前の絵画展での宣伝を頑張らないと！　私、今から学園長に、小さなお孫さんがおられるかお伺いしてきます！」

「僕も早速、店に連絡する手筈《てはず》を整えてきますので！」

「二人ともお願いね」

絵画展で効果的な宣伝ができれば、新規販売時の売り上げ増加や領地での増産が見込めると分かったミランとカレナは、嬉々として別方向に駆け出して行った。マリーリカはそんな二人を、呆気に取られて見送る。

「だけどマリーリカ。絵のモデルが私で良かったのかしら？」

「え？　どうしてですか？」

「アーロン殿下がこれを絵画展でご覧になったら、『素敵な絵だが、できれば私を描いて欲しかったな』とか仰って、拗《す》ねてしまわれないかと思って」

大真面目にエセリアが指摘すると、マリーリカは笑いながら言葉を返した。

「まあ、お姉様ったら！　アーロンはこんなことで拗ねたりなんかしませんから」

「やあ、マリーリカ。何やら私の話で盛り上がっているみたいだが、どうかしたのかい？」

そこで急に割り込んできた声に、マリーリカは勿論、話に夢中で当の本人が近づいて来たことに全く気がつかなかった全員が、慌てて振り向いた。

「アーロン!?　いつからここに!?」

「たった今だけど。ところで、なんの話をしていたのかな？」

なんともタイミング良く現れた彼に動揺しながらも、マリーリカが説明する。

「その……、今度ワーレス商会で新しく発売される画材でお姉様の絵を描いてみたので、その御披《おひ》露目《ろめ》をしていたの」

「これかい？　ああ……、これは本当に凄いな」

そこでテーブルに広げられていた絵を見下ろした彼は感心した声を出したが、何事かを考え込んでから徐《おもむろ》に言い出した。

「これは申し分のない素晴らしい出来映えだが……。どうせ描くのだったらエセリア嬢ではなく、私を描いて欲しかったな。私は絵画のモデルとしては、あまり魅力がないのかな？」

アーロンが笑顔でそう問いかけた途端、周囲から抑えようとして抑え切れなかった笑いが漏れる。

「ぶふっ！」

「くっ……」

「お、同じ……」

「え？」

「エセリアお姉様！」

何故笑われたのかが分からず困惑するアーロンに、エセリアはなんとか笑いの発作を静めてから謝罪した。

「殿下、申し訳ありません。私がつい先程、アーロン殿下がこれを目にしたら、できれば私を描いて欲しかったなと拗ねるのではと口にしたところだったので、思わず笑ってしまいました」

そう正直に告げると、先程の微妙な反応の理由が分かったアーロンは、破顔一笑した。

「なるほど、そうでしたか。確かにちょっと妬《や》けるし、拗ねたくなりますね。困ったことにマリーリカは、私よりもあなたのほうが大好きですから」

「まあ、困りました。私は殿下の恋敵になるつもりはないのですが」

「アーロンもお姉様も、もう止めてください！」

冗談半分に交わされる会話を、マリーリカが顔を真っ赤にしながら遮る。その様子を見たエセリア達は再び盛大に笑い出し、それから少しの間その場には楽しげな笑い声が満ち溢れていた。


色々な思惑が交差した、絵画展初日。

美術担当の教授達は、生徒達から提出された絵を美術室から運び出し、授業時間内に中央校舎の一番広いホールに展示して体裁を整えた。放課後、生徒達が集まり、アリステアの絵を賞賛し始めた頃に様子を見に行こうと考えたグラディクトは、側付き達を従えてカフェに移動し、ゆったりと席に着いた。するとカウンターへお茶を受け取りにやって来た女生徒二人組の、賑やかな喋り声が聞こえてくる。

「絵画展の作品、本当に素晴らしかったわ」

「美術の授業では同じクラスの方の作品しか目にする機会はないから、ああいう催し物も良いわね」

(そうだろうとも。何故今までこんな企画がなかったのか、理解に苦しむぞ)

彼は素知らぬ顔でお茶を飲みながら、近くの席の彼女達の会話に耳を傾けて自画自賛していた。

「それにしても、あの肖像画の出来映えは随一だったわね」

「こう言ってはなんだけど、他の作品は全てあの肖像画の引き立て役ではなくて？」

「あながち間違いではないわよ。あの絵ほど、モデルの魅力を最大限に引き出しているものはないわ」

「そうよね。微笑むだけで滲み出る高貴さと聡明さを、余すことなく見事に表現しきっていたもの」

（正にその通りだ。後で改めてエドガーを褒めてやろう）

彼女達の会話に出た肖像画が自分を描いたものだと信じて疑わなかったグラディクトは、傍らに座っているエドガーを横目で見ながら頬を緩めたが、彼の機嫌が良かったのはここまでだった。

「本当に素晴らしい作品だったわ。マリーーリカ様は歌だけではなく、絵の才能もおありなのね」

「ええ。エセリア様といいマリーーリカ様といい、さすがは王子殿下の婚約者になられるお方だわ。アーロン殿下も今回のことでは、さぞかし鼻が高いでしょうね」

「なんだと!?」

「……え？」

「殿下？」

聞き捨てならない内容を耳にしたグラディクトは、怒声を発して勢い良くカップを置いた。そして側付き達が唖然とする中、彼女達のテーブルに駆け寄って問い質す。

「おい、お前達！　今、なんの話をしていた!?」

そう尋ねられた彼女達は、困惑しながら答えた。

「絵画展に出品されていた、マリーーリカ様が描かれたエセリア様の肖像画の話ですが」

「会場はその話で持ちきりです。その絵の前で、新しい画材の宣伝もしておりましたし」

「はぁ!? 新しい画材とは、なんのことだ！」

「確か『クーレ・ユオン』とか言いましたか……。マリーリカ様は今回、それを使ってエセリア様の絵を描かれたそうです」

「ふざけるな……。新しい画材だと？」

そこまで話を聞いたグラディクトは詳細を確かめるべく、絵画展の会場となっているホールに向かって駆け出した。それを側付き達が慌てて追いかける。

「あ、殿下！」

「お待ちください！」

「……一体、何事かしら？」

「さあ。最近グラディクト殿下のなさることは、良く分からないわ」

「本当にそうね。変な女生徒が纏わりついているのを目にするし」

グラディクト達の様子を呆気に取られて見送った彼女達は、そこで顔を見合わせて苦笑した。一方のグラディクトは会場に乗り込むと、数多くの絵が飾られている中で、ある一角だけ人だかりができているのを見つけ、目的の場所を察知する。

「あそこか！」

そして追いついた側付き達と共にその人垣に近づくと、その向こうの壁に飾られた絵を認めた全員が、驚きに目を見張った。

「なんだ、あれは……」

「凄い。これは絵の具を使用せず、きめ細やかな表現をしている。特に透明感や陰影、細部の表現が素晴らしい逸品だ。これをマリーリカ様が描かれたとは……。確かに天才と呼ぶに相応しい」

クーレ・ユオンで描かれたエセリアの肖像画の秀逸さに皆が声もなく立ち尽くす中、エドガーはそれなりに画才があるだけに、よりその技巧の高度さを理解していた。そんな感嘆の呟きが漏れると同時に、人垣の向こうから声が上がる。

「それでは、今のマリーリカ様の実演をご覧になった方で、このクーレ・ユオンを使ってみたいと希望される方は、こちらに一列にお並びください。販売元のワーレス商会が絵画用の紙をつけた八本セットを、今から無料配布致します！」

そのミランの声がホールに響き渡ると同時に、一斉に人垣が崩れて動き始める。

「え？　本当に!?」

「是非欲しいわ！」

「俺にもくれ！」

「皆様、慌てないでください。希望する方に、順番にお配りします」

「欲しい方は、こちらにお並びください。数は十分に準備してありますので、ご心配なく」

カレナの誘導でミランの前に長い列が整っていく。その人垣の向こうに見えた机では、先ほどまでマリーリカがクーレ・ユオンを使って実演していたようだった。そして未だにマリーリカがいる机の周囲には何人かの生徒が残り、色々と質問をしながら彼女の手の動きを観察しているのを見て、

グラディクトが悔しげに歯ぎしりする。更にホール内に学園長のリーマンが笑顔で佇んでいるのを認めたグラディクトは、憤怒の形相で彼に詰め寄った。

「学園長、何を傍観している！　学園内で商売など論外だろう！　あれをさっさと止めさせろ！」

エドガーとの共同作品としてアリステアが出品した作品が、割と目立つ位置に飾ってありながら見向きもされていない状況を見て、グラディクトは話題となっているクーレ・ユオンを排除しようとしたが、リーマンは平然と反論した。

「殿下。これは販売などではなく、無料配布です。それに予め出された申請に従って私が許可を出し、念のために私の監督下で行わせております。なんら問題はございません」

「問題ないだと!?」

「はい。新たな画材を世間に広め、幼い頃から、または貧富の差なく芸術を貴ぶ精神を育もうとするワーレス商会の姿勢に私は大変感銘を受け、心から賛同致しました。美術担当の教授達も同様で、来期からあのクーレ・ユオンを授業で取り入れることを検討しております」

それを聞いたグラディクトは、学園長相手に凄んでみせる。

「……あのような得体の知れないものを、ここの授業に取り入れるだと？　貴様、正気か？」

しかしクレランス学園のトップである学園長は、そんな彼の恫喝《どうかつ》など歯牙にもかけなかった。

「はい。しかし今回、マリーリカ様の才能には本当に驚かされましたな。さすがは王家に認められて、王子殿下の婚約者になられるだけのことはあります。エセリア様も出品されましたがごく平凡な作品であられたので、今回はすっかりマリーリカ様の陰に隠れてしまいましたな」

「…………っ！」

「まあ、誰にも得手不得手というものがございますし、今回は偶々エセリア様よりマリーリカ様のほうが……、殿下？」

微笑みながら告げられたリーマンの感想を聞いたグラディクトは、瞬時に顔色を変えて無言で踵を返した。それはエセリアよりもマリーリカのような才能あふれる婚約者を持つアーロン殿下のほうが王太子に相応しい。またはエセリアと張り合うなら、マリーリカ程の才能がある女性ではないと王子殿下の婚約者としては相応しくないと、暗にアリステアを貶《けな》された気がしたからである。

しかしそれは邪推でしかなく、そんな意図は欠片もなかったリーマンは、グラディクトが何故急に血相を変えて自分の前から離れて行ったのかが分からず、不思議そうにその背中を見送った。

（ふざけるな、たかが一学園長の分際で!!　私が王になったら、いや、その前に人事での実権を握ったら、即刻懲戒解雇にしてやる!!）

しかし今現在の一生徒の立場では、そんな横暴がまかり通る筈がないことを理解していたグラディクトは、そのやり場のない怒りをエドガーに向けた。

「それで、こうなります」

「なるほど。そのような画法が……。この新しい画材は、様々な可能性を秘めているのですね？」

「はい。勿論他にも、色々な描き方があると思います。使う者の感性次第とも言えますわね」

「これは是非とも試してみたいな。今度ワーレス商会に出向いてみます」

「店舗の方には最大四十色揃えてあるそうですが、取り敢えず八色をお配りしていますので、実際に使ってみてください」

「そうですね。頂いていきます」

「おい、エドガー！　何をしている!?」

数人の生徒と共にマリーリカと会話していたエドガーは、その怒声に振り返って答えた。

「マリーリカ様から、この新しい画材の説明を受けていたところです。今試供品を貰ってきます」

「ふざけるな！　そんな得体の知れないものを使って、どんな駄作を描く気だ!?」

危険を察知した周囲の者達は咄嗟にマリーリカを庇うように彼女の前に回り込み、罵倒を受けたエドガーは冷め切った目をグラディクトに向けた。

「駄作ですか……。駄作すら描けない方に、どうこう言われる筋合いはございません」

「なんだと、貴様!?」

「殿下、お止めください！」

「エドガー！　早く謝罪しろ！」

「私は、事実を口にしただけだ」

「エドガー!!」

反射的にグラディクトが彼に詰め寄り、彼の制服の胸倉を掴んだところで周囲の側付き達から制止の声が上がった。その様子を見たリーマンが、慌てて駆け寄って来る。

「殿下！　何をなさっておいでですか!?」

「こいつが私に、無礼なことを言っただけだ！」

「私が『クーレ・ユオンを頂いていく』と申しましたら、殿下はそれがお気に召さなかったそうです。『そんな得体の知れないものを使って、どんな駄作を描く気だ』と言われました」

自分の問いかけに対する双方の主張を聞いたリーマンは、改めて両者の顔を眺めてから、疲れたように溜め息を吐いた。

「殿下……。絵と言えば、パレットで顔料を油と混ぜ合わせて描くと言う固定観念をお持ちなのは分かりますが、前例を踏襲するだけでは新たな未来を切り開けませんぞ？　王族たる者、画期的な発明や解釈は、他者に先んじて吸収するべきであり」

「もう良い！　エドガー、貴様に用はない！　さっさと私の前から消《き》え失《う》せろ！」

学園長が自分の肩を持つ気はないと分かったグラディクトは、怒りを露《あら》わにしたままエドガーの服から乱暴に手を離した。その居丈高な命令に、エドガーが素っ気なく言い返す。

「私はクーレ・ユオンを頂いてからここを離れますので、私の顔がそんなに見たくなければ、即刻殿下がここから離れることをお勧めします」

「……っ、行くぞ！」

「殿下！」

「お待ちください、どちらに？」

完全に開き直ったエドガーを見て、グラディクトは怒りで更に顔を赤くしながら他の側付き達を従えてホールを後にした。

「お騒がせして、申し訳ありませんでした」

グラディクト達の姿が見えなくなってから、エドガーはマリーリカに向き直って深々と頭を下げた。それにマリーリカが笑顔で応じる。

「いえ、構いません。エドガー様の作品の素晴らしさは存じ上げておりますし、クーレ・ユオンで素敵な作品を描かれたら、是非見せていただきたいです」

「お目汚しになるかもしれませんが、機会があればお見せします」

「楽しみにしています」

エドガーは、そこで漸く表情を緩めた。するとグラディクトの登場によって生じた微妙な空気を払拭するべく、マリーリカを囲んでいた生徒の一人から、ある提案がなされる。

「そうだ。エドガーさん、マリーリカ様。今度私達で、クーレ・ユオン愛好会とかを作りませんか？」

「それは良いな。月に一度くらい、各自の作品を持ち寄ってとか？」

「まあ、楽しそうですわね。学園長、構いませんか？」

「はい。生徒達の自主的な活動と交流を促すことこそ、学園の理念の根幹です。美術の教授達にも場所の提供などに関して、私から申し入れておきましょう」

嬉々として愛好会の話題で盛り上がっている生徒達の様子を見ながら、リーマンは満足げに頷いた。そこで少々話し込んでから周囲に別れを告げて歩き出したエドガーは、ホールを出てすぐに背後から声をかけられ、反射的に足を止める。

「エドガー様、少々お時間を頂けますか？」

「エセリア様？　私に何かご用でしょうか」

「先程、随分と面白いものを見させて貰ったので、一言お礼をと思いまして」

振り返ったエドガーは、その皮肉交じりの台詞に憮然となりながら頭を下げた。

「お騒がせして、誠に申し訳ありません」

「それであなたは、これからどうするおつもりですか？　先程殿下は、あなたを側付きから外すと口にしていましたが、せっかく描いた絵をどこの馬の骨ともしれない女との共作とされても、黙って従うような使い勝手の良い生徒を、本気で手離すつもりとも思えません」

エセリアが冷静に指摘すると、エドガーが苦々しげな顔つきになる。

「……代作はお見通しでしたか」

「寧ろ、見破られないと本気で考えるほうがおかしいでしょう。幾ら二人の合作だと言われても、彼女の画力は同じクラスの方達が美術の授業で目の当たりにしていますから、否応《いやおう》なく真実は察せられます。ですが今回はマリーリカの絵だけが注目されて、あなたの絵は殆ど話題になりませんでしたから、全く問題にはならないでしょう。不幸中の幸いとは、正にこのことですね」

「…………」

微笑みながらエセリアが告げた内容を聞いても、エドガーは無言を貫いた。一方のエセリアも、彼の反応を期待していたわけではなかった。

「話を戻しますが、あなたが自ら頭を下げて詫びを入れに来るのを、殿下は期待しておられるのではありませんか？　そのご厚情に甘えるおつもりでしょうか？」

「冗談ではありません。今度と言う今度は、ほとほとあの方に愛想が尽きました。側付きを辞めさせていただきます。頭を下げるつもりは毛頭ありません」

そのエドガーの一刀両断ぶりに、エセリアがわざとらしく驚いてみせる。

「まあ……。それではお父上に、叱責されるのではなくて？」

「父はこの学園に在籍中から陛下の学友としてお仕えし、謹厳実直を旨として、陛下からの信頼も篤《あつ》い人間です。平気で代作を命じた挙げ句、その成果がなかったからと礼の一つも言わずに罵倒する人間に唯々諾々と従おうものなら、余計に叱責されるのは確実です」

「なるほど。それでは笑わせてくれたお礼に、一つ忠告をいたしましょう。殿下の側付きを辞めさせられた件についてお父上に直接申し開きをするか、お手紙で弁明する場合、アリステア嬢については一切触れない方が良いでしょうね」

「どういうことですか？」

怪訝に思いながら尋ね返した彼に、エセリアが苦笑しながら説明する。

「謹厳実直な方なら、彼女のことを知った途端『側付きでありながら、子爵家風情の女生徒を容易に殿下に近づけさせるなど、言語道断』などと叱責されるのではないかしら？　あなた達、側付きの忠告など無視して殿下自ら彼女を近づけておられるのに、理不尽な話だとは思いませんか？」

「…………」

エセリアの話を聞いて、エドガーは面白くなさそうな顔で考え込んだ。そんな彼に向かって、エセリアが更に語りかける。

「ですからお父上に仔細を尋ねられたら、彼女には触れずに『殿下に絵の代作を頼まれて仕上げたが、自分の力量不足で周囲の関心を得られず、殿下の怒りを買った』とだけ言えば宜しいのではなくて？　今口にした内容の中に、嘘は含まれているかしら？」

「いえ……、敢えて説明を省いている所はありますが、虚偽の内容は皆無ですね」

「恐らく殿下もアリステア嬢のことを、公にはしないでしょう。陛下の側近たるあなたのお父上にその存在が露見したら、『そんな者が王太子殿下の側近くに侍るなどとんでもない』と、即座に遠ざけられるのは明らかです。それを警戒して殿下が存在を明らかにしてないのにわざわざあなたが暴露したら、逆恨みをされるのは確実かと。叱責を受けるのはともかく、そんなくだらないことで変な恨みを買うのは、あなたにとっても不本意ではないかしら？」

そうエセリアが指摘すると、エドガーは全面的に同意した。

「確かに、役目を全うできなかったことで父から叱責を受けるのはともかく、自分に非のないことで逆恨みされるのは割に合いませんね。ご忠告、感謝します」

「これくらい、なんでもありません。エドガー様はこれまで私の婚約者である殿下にお仕えして、力になってくださった方ですもの。それでは失礼します」

深々と頭を下げた彼に会釈で応じてから、エセリアは悠然と歩き出した。

（これでなんとかエドガー様から、アリステアの存在が周囲に吹聴されるのは防げたかしら？　この時点で彼女があっさり排除されたら困るのに、癇癪《かんしゃく》を起こすのもほどほどにして欲しいわね）

なんとか不自然ではない程度にエドガーを丸め込めたと安堵したエセリアは、度重なるグラディクトの短慮な振る舞いの数々について、深く静かに怒りを溜《た》め込《こ》んでいった。

「エドガーの奴は、プライドがないのか!?　嬉々としてあんな得体が知れないものを貰おうとするなど、見識を疑うぞ」

エドガーと別れた後、他の側付き達を振り切ってアリステアとの待ち合わせ場所に向かっていたグラディクトは、悪態を吐きまくっていた。

「あいつは元々反抗的な所があったし、この際、側付きからは外そう。但し、自分の行いを恥じて向こうから頭を下げてきたら、考え直してやらないでもないが。私はそれほど狭量ではないからな」

自分が切り捨てられるなどとは夢にも思わず、己の非を認めたのなら寛大な心で許してやっても良いなどと自画自賛した彼は、幾らか気分を良くしながら空き教室に足を踏み入れた。

「アリステア、待たせたな」

そこに彼女だけでなく、《モナ》と《アシュレイ》に扮《ふん》したシレイアとローダスまで揃っており、グラディクトは僅かに眉根を寄せた。しかしアリステアは、それに気づかないまま言葉を返す。

「グラディクト様。絵画展を観《み》て来ましたか？」

「ああ。君は？」

「行って来ました。マリーリカ様が描いた、見たこともない絵が凄い話題になっていて。せっかくエドガー様が手伝ってくれたのに、私の絵が見向きもされていなくて……」

気落ちしたように俯《うつむ》いた姿を見て、グラディクトは彼女に向かって謝罪の言葉を口にした。

「すまない、アリステア。エドガーにもっと力量があれば、たとえどのような奇抜な画材を持ち出されても、人目を引く絵を描けた筈なのに」

「そんな言い方は、エドガー様に悪いです。だってあんな画材は初めて見ましたし、画風も全く違いますから」

(あの絵、一応二人の連名で出されていたが、やはりエドガーが殆ど描いたのだろうな……)

(それなのに『私の絵』と悪びれずに口にする辺り、予想以上の駄目っぷりだわ)

しんみりとした口調で慰め合う二人の横で傍観者になっているシレイア達は内心でしらけ切っていた。そんな彼女達に、グラディクトが訝しげな顔を向ける。

「ところで、お前達はどうしてここにいる?」

その問いかけに、二人は落ち着き払って答えた。

「その絵画展に関して聞き捨てならない噂を聞いたので、殿下のお耳に入れておこうと思いまして」

「殿下はあの絵画展会場で、新しい画材を使ってのマリーリカ様の実演と、ワーレス商会会頭の息子による無料配布をご覧になりましたか?」

「ああ、見て来た。それが?」

「普通であれば、幾らマリーリカ様の絵が珍しくとも、秀逸なエドガー様とアリステア様の絵も注目される筈。それなのにあの実演と無料配布で、マリーリカ様の作品以外は全く話題に上らなくなってしまいました。それは全て、エセリア様の策略なのです」

「今、二人からそれを聞いて、私も驚いていたところなの」

「なんだと!?　それはどういうことだ！」

告げられた内容にグラディクトは一気に表情を険しくし、そこでシレイア達が畳みかける。

「どうやらエセリア様は美術担当の教授を抱き込み、エドガー様がアリステア様の作品を手伝うという情報を得ていたらしいのです」

「それで、かなり秀逸な作品が出されるだろうと予想したエセリア様が、どんな作品が出ても話題をさらえるように画策したわけです」

「あの女……。分かってはいたつもりだが、どこまで悪辣な……」

ギリッと歯ぎしりをして呻いたグラディクトを見ながら、二人は淡々と説明を続けた。

「それでシェーグレン公爵家出入りのワーレス商会に声をかけ、新しい画材の発売時期を強引に早めさせたとか」

「その上で学園長が希望するものを彼に贈呈して丸め込み、あのマリーリカ様の実演と無料配布を許可させたそうです」

「やはりそうか！　リーマンの奴、恥知らずにも程がある！　如何にも清廉な教育者を装いながら、陰で金品を受け取ってエセリアにあっさり丸め込まれ、不正を黙認するとはけしからん!!」

真相を知っている二人は、憤怒の形相で叫ぶグラディクトから僅かに視線を逸らした。

（確かに学園長はエセリア様に丸め込まれたけど、受け取ったのはお金じゃなくて、クーレ・ユオン四十本セットなのよね。『お孫様に使っていただいて、意見が聞きたい』と渡したら、喜んだお孫さん達の間で取り合いになって、結局三セット追加したそうだけど」

（学園長は本心からクーレ・ユオンの有用性を認めて、学内での宣伝を快諾したからな。『不正を黙認するとはけしからん』とか尤もらしいことを言っているが、他人の作品を自分で描いたかの如《ごと》く偽って出品するのは、不正とは言わないのか？　呆れて物が言えないぞ）

しかしそんな内心を微塵も表に出さず、ローダス達はしみじみとした口調で言ってのける。

「ここで自分がクーレ・ユオンで作品を描かず、マリーリカ様に描かせたところにエセリア様の悪辣さが滲み出ていますね」

「本当に。巻き込まれたマリーリカ様がお気の毒。クーレ・ユオンで描いた絵が万が一話題にならなくても、エセリア様には全く不利益はない上、王子の婚約者同士として親交を深めるためにクーレ・ユオンを紹介したとマリーリカ様に恩が売れ、王妃様にも二人の友好ぶりをアピールできますから」

その尤もらしい解説を聞いたグラディクトは、怒りを内包した声で呻いた。

「なるほど……、今回は最初から最後まで、あいつの思い通りに事が運んだのか……」

「本当に狡猾《こうかつ》で、抜け目がない方ですよね！　そんな油断できない方が婚約者だなんて、グラディクト様が本当にお気の毒です！」

「アリステア……」

涙目で訴えたアリステアと、そんな彼女と見つめ合うグラディクトを見て、似たような光景をこれまでに何度も見せられてきた二人は、密かに呆れた目を向けた。

（こんな口からでまかせを、頭から信じるとは……）

（本当に自分が見たいもの聞きたいものしか、信用していないのね）

そして一応、彼らが迂闊なことをしないように、控え目に釘を刺す。

「誠に残念ですが、今申し上げたことは信憑《しんぴょう》性の低い噂に過ぎず、証拠は全くございません」

「ですからくれぐれも、下手に口外なさらないようにお願いします」

「……分かっている。悔しいし腹立たしいが、ここで騒ぎ立てても益はない」

如何にも無念そうに頷いたグラディクトに、ローダス達が励ますように告げる。

「そのうち必ずエセリア様も言い逃れできない証拠を摑んでみせますので、お待ちください」

「私達と同じ志の者は、水面下で徐々に増えております。皆で一致団結して、事に当たります」

それを聞いたグラディクトとアリステアが、途端に表情を明るくして応じた。

「そうか。二人とも、頼りにしているぞ」

「宜しくお願いします。グラディクト様を、これからも支えてください」

「お任せください、殿下」

「殿下同様、アリステア様にも忠誠を誓います」

そんな茶番にも程があるやり取りを、ローダスとシレイアは激しい疲労感を覚えながら、その日も最後まで見事に演じきったのだった。

第十四章　風雲急を告げる剣術大会

剣術大会は絵画展からひと月と空けず予定されており、エセリアは気忙《きぜわ》しい日々を過ごしていた。そして剣術大会開催二日前。彼女は放課後に《チーム・エセリア》の面々をカフェに集めた。

「いよいよ明後日《あさって》から剣術大会ね。今年は突発的な行事が多くて色々な準備を皆に任せてしまって、申し訳なかったわ。今年の大会はディオーネ様に加えてレナーテ様が視察にいらっしゃるから、その間マリーリカと二人でお二方に張り付いて接待予定で、確実に大会の実務ができないし」

そう言いながら項垂れたエセリアに、周りの者達は揃って憐憫《れんびん》の眼差しを送った。

「そうでしたね……。今年はアーロン殿下が在籍している上、大会に出場されますから」

「ただでさえ仲が悪いと評判のお二人が、揃っておいでになるとは……」

「観覧席で言葉の礫《つぶて》による、場外乱闘が勃発しそうだわ」

「マリーリカ様もお気の毒に……」

そこでエセリア以上に、重い空気を醸し出しながらイズファインが呻く。

「ええ、アーロン殿下が出場されるおつもりだったのは、前々から分かっていましたが……。できればおとなしく観戦して貰いたかったというのが本音ですね……」

「イズファイン様。どうかされましたか？」

普段闊達な彼らしくなく沈鬱な表情を浮かべているため、エセリアは不思議そうに尋ねた。他の者達も怪訝な顔を向ける中、イズファインが溜め息を一つ吐いてから告げる。

「先程、大会予選の組み合わせ抽選会が行われました。初戦では当たりませんが、互いに勝ち上がれば二回戦でアーロン殿下と対戦します。もっと言わせて貰えば、初戦の相手とアーロン殿下の力量はどちらも良く存じていますが、十中八九殿下の勝ちです」

それを聞いて、彼以外の者達は、なんとも言えない顔を見合わせた。

「それは……、運の悪い」

「イズファイン様が？　アーロン殿下が？」

「両方？」

「そうよね。普通に考えれば、前回の優勝者で騎士科最上学年のイズファイン様にアーロン殿下が勝てる筈がないけれど、あまりに一方的にアーロン殿下を負かしたりしたら『無礼にも程がある』と殿下の周囲が騒ぎそうだし」

「でも万が一イズファイン様が負けたりしたら、『王子だからといって勝利を譲るとは何事だ』と、もっと騒ぎが大きくなると思いますが」

「ええ、その通りです。やりにくいことこの上なく……。組み合わせが決定した途端、グラディクト殿下の側付きからは『王族でも在学中はただの一生徒だ。遠慮など微塵も必要ないぞ』と鼻息荒く激励され、アーロン殿下の側付きからは『ティアド伯爵家は中立派だが、上級貴族で近衛騎士団団長であるご当主の顔を潰さない程度の分別は持ち合わせているよな？』と、暗に手心を加えるように迫られ、他の出場者からは『アーロン殿下を負かしても後々角が立たないのは、中立派の伯爵家嫡男であるお前しかいない。派手に勝つのは拙いだろうが、後で対戦する可能性のある俺達のために、万が一にも負けないでくれ！』と縋《すが》られるのを振り切ってここに来ました」

「……皆さん、自分の立場を守るのに必死なようですね」

語られた光景が容易に想像できてしまったエセリアは、遠い目をしながら感想を述べる。そこで彼の隣に座っていたサビーネから、力強い声が上がった。

「イズファイン様が、そんなつまらない話に耳を傾ける必要はありません！」

「サビーネ？」

「勝負は時の運と申します！　様々な雑念に囚《とら》われていたら、勝てるものも勝てなくなりますのよ？　かつて私が悪運に憑《と》りつかれて、迷走人生《トット・ト・イケー》で九戦全敗の屈辱に甘んじていた時のように!!」

「…………」

「そんなこともあったわね……」

他の者達がサビーネの鬼気迫る表情に唖然とする中、エセリアは遠い目をしたまま彼女との出会いを思い返した。そんな微妙な空気の中、サビーネの真剣な訴えが続く。

「そんな鬱屈した表情は、イズファイン様に似合いません！　出場者は全員、勝利を目指すものでしょう？　それに向かって邁進《まいしん》するのみ！　獅子《しし》は兎《うさぎ》を狩る時にも、全力を尽くすと申します。アーロン殿下との対戦が難しいなど、寧ろ殿下への侮辱！　本気で完膚なきまでに叩き潰して差し上げるのが、対戦相手への敬意の証《あかし》なのではありませんか!?」

「…………」

語気強く訴えられたイズファインは無言のまま瞬きし、他の者達は小声で囁き合う。

「さすがに、王子殿下を『完膚なきまでに叩き潰して差し上げる』のは拙いと思うが」

「それに『獅子』と『兎』って……。うっかりアーロン殿下の側付きなんかに聞かれたら大変よ？」

「そこら辺で、聞いていないだろうな？」

シレイアとローダスは、慌てて周囲を見回した。一方のイズファインは、憑き物が落ちたような顔でサビーネの手を取り、静かに、しかし決意に満ちた声音で彼女に告げる。

「サビーネ、ありがとう。確かに私は、つまらない些細なことに気を取られていた。確かに出場する以上は、勝利のために全力を尽くすのみ。雑念を抱えつつ相対するのは、アーロン殿下に失礼だ」

「分かっていただけて嬉しいです」

「ああ、今の言葉で、完全に迷いは吹っ切れた。去年以上に気合を入れて試合に臨むよ。そして今年の勝利は、全て君に捧《ささ》げる。私が優勝するまでを、漏らさず見ていてくれ」

「勿論です、イズファイン様！　一つ残らず、あなたの雄姿をこの眼《め》に焼きつけておきます！」

そこで互いの手を握って見つめ合い、自分達だけの世界を作り上げてしまった二人に、エセリアは生暖かい目を向けながら声をかけた。

「……どうやら、問題の一つは解決したようね。申し訳ないけど、話を進めて構わないかしら？」

「エセリア様、申し訳ありません」

「失礼いたしました」

そこで二人が慌てて手を放し自分に向き直ったのを確認してから、エセリアは話を元に戻した。

「それでディオーネ様が出向いてくるなら、グラディクト殿下が彼女にアリステアを紹介しようと目論むのではないかと思うの。現段階で彼女を新しい婚約者に目論んでいるのを口外しないにしても、予め母親であるディオーネ様に引き合わせておけば、後々話を進めやすいと考えてね」

「なるほど……、十分に考えられますね」

「それを側妃様達の前で、エセリア様が制止するのですか？」

カレナの素朴な疑問に、エセリアは真顔で首を振る。

「いいえ。殿下と諍《いさか》いをしているような場面を、下手に披露するつもりはないわ。だからちょっとした策を弄するつもりよ。それでこの件に関して、シレイアとローダスに少し頑張って貰いたいの」

「分かりました。なんでもお申しつけください」

「お任せください。どんなことでもやり遂げてみせますから」

やる気満々の二人にエセリアが自分の計画を説明し、それから他にも剣術大会に関しての幾つかの相談と確認をして、その日の会合はお開きとなった。


幾つかの不安要素を抱えながら迎えた、第二回剣術大会の初日。エセリアはリーマンやマリーリカと共に、学園本校舎の正面玄関前でディオーネ達の来訪を待ち構えていた。

「マリーリカ。今更、一々口に出すことではないけれど……。笑顔と話術のみが私達の武器。何があっても、最後までそれらを手放しては駄目よ？」

「はい、お姉様。最後の最後まで、全力を尽くします」

改まった口調でエセリアが告げると、マリーリカが幾分硬い表情で頷く。そうこうしているうちに馬蹄《ばてい》の響きが門の方向から伝わり、二人はそちらに視線を向けた。そして自分達の方に向かって来る馬車が何台にも連なっているのを認めたマリーリカが、思わず正直な感想を口にする。

「随分、大仰な車列ですね……」

それにエセリアが、うんざりとした口調で応じる。

「去年もディオーネ様の馬車の後に、侍女が乗った馬車が続いていたけど……。今年はディオーネ様とレナーテ様が別々の馬車でいらした上、お二方の侍女もそれぞれ別の馬車で出向いてきているみたいね。しかもあの台数だと、侍女の人数が絶対に増えているわ」

「あのお二人が馬車に同乗するとは思えませんが、何もつき従う侍女の人数まで張り合わなくとも……。無駄と申し上げたら不敬でしょうか？」

「心の中で思う分には構わないわ。私も激しく同感よ」

馬車から降り立ったディオーネとレナーテが学園長であるリーマンと挨拶をしている間、エセリアとマリーリカは大人しく彼の背後に控えて待機していたが、それが済むと恭しく淑女の礼を取りつつ、二人に挨拶した。

「ディオーネ様、レナーテ様。学内行事に足をお運びいただき、誠にありがとうございます」

「お二方とも歓迎いたします。今回ご活躍の殿下方も、さぞかしお喜びかと存じます」

それにディオーネが上機嫌に応じる。

「エセリア様、マリーリカ様。揃ってのお出迎え、ありがとうございます。ですが出向くのに煩わしい思いなどしておりませんわ。なんと言っても、我が子の成長ぶりを目の当たりにできる、絶好の機会ですもの」

「本当にそうですわね。私もアーロンの勇姿を見るのを、何日も前から楽しみにしておりました。アーロンが王族として、相応しい戦いぶりを見せてくれると信じておりますから」

殊勝な物言いに聞こえるレナーテの台詞も、その優越感に満ちあふれた表情を見れば彼女が考えていることは一目瞭然である。ディオーネは僅かに表情を険しくし、エセリア達は内心で動揺した。

（うわ……、グラディクト殿下は間違っても参加できないでしょうけどと、含ませているわね）

（王宮内では王妃様が目を光らせているから、この手の争いは抑え込まれているけど……）

迂闊に口を挟めずハラハラしながら事態の推移を見守るエセリア達の前で、ドレスや小物、侍女の人数に至るまで常に張り合っている二人は、早速嫌味の応酬を始めた。

「アーロン殿が、無事に予選を勝ち抜く所までいければ宜しいですわね。昨年も予選が行われる前半二日で、かなりの生徒が脱落していましたし」

「予選で脱落するような生徒は、簡単に教授からの推薦など頂けないと思いますから、そこの所は心配しておりませんのよ？」

「その推薦された教授とやらは、王族ということで少々のお追従を口にしたのではなくて？　まさかそれを真に受けて出場するとは夢にも思わず、今頃蒼白《そうはく》になっておられなければ良いのですが」

「クレランス学園は身分の差を考慮せず、平等な教育を施すのが大前提の所ですもの。担当教授が、アーロンを正当に評価してくださっただけですわ。それは試合が始まれば、明らかになるでしょう」

「…………」

リーマンは勿論、護衛と視察のために同行した騎士団幹部の面々も迂闊なことは口にできず、ディオーネが憮然として黙り込む。そこでエセリアがさり気なく声をかけた。

「ディオーネ様、レナーテ様。このような場所で長々と立ち話をしては、お疲れになりますから」

「観覧席にご案内しますので、そちらでお座りになってからご歓談ください」

マリーリカも咄嗟に訴えると、ディオーネ達が素直に頷く。

「そうですわね。まずは参りましょうか」

「お手数おかけします」

「いえ、それではどうぞこちらに」

「侍女の方々も、近くに待機していただく場所がありますのでご案内します」

そしてエセリアとマリーリカは笑顔を振り撒きつつ、一同を先導して試合会場へと向かった。

(最初からこんな調子で、本当に大丈夫かしら？　とても無事に終わる気がしないわ)

(予選二日に加えて、本戦が二日あるのに……。お二方とも毎日いらっしゃるのかしら？)

既にこの時点でエセリア達は心底うんざりしていたが、並んで歩いているディオーネ達は、当然二人の心境など微塵も理解していなかった。

「昨年グラディクトが発案して行われたこの剣術大会は、恒例行事になりましたのね」

「はい。今年度から年間予定に組み入れられております」

「本当に誇らしいこと。たとえ剣術が不得手でもそれを苦にしたりせず、寧ろそれを利用して全校生徒が関わる行事を考案し、生徒同士の連帯感と向上心を増やすことを目指すなど、凡人のできることではありませんわ。エセリア様はそう思いませんか？」

「確かに、そうでございますね」

ディオーネがさり気なく息子を褒め称え、エセリアも素直にそれに同意する。するとレナーテが、妙にしみじみとした口調で言い出した。

「エセリア様は優秀なだけにご苦労なさっているようで、私、本当に頭が下がる思いです」

「え？　あの、申し訳ありません、レナーテ様。なんのことでございますか？」

咄嗟に何を言われたか理解しかねたエセリアが困惑顔で問い返すと、レナーテが笑顔で告げる。

「確かに剣術大会はグラディクト殿下が発案された行事だと耳にしておりますが、実際に昨年企画運営されたのはエセリア様ご自身でございますよね？　学園の生徒達の間では周知の事実らしく、身内に在校生がいる貴族の間で、エセリア様の手腕は高く評価されておりますもの」

レナーテがそう指摘して朗らかに笑うと、その場にいた他の者達は、皆揃って顔色を変えた。

(変に口止めはしなかったし、私主導だったのが在校生から漏れるのは仕方がないけど……。でもまさかアリステアがグラディクトに纏わりついていることまで、広まってはいないわよね!?)

動揺しながらも、この場をなんとか上手く収めないと拙いと判断したエセリアは、かなり苦しげに言葉を絞り出した。

「それは……、グラディクト殿下は色々とお忙しく……。確かに昨年、私が率先して動いておりましたが……」

「彼女の言う通りです。なんと言ってもグラディクトは王太子ですから、他の生徒の模範となるべく勉学に励んでおりますので」

エセリアの弁明を補強する形でディオーネが反論したが、レナーテは余裕の笑みを浮かべながら応じる。

「そうですわね。王太子殿下としては婚約者であるエセリア様と並び立つくらいの成績を修めらないと、後々のお立場にも響きかねませんから。本当に、すこぶるご優秀な婚約者がおいでになると、色々と大変な場合もございますのね」

「……っ！」

一見、穏やかな笑みを浮かべているレナーテだったが、その台詞は裏を返せば「婚約者と比べて見劣りする王太子などみっともない」と暗に馬鹿にしており、ディオーネは一気に険しい表情になった。しかしここでマリーリカが、些かわざとらしく明るい声を上げる。

「本当に、グラディクト殿下はお幸せですわね！　お姉様のような方が、婚約者として控えておられるのですもの。私など、お姉様の足元にも及びませんわ！」

「まあ……、確かにそうだとしても、それほど謙遜することはないのではありませんか？」

他ならないアーロンの婚約者である彼女の態度に、ディオーネは幾らか気分を良くした。しかしここですかさずレナーテが、マリーリカを褒め称える。

「そうですわ。マリーリカ様は先日開催された絵画展で、新しい画材を用いて素晴らしい絵を描き上げたとか。学園内の話題をさらったと聞いて、さすがはアーロンの婚約者たる方だと誇りに思っておりましたのよ？」

「それは……、ありがとうございます」

ディオーネが再び表情を険しくする中、引き攣り気味の笑顔でなんとかマリーリカが礼を述べたところで試合会場に到着し、エセリアが落ち着いた口調で一行に注意を促した。

「皆様、足元にお気をつけください。ここからは段差がございますので」

「あら、本当ね」

「注意しますわ」

それからは無駄話などせず足元に注意しながら進み、無事ディオーネ達や騎士団幹部の面々は観覧席に落ち着いた。しかし双方が帯同してきた侍女の椅子が不足し、その手配のためと理由をつけて、エセリアとマリーリカは一旦その場を離れる。

「お姉様……」

一行に声が届かない場所まで来た途端、マリーリカは不安で一杯の顔でエセリアに縋る。

「マリーリカ、あなたの言いたいことは分かるわ。だけどまだ始まったばかりだから、最後まで気を確かに持って。私がついているわ」

「……はい」

一瞬泣きそうになったマリーリカだったが、同じ境遇のエセリアに励まされ、改めてこの難局を乗り切ることを心の中で誓ったのだった。

ディオーネ達や騎士団幹部達が観覧席に落ち着き、試合会場を取り囲む生徒達が静かになったところで、開会式の司会者が声を上げ、実行委員会名誉会長のグラディクトを紹介した。ディオーネの周囲から一際高い拍手が湧き起こる中、グラディクトが朝礼台に上がり、声を張り上げて挨拶と開会宣言を行う。その一連の出来事をディオーネと彼女付きの侍女達は感動の面持ちで眺めていたが、対するレナーテとその侍女達は、冷え切った視線を彼女達に向けていた。

それから試合が開始され、エセリアが今年初めて観覧するレナーテや侍女達に敗者に配られる記章や人気投票、更に中間日に設けられた開票作業についての説明を行う。それにレナーテ達が興味津々で聞き入りながら感心していると、手の空いたグラディクトが意気揚々と観覧席にやって来た。

「母上、本日は学園まで出向いていただき、ありがとうございます。私の開会宣言はどうでしたか？」

それにディオーネが満面の笑みで答える。

「ええ。昨年に引き続き、とても素晴らしい挨拶だったわ。さすがに人の上に立つ器量を備えていると、立っているだけで風格が違うわね」

「母上、それは些か大げさというものです」

「…………」

そんな会話をしながら楽しげに笑い合っている親子を、レナーテが無言のまま白い目で見やる。

(この俺様王子！　さっきからレナーテ様を無視していないで、挨拶くらいしなさいよ！)

側妃達が到着してまだ一時間も経過していないにもかかわらず、既に神経がささくれ立っていたエセリアは、心の中でグラディクトを罵倒してからさり気なく声をかけた。

「グラディクト殿下の開会宣言は、本当に格調高いご挨拶でした。レナーテ様もしみじみと感じ入っておられましたのよ？」

(本当のところは、意味のないスッカスカな内容に白けきって、扇の陰で欠伸《あくび》をしていたのがバッチリ見えていたけどね！　これでも無視するようなら、後はどうなったって知らないわよ!!)

心の中で匙を投げたエセリアだったが、不愉快そうに振り向いたグラディクトにも、さすがに側妃を無視しては拙いとの判断力は残っていたらしく、恭しくレナーテに向かって挨拶する。

「レナーテ様、ご挨拶が遅れて申し訳ございません。クレランス学園にようこそお越しくださいました。学園を代表してお礼申し上げます」

それにレナーテは先程までの冷え切った視線など微塵も感じさせない笑みを浮かべながら、軽い皮肉を交えて応じる。

「丁寧なご挨拶、ありがとうございます。ですがクレランス学園には、代表の方が何人もいらっしゃいますのね。学園長にもエセリア様にも、丁重なご挨拶を頂きましたし」

そこでグラディクトは「自分が代表面するな」とでも言わんばかりの顔をエセリアに向けたが、

彼女はそれに冷笑で返した。

(何よ、何か文句でもあるの!? あるのならあんたがここに張りついて、笑顔とお世辞を振り撒いて自分の母親を宥めて、この場を丸く収めなさいよ！ ゴマスリの一つもできないくせに、大きな顔しないで欲しいわね！)

すっかりやさぐれモードのエセリアに追い打ちをかけるように、レナーテが含み笑いで言い出す。

「ところでグラディクト殿下は、これからはずっとお暇《ひま》でいらっしゃいますの？ この剣術大会では色々な係の方が働いていらっしゃると伺いましたが、ご挨拶だけだと楽で良いですわね」

「……なんですって？」

「アーロンは『当日は試合の順番や時間帯が流動的な上、友人の応援をするつもりなので、頻繁に顔を出しに行けません。試合が全て終わったらご挨拶に伺います』と、予め手紙で連絡してきましたの。本当は久しぶりにゆっくりと顔が見たかったのですが、多忙であれば仕方がありません」

ディオーネが僅かに顔つきを険しくする中、レナーテが些かわざとらしくしんみりした口調で述べると、さらにその場の空気が悪くなった。

(確かにグラディクト殿下は、他の誰と比べてもずっとお暇でしょうね)

間違ってもそんなことを口走るわけにはいかないエセリアは、咄嗟にこの場からクラディクトを遠ざけるそれらしい理由をでっち上げた。

「ええと……。殿下は何分《なにぶん》、この剣術大会の実行委員会名誉会長の重責を担っておられますので、実はこれからあちこちの係の進捗状況の確認のために、見回りに行かれる予定です。最終日の閉会宣言が終わるまで、こちらに出向くのは難しいと思われますが……」

「は？　何を勝手にそんなことを」

グラディクトは当惑したが、ディオーネはエセリアの台詞を聞くなり大声で息子の声を遮る。

「それは大事な仕事だわ！　私に構わず早くお行きなさい。役目を疎《おろそ》かにしては駄目ですよ？」

「いや、しかし母上。私は少々お話が」

「あら、殿下は思ったよりお忙しくないみたいですわね。誰にでもできるお役目なのでしょうか」

なおも言いかけたグラディクトの台詞を、今度はにこやかにレナーテが遮る。それを聞いたディオーネは、声を荒らげながら言い返した。

「そんなことはありませんわ！　グラディクト、何をしているの！　さっさとお行きなさい！」

「あ、ご覧ください！　次はアーロン殿下の試合ですわ！」

ここでレナーテの気を逸らそうとマリーリカが声を張り上げて呼びかけると、試合会場に目を向けた彼女は忽ち満面の笑みになってディオーネ達に声をかけた。

「まあ、本当だわ！　アーロン、頑張って!!　グラディクト殿下！　お暇ならこちらでご一緒に、アーロンに声援を送ってやってくださいませ!!」

「いいえ、息子はあいにく多忙です！　グラディクト、さっさとお行きなさい！　最終日まで私の所に顔を出さなくて結構よ！」

「……分かりました。失礼します」

息子にアーロンの応援なんかさせてたまるかと、ディオーネが暗に「最終日まで顔を出すな」という鬼の形相で睨んだため、グラディクトは諦めて引き下がり観覧席から離れて行った。

(清々したわ。余計に事態をややこしくするんじゃないわよ！　でもこれで最終日の最後まで、グラディクトは顔を出さない筈よね)

これで一安心と思いきや、すぐに上機嫌なレナーテの声が観覧席に響き渡る。

「エセリア様！　アーロンの勇姿をご覧ください！　王族として、恥ずかしくない戦いぶりでございましょう？」

そう問われたエセリアは、愛想笑いを顔に貼り付けて応じた。

「……誠に、素晴らしいですわね」

「レナーテ様、アーロン様の勝利ですわ！」

「まあまあ、もう少してこずるかと思いましたけど、意外に呆気《あっけ》ないものでしたわね」

「…………」

そして無事、息子が初戦を勝利で飾ったのを見届けたレナーテは、誇らしげに笑った。そんな彼女にディオーネが、刺すような視線を向ける。そんな緊迫感あふれる空間に嫌気がさしたエセリアは、思わず観覧席の後方に陣取っている学園長や近衛騎士団のお歴々に向かって、無言で視線を向けた。しかしそれを目の当たりにしたある者は申し訳なさそうに深々と頭を下げ、またある者は気まずそうに視線を逸らす。

(学園長も騎士団の皆様も、そんな憐憫の眼差しを送ってくださるなら、女の戦いに怖気《おじけ》づいていないで、少しは私達のフォローをしていただけませんか!?)

同様に不安げな眼差しを送っていたマリーリカと共に、エセリアは自分達が孤立無援の状態なのを、改めて認識する羽目になったのだった。


そんな彼女達の奮闘と心労など知りもしないグラディクトは、観覧席から離れた後、そのまま試合会場を出てアリステアと待ち合わせていた近くの校舎に向かった。

「アリステア、待たせてすまない」

殆どの生徒が試合会場やその近辺にいるため、全く人気《ひとけ》のない校舎の教室で待っていたアリステアは、浮かない顔つきのグラディクトを見て、なんとなくその理由を察した。

「それは構いませんが……、グラディクト様のお母様に、紹介して貰えないんですか？」

「今は開始直後で落ち着いて話せる雰囲気でもないし、いつも張り合っているレナーテ殿がいるから、母上の機嫌があまり良くなくて。やはりアシュレイが言っていたように、最終日に君を紹介したほうが良いだろう。先にレナーテ殿を帰して、母上に残っていただき話を聞いて貰うつもりだ」

そう説明されたアリステアはがっかりしたものの、すぐに思い直して納得したように頷く。

「そうですか……、でも確かにそのほうが、落ち着いて話ができて良いかもしれませんね」

「ああ、やはりアシュレイの助言は正しかったな。あいつには今度改めて、礼を言わないと」

「本当ですね」

そうして微笑み合ってから、グラディクトは真剣な面持ちで彼女に言い聞かせる。

「アリステアは確かに下級貴族の家柄だが、人柄はこの学園の誰よりも温厚で誠実だ。きちんと話せば母上も君のことを理解してくれる筈だから、安心してくれ。この機会に、今後校内で一緒に行動しても、どうこう言われないように手を打つから」

「はい、分かりました。でも殿下、あまり無理しないでくださいね？」

「ああ、大丈夫だ」

そう力強く頷くグラディクトを見て、アリステアは嬉しさで叫び出したいのを必死に堪えた。

（やった！　最終日に、殿下のお母様に紹介してくれるって約束して貰えたわ！　こんな展開は本になかったけど、婚約者を押しのけて殿下と結婚するには、どうしてもディオーネ様を味方につける必要があるもの。避けて通れない道よね。絶対に好印象を持たれるようにしないと！）

そんな決意も新たにアリステアは期待に胸を膨らませながら、剣術大会の日々を過ごしていった。


エセリアとマリーリカは、観戦中は試合の解説役やディオーネ達の雑談相手となり、昼食や空き時間には校舎の見学などに付き合った。時折、不穏な話題が出ると、彼女達はなるべく自然に当たり障りのない話題に軌道修正し、可能な限り平穏な状況を保つように腐心していたが、大会初日の午後には、早くも最大の山場がやってきた。

「さあ、今度はまたアーロンの試合ね！　楽しみだわ！」

「はあ……、そうでございますね」

「初戦以上の奮闘を見せていただけると、確信しておりますわ……」

上機嫌なレナーテの台詞に、エセリアとマリーリカは極力ディオーネを刺激しないように控え目に頷いてみせる。しかしディオーネはそんな配慮など全く意に介さず、不敵に微笑みながら告げた。

「聞くところによると、対戦相手の組み合わせは、出場者全員でくじ引きをして決定するとか。アーロン殿は、相当運がなさそうですわね」

「あら……、今のご発言は、どういう意味でしょう？」

「大した意味はございませんのよ？　ただ二回戦の相手が、前回優勝者のイズファイン・ヴァン・ティアド殿ですから。あの清廉潔白な近衛騎士団長のご子息なら、まかり間違っても王族だろうがなんだろうが手心を加えるなどございませんでしょうし。本当にお気の毒ですこと」

ディオーネの、一見同情しているように見えて嘲笑《あざわら》っているとしか思えない発言に、レナーテの顔が僅かに強張る。

「アーロンの先程の勝利が、対戦相手から手心が加えられた結果のような物言いをされますのね。それに、試合の前からアーロンが負けるのが決まっているような発言は失礼ではございませんか？」

「まあ！　それは邪推というものですわ。私はアーロン殿下が負けるなど、一言も申してはおりませんのに。ただ『お気の毒』だと口にしただけですわよ？」

「……そうでございますか」

「お、お姉様……」

「落ち着いて、マリーリカ。取り乱しては駄目よ」

レナーテの表情が冷え切ったものに変化し、対するディオーネが嘲笑気味の笑みを浮かべる。そんな一触即発の状態を目の当たりにしたマリーリカは激しく狼狽し、そんな従妹をエセリアは小声で宥めた。するとここで立場上大声を出して騒ぎ立てることなどできない側妃達の代わりに、彼女達付きの侍女達が、こぞって試合会場に向かって声を張り上げる。

「アーロン殿下！　頑張ってください！」

「イズファイン様！　ティアド伯爵家の誇りを汚さぬよう、ご奮闘を！」

「皆が殿下の勝利を、祈っておりますわ！」

「近衛騎士団長のご子息なら、優勝は当然ですわね！」

「王族としての誇りを、示してくださいませ！」

「イズファイン様の誇らしいお姿を、目に焼き付けさせていただきますわ！」

盛大に張り合っている侍女達に誘発されたらしく、ここでアーロンとグラディクトの側付き達を始めとして、見学している生徒達も一斉に二手に分かれて叫び始めた。

「負けるなよ、イズファイン！」

「アーロン様、お母上や私達が応援しております！」

「イズファイン、前回優勝者の力量を見せてやれ！」

「アーロン殿下！　手加減無用ですよ！」

「はぁ!?　手加減が必要なのは、イズファインの方だろうが？」

「なんだと!?　貴様、無礼にも程があるぞ！」

徐々に増してくる喧騒《けんそう》と悪化する雰囲気に、対戦者二人が困惑し、試合会場の周囲を見回す。その一連の騒ぎを眺めながら、エセリアは疲れたように溜め息を吐いた。

(ある程度予想はしていたけど……。初戦の時はこんなに騒ぎが大きくなかったのに、対戦相手がイズファイン様だから仕方がないわね。こんな険悪な空気のまま試合に突入したら、どちらが勝っても感情的なしこりが残るのは確実だし、ここはマリーリカと私で何とか流れを変えるしかないわ)

そう決意したエセリアの横で、マリーリカは別のことで葛藤していた。

(アーロンに声援を送れる皆がうらやましい。まさかレナーテ様やディオーネ様の前で、あんな大声を張り上げるような、はしたない真似はできないもの……。でも今度の対戦相手は、前年優勝者のイズファイン様。普通に考えたらアーロンが勝てる可能性は低いから、これがアーロンの最後の試合になるかもしれないのに……。やっぱり、きちんと応援したいわ)

そんなことを考えていたマリーリカの耳元で、エセリアが囁く。

「マリーリカ。アーロン殿下を応援したくない？」

「え？　いえ、あの……、でも、この場を離れるわけには。それに場所を離れても大声を出して騒いだりしたら、レナーテ様達に眉をひそめられるかと……」

「それは私がどうとでもするわ。信用して頂戴」

「エセリアお姉様……」

「どう？　そろそろ試合が始まるわよ？　応援をしたいの？　したくないの？」

驚いて目を見開いたマリーリカは控え目に反論したが、重ねてエセリアに問われて力強く頷いた。

「応援したいです！」

「分かったわ。それならアーロン殿下に向かって、ここから思いきり叫びなさい。音楽祭の時に披露したあなたの喉なら、この喧騒の中でも確実にアーロン殿下には聞こえる筈よ。後は私に任せて」

「分かりました。お姉様にご迷惑をおかけするかもしれませんが、よろしくお願いします」

覚悟を決めたマリーリカは、笑顔で指示したエセリアの前で何回か深呼吸をして呼吸を整えてから、口元に両手を添えてアーロンに向かって大声で叫んだ。

「アー――ロ――ン!!」

「え？」

「は？」

当人は勿論、至近距離にいたディオーネ達や生徒達が何事かと当惑して一瞬喧騒が静まると、続けてマリーリカの大声援が会場に響き渡った。

「応援しているわ――――っ!!　頑張って――――っ!!」

「…………」

常には間違っても聞けないマリーリカの絶叫に、その場に居合わせた全員が絶句して会場中が静まり返った。その静寂を切り裂くように、続けてエセリアが声を張り上げる。

「アーロン殿下――っ!!　こんなに応援しているマリーリカの前で、気の抜けた試合などしたら、この私が許しませんわよ――っ!?」

「……マリーリカ様？」

「エセリア様まで……」

二人の予想外の叫びに、会場のあちこちから呆然と呟く声が漏れた。しかし当初驚いていたアーロンは、すぐにマリーリカに向かって満面の笑みで右手を振って応える。更にエセリアに視線を移し、「承知しました」と言うが如《ごと》く恭しく一礼すると、会場中に楽しげな笑い声が満ちた。

「殿下が羨ましいな！　美人の婚約者に、あんなに応援して貰えるなんて！」

「エセリア様がお仕置きですか！　これは下手な試合はできないな！」

「アーロン殿下って素敵よね。マリーリカ様もお似合いだわ」

「本当に。あんなになりふり構わず応援されるなんて、なかなかできないわよ」

「殿下！　マリーリカ様に、是非とも雄姿をご披露してください！」

「イズファイン！　気の抜けた試合をしたら、二人纏めてエセリア様から説教だぞ！」

それからも二人に対する応援の応酬は続いていたものの、先程までの相手側への激しい野次は鳴りを潜め、大抵の者は笑顔で声援を送った。そんな空気の変化を読み取ったエセリアは、ディオーネとレナーテに向き直り、隣のマリーリカに目配せしながら頭を下げる。

「大変お騒がせ致しました。ですがグラディクト殿下が実行委員会名誉会長を務める剣術大会で、見苦しいにも程がある罵倒の応酬など、決して許されることではございません。グラディクト殿下のお名前にも、傷がつきかねない事態です。それは兄君を慕っておられるアーロン殿下にとっても、不本意でございましょう。故にマリーリカに協力して貰って場を静めましたが、見苦しいものをお見せしたことを、深くお詫びいたします」

「お二方の眼前でお騒がせして、誠に申し訳ありませんでした」

全く打ち合わせていなかったものの、即座にエセリアの意図を汲んだマリーリカが、従姉に倣って神妙に謝罪の言葉を口にして頭を下げた。それを見たディオーネとレナーテは一瞬顔を見合わせてから、揃って苦笑する。

「確かに少々驚きましたが、エセリア様がグラディクト発案の剣術大会を成功に導くため、尽力してくださっているのが良く分かりました。先程のことは、目くじらを立てる程でもないでしょう」

「私も同感です。普段であれば少々はしたないかもしれませんが、あんなにアーロンに声援を送っていただき、マリーリカ様には寧ろ感謝しております」

「寛大なお言葉、安堵いたしました」

「ありがとうございます」

珍しく側妃二人が意見を一致させてその場が和んだところで、アーロンとイズファインの試合が開始され、試合会場は先程以上の喧騒に包まれた。その試合は、これまでに行われた予選と比較してもかなり白熱した展開であり、最終的に下馬評通りイズファインが勝利者となったものの、生徒達の記憶に強烈に残ったのか、アーロンは敗者復活の人気投票で選出されたのだった。

エセリアとマリーリカの水面下での努力は続き、側妃二人の対立は表面化しないまま、なんとか日程後半の本戦初日を迎えた。辛くも敗者復活により本戦に進んだアーロンだったが、その日の午前中、騎士科の生徒に敗北を喫する。それを見たレナーテが落胆し、扇の陰でディオーネがほくそ笑んでいるところに、彼が挨拶に出向いた。

「母上、ディオーネ様、お邪魔いたします。ご挨拶が遅れて、誠に申し訳ありませんでした」

「構いませんよ、アーロン。お疲れ様でした。素晴らしい試合だったわ」

「ええ、敗者復活での本戦出場だとしても、なかなか見事な戦いぶりでした。王族としての面目を保てましたわね。投票していただいた皆様に感謝しないといけませんわ」

残念に思う気持ちを抑え込み、レナーテは笑顔で息子を出迎えたが、横からディオーネに嫌味を言われて不愉快そうに顔を歪める。しかし当のアーロンはそんな嫌味にも嫌な顔一つ見せず、笑顔でディオーネに軽く頭を下げた。

「誠に、ディオーネ様が言われた通りですね。本戦ではさすがに騎士科の中でも指折りの方々が揃っておられましたので、力及ばず、申し訳なく思っております」

そこでマリーリカが、如何にも安堵したように声をかける。

「勝敗よりも、殿下にお怪我がなくて何よりでした」

「ありがとう。随分心配をかけてしまったようだね」

彼女に向き直り笑顔で礼を述べたアーロンだったが、ここでディオーネが口を挟んだ。

「本当にそうですわね。万が一、王子殿下に怪我などさせてしまったのでは、一大事ですもの。これまでの対戦相手も、イズファイン殿を含めて相当委縮しておられたのではないかしら」

「なんですって？」

ディオーネの言葉に、忽ちレナーテとその侍女達が不穏な気配を醸し出し始めたため、ここで流れを変えるべくエセリアはアーロンに頼み込んだ。

「ところでアーロン殿下。今頂いてきた記章を、お二方に披露していただけませんか？」

「はい、これでよろしいですか？」

「ええ、お借りします」

アーロンが素直にピンを外して胸につけていた記章を渡すと、エセリアは会釈して受け取ったそれをディオーネ達に差し出す。

「ディオーネ様、レナーテ様。開始直後に敗者にお配りする記章の話は致しましたが、あの時見本としてお持ちしたのは、予選用です。本戦になると、大きさも図案も異なっております」

「本当に、随分違いますのね」

「あら、裏に校章が刺繍されていますが、これは昨年ありましたか？」

何気なく摘《つま》み上《あ》げて裏返したそれに、校章が刺繍《ししゅう》されていることに気がついたディオーネは、昨年目にした時のことを思い返し、怪訝な顔になった。そこですかさずエセリアが、事情を説明する。

「実は昨年記章を受け取られた方々から、『学生時代の記念にするので、できれば校章なども刺繍できないか』との意見を頂きました。昨年のものを作り直せませんでしたが、その経過を説明した上で、今年の刺繍係の皆様で検討して貰った結果、裏に校章を刺繍することになったのです」

「まあ、そうでしたの。ご苦労様ですわね」

「それに要望を拾い上げて次年度に活《い》かすなど、さすがはエセリア様ですわ」

ディオーネとレナーテが彼女の話に愛想良く応じている隙に、アーロンはマリーリカの側に寄って心配そうに囁いた。

「マリーリカ、大丈夫かい？　何やら顔色が良くないが……」

「大丈夫です。お姉様と一緒ですから。お姉様と比べたら、私の気苦労など物の数ではありません」

「そうか……」

そこで溜め息を吐いたアーロンは、エセリア達の話に一区切りついたのを見計らってディオーネとレナーテに挨拶した。

「それでは私は、これで失礼致します」

「ええ、休暇には戻って来てね」

「ご苦労様です」

そして彼は一礼して下がりながらエセリアの前で足を止めると、彼女だけに聞こえるように囁く。

「エセリア嬢。マリーリカを、宜しくお願いします」

「はい、万事お任せください」

エセリアがそう請け負うと、アーロンは幾らか安心した表情になって立ち去る。それからもエセリア達は波風を立てないようにディオーネ達のご機嫌を取り続け、神経をすり減らしていった。

「それではこれより、実行委員会名誉会長であるグラディクト殿下による優勝者の表彰、その後に閉会のお言葉を頂きます」

最終日の午後。決勝戦でイズファインが勝ち二年連続で優勝者となった。それに引き続き始まった閉会式で、司会者に促されたグラディクトが朝礼台に上がったところで、エセリアがマリーリカに顔を寄せて囁く。

「マリーリカ。それでは予定通り、私は少し離れるわね」

「はい、この場は私が対応しておきますので、任せてください」

素直に了承してくれたマリーリカに感謝しながら、エセリアはさり気なく観覧席から離れた。それに気づくことなくディオーネは誇らしげに、レナーテは開会式の時と同様に興醒めした顔でグラディクトのパフォーマンスを見守り、盛大な拍手と共に剣術大会は幕を下ろした。

「ディオーネ様、レナーテ様、お疲れ様でした。これで剣術大会は、全ての日程が終了となります」

マリーリカが改めて二人の前で深々と礼をしながら報告すると、レナーテが上機嫌に応じる。

「マリーリカ様、ありがとうございます。エセリア様とあなたのおかげで、とても楽しく有意義に過ごせました」

「私からもお礼を言わせてください。そういえば、エセリア様はどちらに？」

「はい、お姉様は所用で席を外しておりますが、すぐに戻って参ります。少々お待ちください」

ディオーネの問いにマリーリカが笑顔で答えると、ここでアリステアを引き連れたグラディクトが、観覧席にやって来た。

「母上、最後までご苦労様でした。ずっとご覧になって、お疲れになったでしょう？」

「大したことではありません。それよりも、あなたが発案した剣術大会が今年も無事に終了して、安堵しました」

「この私が目を光らせておりますから、不手際など起こる筈もございません」

「まあ、なんて頼もしいこと」

そんな調子の良いことを言って笑い合っている二人を見て、普段温厚なマリーリカも流石に切れた。

(何を言っているの、この人！　剣術大会期間中、その女とヘラヘラ笑いながら何もせずにダラダラしていただけでしょうが!?　そんな暇があるなら、自分の母親の面倒くらい見なさいよ!!)

しかし生粋のご令嬢であるマリーリカは、そんな内心をおくびにも出さず無言で微笑んだ。そこで何か言いかけたグラディクトを押しのけるようにしてエセリアが戻り、明るい声を張り上げる。

「それで母上、この機会に是非紹介したい者が」

「ディオーネ様！　レナーテ様！　お待たせして申し訳ありません。是非とも私達から、お二方に紹介させていただきたい生徒がおりますの。少々お時間を頂けますか？」

「エセリア様？　それは構いませんが……」

「おい！　今、私が話をしているところだぞ、遠慮しろ！」

話を遮られたグラディクトが憤慨しながら文句を口にしたが、エセリアはそれを無視して、自分が連れて来た女生徒二人をディオーネ達の前に押しやった。

「さあ、リステルさん、ティリスさん、遠慮せずに前に出て。お二方にご紹介します。こちらのリステルさんは今回の大会の刺繍係のまとめ役として、采配を振ってくださった方なのです」

「そんな、エセリア様！　采配を振るだなんて、恐れ多いです！」

「母上！」

グラディクトの訴える声は、恐縮して狼狽しきった彼女達の声に紛れてしまった上、驚いたディオーネ達にも無視されてしまった。

「まあ、それでは先程目にした、優勝者への立派なマントは、あなたが刺繍されたの？」

「あれは素晴らしかったわ。在校生が作製したとは思えず、何度も見直したくらいでしたもの」

「ありがとうございます。勿論、私一人で作製したわけではなく、主に五人がかりで分担して進めましたが、お美しい側妃様方からお褒めの言葉を頂いたと聞いたら、皆も喜びます」

「まあ、お美しいだなんて」

「そこまで恐縮しなくても宜しいのよ？」

心からの賛辞を受けたリステルが嬉しさで顔を紅潮させながら礼を述べると、二人はその様子を微笑ましそうに眺めた。その横で、エセリアはさらに紹介を続ける。

「それにこちらの小物全般を作製する係のまとめ役であるティリスさんには、側妃のお二方をお招きする上で失礼のないよう、校内の飾り付けや配布物に至るまで、事細かに気を配っていただきました」

「ですがやはり平民の感覚で装飾やデザインを統一しましたので、常に煌びやかな王宮で優雅にお過ごしのお二方がご覧になったら、見苦しい点が多々あったかと思います。何卒ご容赦くださいませ」

そこで恐縮して頭を下げたティリスに、ディオーネとレナーテは鷹揚に笑いながら応じた。

「別に見苦しい点はありませんでしたよ？　そもそも王宮と比べること自体が間違っておりますし」

「そうですとも。学生らしい、素朴でありながらきめ細やかな気配りに感心致しました」

「ありがとうございます！　そう言っていただけて、安心しました！」

安堵したらしい彼女が晴れやかな笑顔を見せると、エセリアも微笑みながら彼女達を紹介した理由をもっともらしく告げる。

「お二方とも平民でいらっしゃいますから、本来なら間違っても側妃の方々にお目にかかる機会などございません。ですから頑張って準備や運営をしていただいた方々を代表して、是非ディオーネ様とレナーテ様にお引き合わせしようと思いましたの」

そう説明したところで、リステル達は感極まった様子で口々にディオーネ達を褒め称えた。

「エセリア様。お二方とお引き合わせいただき、本当にありがとうございます！　やっぱり側妃になられる方は、他の方とは全然違いますね！」

「お美しいのは勿論ですけど、そこら辺の美女とは違い、気品も備わっておいでですもの」

「実家に帰った時にお会いしたことを自慢したら、きっと家族全員に羨ましがられますわ！」

「私、今日のことは、一生忘れられそうにありません！」

そんな心からの讃辞《さんじ》と分かる台詞を聞いて気分を良くしない筈はなく、ディオーネとレナーテは満更でもない顔つきで微笑んだ。

「まあ、お二方とも、それほど興奮することでもありませんよ？」

「ええ、少し恥ずかしくなりますわね」

そして機嫌良く笑っていたディオーネは、ここで漸く息子が連れて来た女生徒に気がつき、何気なく声をかけた。

「グラディクト。それではそちらのお嬢さんも、今回、何か重要な役割を果たされた方なの？」

「え!? いえ、それは……」

「あの……、私は係ではなく……」

急に話を振られて咄嗟に口ごもってしまった二人をよそに、エセリアは落ち着き払ってディオーネに向かって、それらしい嘘を口にした。

「そちらのアリステアさんは、殿下のご挨拶の原稿作製をお手伝いされたのです」

「はぁ？　何を勝手なことを言っている！」

思わず声を荒らげたグラディクトだったが、それを聞いたレナーテが怪訝な顔で問い返す。

「それではそちらの方は、何をなさいましたの？　私は事前に、この剣術大会は出場者以外の全生徒が必ず何かの係に就く、生徒主導で運営されている素晴らしい行事だと説明を受けたのですが」

「実行委員会名誉会長たるグラディクトが、何の係にも就かないのを認めるわけはないでしょう？」

「あ、あの……、私は、殿下の原稿のお手伝いを……」

ディオーネまで不審な顔になり、とても何の係もしていないと言える雰囲気ではなく、アリステアは消え入りそうな声でエセリアの説明を流用した。それを聞いたディオーネ達は納得し、更に彼女が高貴で美しい自分達に怖気《おじけ》づいて相当緊張しているのだろうと思い込み、微笑んで応じる。

「まあ、そうだったの。私達の前だからと言って、そんなに恐縮しなくても大丈夫ですよ？」

「平民の方ですから、普段目にすることもない私達を見て怖気《おじけ》づくのは分かりますが、何も叱責するために呼びつけたわけではないのですからね」

「いえ、私は子爵家の娘です！」

アリステアは慌てて自分は平民ではなく貴族だと訴えたが、ディオーネ達は鷹揚に笑って頷いた。

「そうでしたか。それならエセリア様のように日々精進すれば、伯爵夫人くらいにはなれるかもしれませんね。頑張りなさい」

「子爵令嬢では間違っても王妃や側妃にはなれないでしょうが、マリーリカ様のように慎みを忘れずに己を磨き上げ続ければ、それくらいの幸運には恵まれるでしょうね」

「そんな……」

二人は目の前の女生徒を励ますように見えて、さり気なく息子の婚約者を引き合いに出して張り合った。自分を認めて貰えるどころか、「王妃や側妃は無理でも伯爵夫人くらいなら」と断言されてしまったアリステアは愕然《がくぜん》とした表情になり、それを見たグラディクトが焦って声を上げる。

「いえ、母上、そうではなく！」

「そういえばお二人とも、そろそろ王宮にお戻りにならなくても宜しいのでしょうか？　殿下方のご活躍の話を聞くために、両陛下が時間を取って待っておいでかと思いますが」

エセリアがグラディクトの発言を遮るようにさり気なく声をかけると、二人は即座に椅子から立ち上がった。

「そうでしたわ。お忙しい陛下方をお待たせできませんわね」

「これで失礼致します。有意義な時間を過ごさせていただきました」

「最後にお引き留めして、申し訳ございません」

「ご観覧、ありがとうございました」

ディオーネ達の挨拶にエセリアとマリーリカは揃って恭しく頭を下げたが、グラディクトは慌ててディオーネに詰め寄り、その腕を掴んで引き留める。

「母上、お待ちください！　少し話があります！」

「グラディクト、何をするの！　私は王宮に戻ると言っているでしょう!?」

既に侍女達を従えて歩き出していたレナーテは、振り返ってそんな親子の揉める様子を見ながら、余裕の笑みを浮かべた。

「ディオーネ様。グラディクト殿下は積もる話がおありのようですし、王宮にはごゆっくりお戻りになられては？　両陛下には、私の方から仔細を報告しておきますわ。さあ、皆。戻りましょう」

そう告げたレナーテは、侍女達や近衛騎士団の面々を引き連れ、悠々と去って行った。そんな彼女から息子に視線を戻したディオーネは、未だに自分の腕を掴んでいる彼を本気で叱責する。

「その手を離しなさい、グラディクト！　レナーテを先に行かせたら、陛下の前でアーロンの話ばかりするでしょうが！　話なら今度休暇で王宮に戻った時に、幾らでも聞いてあげます！」

「いいえ、王宮ではできないのです。是非この場で紹介して、母上にご説明を」

「私が、離じなさいと言っているのよ！」

「つう!?」

「グラディクト様！」

一歩も引かない気迫のグラディクトに憤慨したディオーネは、閉じた扇に渾身《こんしん》の力を込めて彼の頬を打ち据えた。さすがに女性の力で叩かれただけでは倒れなかったものの、これまで母親に手を上げられたことなど皆無だったグラディクトは、思わず目を見張って手を離す。アリステアが悲鳴を上げ、ディオーネの侍女達やエセリアがその光景を目の当たりにして唖然とする中、ディオーネは何事もなかったかのように優雅にその扇を開き、口元を隠しながら息子を冷たく見据えた。

「あなたはれっきとした王太子なのですから、時と場所を弁えなさい。今ここであなたの話を聞く時間はありません。それくらい理解して貰わないと、アーロン殿下に見劣りするのが分からないの？」

「母上!!」

グラディクトは怒りで顔を紅潮させながら尚も訴えようとしたが、エセリアが静かに割り込む。

「ディオーネ様、正面玄関までお見送り致します」

「ありがとうございます、エセリア様。さあ、皆も行きますよ？」

先程まで実の息子に見せた怒りの表情など綺麗に消し去り、笑顔でエセリアに向き直ったディオーネは、平然と侍女達を引き連れて歩き出した。そしてその場には憤怒の形相のグラディクトと、真っ青な顔で彼に駆け寄ったアリステアだけが取り残される。

「エセリアの奴……、悉《ことごと》く私の邪魔をするなど、絶対に許さん」

「グラディクト様、大丈夫ですか!?」

そんな二人の様子を、少し離れた所からシレイアとローダスが注意深く観察していた。

「これでなんとかアリステアの存在が、公衆の面前で露見するのが避けられたわね」

「それに殿下がディオーネ様に打ち据えられて、いい気味よ。剣術大会の期間中、エセリア様とマリーリカ様がどれだけ神経をすり減らしたと思っているのよ」

「全くだ。それにもかかわらず、連日どこかに雲隠れしていた二人へのお仕置きとしては妥当か？」

「生温《なまぬる》いけど、勘弁してあげるわ」

「本当に容赦ないな」

辛辣過ぎる幼馴染《おさななじみ》の言葉に苦笑したローダスは、彼女を宥めながらその場を離れた。


無事にディオーネとレナーテを正面玄関から送り出したエセリアとマリーリカは、リーマンから何度も深々とした礼と感謝の言葉を受けてから、校舎内に向かって歩き出した。

「マリーリカ……、ちょっと休んでから部屋に戻りましょう」

「はい、お姉様……」

マリーリカも同じ思いだったらしく、エセリアの申し出に素直に頷き、無言でカフェへと向かった。そしてそこに到着すると、心底同情する表情のサビーネ達の出迎えを受ける。

「お疲れ様です、お二人とも」

「お茶は私達が持って行きますので、先に椅子に座ってお休みください」

「そう？　サビーネ、カレナ。ありがとう」

「すみません」

促されるまま手近なテーブルに進んだ二人は、無言で椅子に座った。と思ったらいきなりエセリアがテーブルに突っ伏したため、その無作法さにマリーリカが驚きの声を上げる。

「……やってられないわよ」

「お姉様!?」

「マリーリカ、あなたも好きにしなさい。今ここで私達が何をしても、よほど変なことでなければ全員見て見ぬふりをしてくれるし、噂にもならないから。何か賭けても良いわ」

「…………」

突っ伏したままのエセリアの台詞に、思わずマリーリカが周囲に目を向けると、殆どの生徒は二人が大会期間中側妃二人に張りついていたのを知っていたため、無言で顔を逸らして見ていないふりを装った。それを認めたマリーリカは、あっさりと従姉に倣う。

「それでは失礼します……」

「マリーリカ、お疲れ様」

「お姉様こそ……」

突っ伏したままお互いの奮闘を称え合っていると、サビーネ達が二人にお茶を運んでくる。

「お二人とも、お茶をお持ちしました」

「エセリア様、マリーリカ様。ワーレス商会で販売しているチョコレートもご用意いたしましたので、宜しかったら一緒にお召し上がりください」

「ありがとう、ミラン」

「頂きます」

ミランが二人の大会期間中の奮闘に報いるべく、実家から取り寄せた最高級品のチョコレートの箱を開けながら勧めると、二人はのろのろと上半身を起こし、カップと箱に手を伸ばした。そして少しの間無言で味わってから、マリーリカが涙声で感想を述べる。

「お姉様……。私……、こんなに美味《おい》しいお茶とチョコレートは、生まれて初めてです……」

「同感だわ。きっと一生、この味は忘れられないわね」

エセリアは実にしみじみとした口調でそれに応じ、それを目の当たりにした周囲の者達は、二人のこの間の気苦労を想って密かに涙したのだった。

第十五章　様々な思惑

学年末の定期試験も終了し、後は幾つかの未消化の授業や教授達の特別講義を受ければ年度末休暇に突入するという時期。いつも通りエセリアは、カフェに《チーム・エセリア》の面々を集めた。

「皆、この間調べて貰っていたことについて、報告して貰えるかしら？」

エセリアがそう促すと、カレナが率先して報告し始める。

「さり気なくアリステアさんと同じクラスの人達に話を聞いてみましたが、皆さんは彼女のことは話題に出すのも馬鹿馬鹿しいと言うか、無意味だと思っているみたいです」

「はっきり言って、面白おかしく話題にする気にすらなれない、というところでしょうか？」

「彼女がまとわりついているグラディクト殿下の婚約者たるエセリア様が全く動いていないので、変に騒ぎ立てればエセリア様の不興を買いかねないと、特に貴族間では静観している状況ですね」

「そうなの……」

カレナに続いてシレイアとサビーネも報告し、横でローダスやミランが真面目くさった表情で頷く中、エセリアは一人考え込む。

「それはこちらとしては、都合が良い状況だけど……。ここまでアリステアの存在が外部に漏れていない状況って不気味ね。これってひょっとして、シナリオ補正なの？　卒業前に退学になったりしたら、そもそもストーリーが成り立たなくなってしまうからとか……」

「あの……、エセリア様？　何を仰っておられるのですか？」

突然ブツブツと呟き始めたエセリアに、シレイアが不思議そうに声をかける。それで我に返ったエセリアは、笑ってその場を誤魔化した。

「ちょっとした独り言だから、気にしないで。それよりも、彼女のことが変に噂になっていなくて良かったわ。これからも情報収集を宜しくお願いします」

「お任せください」

「エセリア嬢、殿下の側付き達がこちらに来ます」

「分かったわ」

自分の背後を見やりながら低い声で警告を発したイズファインに、エセリアは小さく頷く。普段、エセリアとは積極的に関わりを持たない彼らがなんの用かと一同は怪訝な顔になったが、エセリアはなんとなく彼らの用件を察して苦笑した。そうこうしているうちに彼らは丸テーブルを回り込み、エセリアからは斜め前の位置に立って恭しく声をかけてくる。

「エセリア様、ご友人とご歓談中失礼しますが、少々お時間を頂けますか？」

「あら、お珍しいですね。どうぞご遠慮なくお話しください」

彼らの申し出に鷹揚に頷き、笑顔で快諾したエセリアだったが、三人を代表して話しかけてきたグラウルは渋い顔になった。

「少々外聞を憚《はばか》るお話なので、場所を移動するか、人払いをお願いします」

「私には特に外聞を憚るようなことに心当たりはございません。そのままお話しください」

「…………」

チラリと周囲を見回しながらの要求もエセリアには全く通じず、更に他の者達も彼らに遠慮して席を立つことをしなかったため、グラウルは徐々に苛立たしさを滲ませる。

「それでは言わせていただきますが、エセリア様はあのアリステアと言う生徒を、このまま放置しておいて構わないと思っていらっしゃるのですか？」

その訴えを聞いたエセリアは、些かわざとらしく首を傾げる。

「……アリステア？　どちらのアリステアさんのことですか？」

「音楽祭であなたの直後に演奏した、アリステア・ヴァン・ミンティアです」

「ああ……、あのアリステアさんでしたか。彼女がどうかしましたか？」

「最近、殿下が彼女を厚遇していることをご存知ではないと？」

探るような目で問い質したグラウルだったが、エセリアはおかしそうに笑うのみだった。

「生憎《あいにく》と、私はあなた方のように殿下の側付きではありませんから。厚遇と言っても、一体どのようなことをしていると言うのですか？」

「殿下はあなたを差し置いて、彼女を頻繁に側に寄せているのですよ!?」

「私、以前から必要最低限しか殿下の近くに寄せていただいておりませんが、それに対して不自由は感じておりません。それに殿下がその方にお勉強を教えていらっしゃるとお聞きしましたが、それが何か問題でも？　要は、殿下でもお勉強を教えられる程、そのアリステアさんの成績が残念過ぎるのでしょう？　いわば殿下が自らできる、貴重な慈善事業。それを咎めるなど、側付きの態度としてはどうなのかしら？」

彼女がすまし顔でそう口にした途端、周囲で「ぶふっ！」とか「うくっ……」という、くぐもった笑いが漏れた。それにグラウル達が、一気に険悪な雰囲気を醸し出し始める。

「なっ⁉」

「いくらあなたでも、殿下に対してそんな侮辱は！」

「侮辱？　今の話のどこがでしょう？　私は殿下が優越感を感じられる存在ができて、良かったと安堵しておりますのよ？　アリステアさんが殿下に近づくのを不満に思うなら、あなた方が意図的に酷い成績を取って、殿下に教えを請えば良いだけの話ではなくて？」

それに対しても周囲から笑いを堪える気配が漂う中、グラウルは呻くようにエセリアに尋ねた。

「それではあなたは、目障りなアリステア嬢を排除するつもりはないのですか？」

「彼女が目障り？　随分と面白いことを聞いた気がするわ。どうやらあなた方と私の認識には、大きな隔たりがあるみたいね。子爵家の人間に過ぎない、才能も教養も持ち合わせていない、はっきり言って取るに足らない彼女を、どうして私が気にしなければいけないのかしら。教えていただける？」

「…………」

確かに普通に考えればアリステアとエセリアでは勝負にすらなりえず、それに反論する言葉を持たなかった三人は押し黙った。そんな彼らをエセリアは鼻で笑う。

「側付きであるのに、殿下に意見しても聞き入れて貰えないなど、少々お気の毒ね。それならあなた方の気が済む方策を教えて差し上げるけど、殿下に働きかけるより、当の本人に言い聞かせるのが筋ではなくて？」

それを聞いたグラウル達が、不愉快そうに顔を歪める。

「私達に、彼女を脅せと言うのですか？」

「あら、私は脅すだなんて怖いことを、一言も口にしてはおりません。勝手に自分達の妄想を押し付けないでいただけますか？　それからお話がもう終わりなら、お引き取り願います」

「……お邪魔致しました」

そして体良く追い払われた彼らを見送ってから、サビーネが忌々しげに口にした。

「これまでエセリア様と殆ど関わってこなかったのに、こんな時だけ利用しようなんて図々《ずうずう》しい」

「それだけあの方達も、困っているのでしょう。同情はしないけど」

「本当ですね」

小さく肩を竦めたエセリアを見て、周囲は苦笑いした。しかし次にエセリアが口にした台詞で、皆が瞬時に真顔になる。

「取り敢えずあの三人が、近いうちにアリステアに関して動きそうね。暫くの間、アリステアの周囲を、交代で監視して貰えるかしら。それから私の推測通りのことが起こったら、その時は手の空いている人が、個別の判断で動いて欲しいの」

それから少しの間、エセリアが指示する内容を他の者が頭の中に叩《たた》き込《こ》んだ上で、幾つかの密談が繰り広げられた。

「アリステア・ヴァン・ミンティア、ちょっと待て！」

全ての授業が終わり、グラディクトとの待ち合わせ場所に向かっていたアリステアは、廊下で鋭く呼び止められて振り向いた。

「え？　誰……。あ、皆さんは確か、グラディクト様の側付きの方ですよね？　どうかしましたか？」

見覚えのある顔を認めた彼女は訝しげな表情を浮かべたが、グラウルはそれには構わず横柄に言い放つ。

「話がある。ついて来い」

「無理です。これから殿下とお約束がありますから。それじゃあ」

あっさり拒否して再び歩き出そうとした彼女を見て、グラウルは小さく舌打ちしてからその場しのぎの嘘を口にした。

「その殿下が、予定を変更してお待ちだ」

「なんだ。それならそうと、最初からはっきり言ってくださいよ。さあ、行きましょう！」

機嫌良く振り向いて自分達に愛嬌を振り撒いたアリステアを三人は腹立たしく思ったが、人目もあるため、おとなしく引き連れて歩き出す。

すぐに校舎から出て人目につきにくい陰に入り込むと、ここに至ってさすがに不審に思ったのか、アリステアが周囲を見回しながら彼らに尋ねる。

「ねえ、グラディクト様はどこにいるの？　どうしてこんな所で待ち合わせなの？」

「殿下がこんな所にいるわけがないだろう」

「どうして？　いるって言ったじゃない」

「そうでも言わないと、お前がおとなしくついて来ないからだろうが」

ここでグラウルが当然の如く言い返したが、その途端アリステアは猛然と抗議した。

「嘘をついたの!?　仮にも王太子殿下の側付きをしている方がそんなことをして、恥ずかしくないの？　第一あなた達がそんなことをしたら、グラディクト様のお名前に傷がつくじゃない!?」

しかしその指摘で、グラウル達は完全に切れた。

「貴様自身が、殿下の最大の汚点だ！　そんな人間に小賢しげに意見されるいわれはない！」

「『殿下の汚点』？　どうしてそんな酷いことを、言われないといけないんですか!?　あんまりよ!!」

「あんまりなのは、貴様の無神経さと頭の悪さだ！　殿下のご厚情を笠《かさ》に着て、恥ずかしげもなく殿下にすり寄って！」

「お前のような下級貴族は、本来なら近づけもしないお方なのだぞ？　まともな判断力を持っているなら、そんな分不相応なことを恥じて、自ら殿下から遠ざかるべきだろうが！」

「これだけはっきり言えば、さすがに分かっただろう！　以後、殿下には近づくな。目障りだ！」

三人はそんなことを一方的に言い放ったが、その途中から、アリステアは非難の言葉を適当に聞き流しつつ考え込んでいた。

(あれ？　そう言えば、なんだかこんなシチュエーションを、どこかで見た記憶がなかった？……違うわ。見たんじゃなくて、読んだのよ。これは正に《クリスタル・ラビリンス》で、主人公が悪役令嬢の取り巻きにおびき出されて、校舎裏で脅されるシーンにそっくりじゃない！)

なんとなく感じた既視感に対してそう結論づけた彼女は、すっかり安堵して無意識に微笑んだ。

「あぁ、なぁんだ。そうだったのね……」

「は？　何を言っているんだ、お前？」

「私達の言ったことを、ちゃんと理解したんだろうな!?」

自分達が声高に言い聞かせても怯えるどころか、何やら急に満足げな表情になった彼女を見て、グラウル達は声を荒らげた。しかし自分の考えに浸りきっていたアリステアの耳には、彼らの苛立ちの声などまともに届いていなかった。

(呼び出した相手がご令嬢達じゃなくて殿下の側付き達ってところが違うけど、これまでに言われた内容は殆ど本の通りだもの。もう！　うっかり気がつかずに、ただ怖がって終わるところだったじゃない！　そういう流れなら、本の通りのハッピーエンドを迎えるために、私がこれからしないといけないことは、たった一つよね!?)

そう決心したアリステアは、《クリスタル・ラビリンス》の該当個所《かしょ》を思い返しながら、堂々と彼らに言い返した。

「あなた達のお話は良く分かりました。要するにあなた達は、私に嫉妬しているんですよね？　最近殿下に、まともに相手にして貰えなくて」

「なんだと!?」

「貴様、言うに事欠いて！」

忿ち気色ばんだ彼らだったが、アリステアは全く臆することなく振る舞う。

「それで？　私を排除すれば自分達を見て貰えると、本気で思っているんですか？　そんなこと、あるわけないじゃありませんか。まず自分の至らなさを反省して、真に殿下に必要とされる人材になれば、自《おの》ずと殿下が目を向けてくださるとは思わないのですか？」

「反省だと!?」

「ふざけるな！」

「偉そうに、何様のつもりだ！」

「一々群れないと自分の意見も口にできない方々に、意見される筋合いはありません！　顔を洗って出直してください！　私は、殿下の最大の理解者だと自負しています！　何があっても、殿下の側を離れませんから！」

三人に対してそう啖呵《たんか》を切ったアリステアは、今の自分の姿が他者からどう見えているかを想像して、一人悦に入っていた。

（ふっ、完璧に決まったわ！　今の私はどこからどう見ても卑劣な脅しなどには屈しない、健気で凜々《りり》しいヒロインそのものよ！）

しかし当然グラウル達は、彼女の言動に対して微塵も感銘を受けなかった。

「この女！」

「少し痛い目を見せないと分からんようだな！」

「どこまで頭が悪いのやら」

「いたっ！　何をするんですか!?」

激昂《げっこう》した彼らに左腕を掴まれ、勢いよく身体を校舎の壁に押しつけられたアリステアは、その痛みに思わず顔をしかめたが、心の中ではそれほど怖がってはいなかった。

（大丈夫よ。だってあの話では、ヒロインが追い詰められてピンチに陥ったら、必ず王子様が助けに来てくれるもの!!　今まで本の通りに展開してきたし、今回もちゃんと助けが来る筈よ！）

するとそこで、複数の足音と何かを言い合う声が、彼らがいる場所に向かって近づいて来た。

「殿下！　あそこです！」

「お前達！　そこで何をしている！」

女生徒の声に続いて聞き慣れた声がその場に響き、それに反応して慌てて振り返ったグラウル達は、忌々し気に舌打ちした。

「ちっ！　なんでこんな所に」

「教授に呼び出されているんじゃなかったのかよ……」

「グラディクト様！」

（やっぱり来てくれた！　グラディクト様は本当に、私の王子様だわ！）

血相を変えて駆け寄って来るグラディクトの姿を認めたアリステアは歓喜の叫びを上げ、三人は面白くなさそうに目配せしてから、彼女の手を離した。するとアリステアを背中に庇うようにグラディクトが彼らの間に割り込み、鋭い口調で詰問する。

「お前達、ここで何をしている!?」

それに対してもグラウルは恐れ入ることなく、淡々と言い返した。

「己の分を弁えない女に、物の道理を言い聞かせているところです。殿下は下がっていてください」

「女一人を、三人で囲んでか？　私の側付きが卑怯《ひきょう》者の集まりだとは、今の今まで知らなかったぞ」

その皮肉に、グラウル達は冷笑で返す。

「『卑怯者』ですか……。それはそれは……」

「殿下が、私達の真っ当な意見を聞き入れていただける程度に聡明な方なら、何もこんな卑怯な真似などする必要もないのですがね」

「貴様ら……、私を愚弄する気か？」

「いつまでもそんな女にかまけているなら、愚弄されても仕方がないのではありませんか？」

「なんだと!?」

思わずカッとなったグラディクトがグラウルに摑みかかったところで、新たな声が割り込んだ。

「君達《きみたち》、こんな所で何をしている！　乱闘騒ぎなど、この学園内で許さんぞ！」

「ちっ！」

「その手を離していただけませんか？　王太子殿下」

教授の一人が偶々その場を通りかかり、どう見ても校舎の陰で揉めているとしか思えない彼らを叱責した。それを無視などできず、決定的な対立は避けられたものの、グラウル達は面白くなさそうに離れて行く。そんな彼らをグラディクトは最後まで睨みつけていたが、注意した教授も彼らが事を荒立てずに別れたのを見て安堵したらしく、それ以上口を挟まずにその場を後にした。そしてその場に二人きりで取り残されると、グラディクトは漸く緊張を解いてアリステアに向き直る。

「アリステア、怖い思いをさせてすまなかった。もう大丈夫だ」

「平気です、殿下が来てくれましたから。それにしても、どうして殿下はここに？」

本の通り助けに来てくれたのは良かったものの、タイミングが良過ぎないかとアリステアは疑問に思った。それにグラディクトが、困惑気味に周囲を見回しながら事情を説明する。

「それが……、ある教授に呼び出されて話をしている最中、いきなり女生徒が乱入してきて、アリステアが呼び出しを受けて絡まれていると教えてくれたんだ。それで彼女の案内でここまで来たのだが……。そう言えば、彼女はどこに行ったんだ？」

「それらしい人はいませんね」

アリステアも一緒になって辺り見回したが女生徒の姿はなく、代わりに何やら焦った様子で、一人の男子生徒が駆け寄って来るのが見えた。

「ああ、良かった。大丈夫だったのですね？　間に合ったようで良かったです」

「貴様は誰だ？」

先程のこともあり、すかさずグラディクトがアリステアの前に立ちながら誰何《すいか》すると、その生徒は恭しく騎士の礼を取ってからグラディクトに名乗った。

「申し遅れました。私はロイス・ヴァン・ケミストアと申します。先程殿下に急を知らせたユーナ・ヴァン・ディルスに頼まれて、お二人の様子を確認しに参りました」

「ああ、先程の女生徒の名はユーナというのか」

納得したようにグラディクトが頷くと、ロイスは彼に向かって順序立てて説明を始めた。

「はい。彼女が偶々廊下を歩いていた時、エセリア様がご自分の関与を疑われないよう、殿下の側付きの方々を使ってアリステア様を脅迫させようとしているという話を聞きつけたのです」

「え？　それって本当ですか？」

「なんだと!?　あいつら……、本来仕えるべき私を蔑ろにして、エセリアに媚びを売るとは何事だ!!」

アリステアとグラディクトは揃って驚愕し憤慨したが、ロイスは冷静に話を続ける。

「更にエセリア様が、その首尾を聞くために校舎内で待っていると判明し、今現在の話だと分かった彼女は、それを止めさせようと慌てて殿下を呼びに行ったのです。しかし彼女は某教授からの呼び出しの時間が迫っており、殿下をご案内後すぐにこの場を離れましたので、彼女からお二人の様子の確認と、ご挨拶もせずに離れたことを殿下にお詫びして欲しいと頼まれました」

その説明を聞いたグラディクトは、それを頭から信じ込んだ。

「なるほど……、そういう事情だったのか。分かった。彼女に対して私は怒っていない、寧ろ感謝しているとお前から伝えておいてくれ」

「畏まりました。必ず伝えます」

そこで期待に満ちあふれたアリステアの声が割り込んだ。

「あのっ！　それじゃあユーナさんとロイスさんも、私達の味方ですよね!?」

「はい。アシュレイ達から、同志がいるとお聞き及びかと思いますが」

それを聞いたグラディクトは、満面の笑みで頷く。

「お前達もそうか。これから色々頼りにしているぞ？　エセリアの奴、狡猾にも、素知らぬふりで間接的にアリステアに手を出すような真似までしてきたからな」

「ご心痛、お察しします。家のしがらみもあり、表立ってお二方をお守りできませんが、陰から全力で支えていく所存です。勿論私達の他にも、エセリア様の悪辣さと横暴さに憤っている者は数多くおりますので、ご安心ください」

かしこまってロイスがそう述べると、アリステアが勇気づけられたように声を上げる。

「グラディクト様、味方がたくさんいて良かったですね！　あんな頼りにならない側付きの人達なんか、必要ありませんよ！」

「そうだな。私は君を筆頭に、たくさんの理解者に恵まれた幸せ者だ」

「そんな……、筆頭だなんて恐れ多いですが、私はいつまでもグラディクト様の味方です！」

そんな風に盛り上がっている二人を、ロイスは傍目には穏やかな笑みで眺めていた。

エセリアにそれとなく誘導されたグラウル達が、アリステアを恫喝した翌日。エセリアはいつものメンバーをカフェに集め、ミランからの報告を受けていた。

「ミラン。それならあなたは、殿下とアリステアに《ロイス》として認識された上で、側付きの人達が彼女を脅迫したことは、私が裏で糸を引いていたと思わせるのに成功したのよね？」

一通り話を聞いてから確認を入れたエセリアに、ミランがどことなく釈然としない様子で頷く。

「はい。僕は彼女と同じクラスですし、殿下にはクーレ・ユオンの試供品配布の時に顔をしっかり見られていますから、ウィッグだけで誤魔化せるか、正直自信がなかったのですが……」

それを聞いたエセリアは、少しおかしそうに笑った。

「私の言った通り、大丈夫だったでしょう？　彼女のようなタイプは他のクラスメートなど眼中にない筈だし、殿下は利害関係が明確な人間は覚えているけれど、あの時のミランについては『多少羽振りが良い目障りな商人の小倅《こせがれ》』程度の認識でしょうから、覚えていないと確信していたわ」

「成功して良かったのですが……、釈然としませんし腹立たしいです。僕の存在自体を、全く認められていなかったわけですから」

「そう怒らないで、ミラン」

微妙に機嫌が悪くなったミランを宥めてから、エセリアは話を元に戻した。

「それでは首尾よく、ミランは《ロイス・ヴァン・ケミストア》として、カレナは《ユーナ・ヴァン・ディルス》として、あの二人に認識されたわね。カレナは来年、彼女と同じ貴族科下級学年クラスに所属するから、念のためにユーナとしての接触は殿下メインでお願いするわ」

「はい、分かりました」

即座に頷いたカレナに、エセリアも頷き返す。

「シレイアとローダスは来年度も二人との直接的な接触はないから、フリーで動いて貰うから」

「エセリア様」

「サビーネ、何かしら？」

いつもの彼女らしくなく、話の途中で遮ってきたサビーネにエセリアが怪訝な顔を向けると、彼女が嬉々として言い出す。

「話を聞いていましたら、段々楽しくなってきました。私にも、何か役目を与えて貰えませんか？」

「ええと……」

瞳を輝かせながら訴えてくる彼女にエセリアが若干引いていると、イズファインが慌てて会話に割り込んでくる。

「ちょっと待ってくれ、サビーネ。さすがに君はグラディクト殿下に《エセリア嬢の取り巻きの一人》だと認識されているから、多少変装したくらいで彼を誤魔化すのは、どう考えても無理があるぞ」

「ええ、ですから私はカレナさんとは逆に、担当するのがアリステアのほうになりますね」

「エセリア嬢、なんとか言ってください！」

イズフィンから懇願されたエセリアだったが、彼から微妙に視線を逸らしつつサビーネに告げる。

「ええと……。一応考えてはいたから、やって貰えたら嬉しいわ」

「エセリア嬢！」

「勿論です！　お任せください！　お芝居って、一度やってみたかったんです！」

「そうなの……」

すっかりやる気満々の彼女を見たエセリアは、色々諦めてミランに向き直った。

「ミラン。サビーネにも、変装用の小物一式を準備して欲しいのだけど」

「分かりました。サビーネ様。今度の年度末休暇中に、一度ワーレス商会にいらしてください。店の者には話を通しておきますので」

「ええ、宜しくお願いします」

「正気ですか……」

思わず頭を抱えて呻いたイズファインに、エセリアは心底申し訳なく思う。

「イズファイン様。サビーネの変装での活動時には、万が一にも殿下と接触しないように留意しますから、ご了解ください」

「……仕方がありませんね」

「それでイズファイン様には、卒業後は近衛騎士団内での情報収集と情報操作をお願いします」

「以前お話のあった、婚約破棄に向けての協力者の選定と内通、グラディクト殿下が私用で近衛騎士を動員した場合のフォローですね。お任せください」

サビーネの説得は無理だと諦めたイズファインは即座に気を取り直し、今後の活動について言及した。それにエセリアが無言で頷く。

(サビーネはこういう悪乗り的なことには加わらないタイプだと思っていたのに、ここまでやる気だとは。でも私自らあの二人に接触するのは不可能だから、動ける人数は多いほうが良いわ)

サビーネにまで動いて貰うのは、さすがにグラディクトに企みが露見する可能性が高まると懸念したものの、卒業まで一年強しかない現実の前にエセリアは完全に腹をくくった。


「母上、戻りました」

学年末休暇に王宮に戻ったグラディクトは、その足でディオーネの部屋を訪れた。すると彼女が幾分硬い表情で息子を出迎える。

「お帰りなさい、グラディクト。学年末休暇が終わるまでゆっくりしていきなさい」

「はい、そのつもりです」

いつもの満面の笑みとは違うことにグラディクトは少々違和感を覚えたが、何か気に入らないこともあって機嫌が悪いのだろうと、大して気にも留《と》めなかった。ソファーに向かい合って座り、侍女に淹《い》れさせたお茶を一口飲んだところで、ディオーネがさり気ない口調で切り出す。

「グラディクト。知らせてこなかったけれど、ライアン殿とエドガー殿を側付きから外したそうね」

「ええ。二人とも小賢しげに、見当違いなことを意見する愚か者でしたので。それがどうかしましたか？　クレスコー伯爵とカールゼン侯爵が、母上に頭を下げてきたのですか？　それならばお二方の立場を考えて、奴らをまた側付きに戻してやっても良いですが」

横柄に言い放つグラディクトを横目に、ディオーネは渋面になる。

「その逆よ。どちらも『愚息が殿下のご不興を買い、殿下にこれ以上不快な思いをさせるのは本意ではございません。謹んで側付きは辞退させていただきます』と、直接私に申し出てきたわ」

「なんですって？」

予想外の話にグラディクトが瞬きしてディオーネを凝視すると、彼女は次第に語気を強めた。

「勿論、実家の兄と一緒にあの手この手で引き止めたけど、『愚息では殿下にお仕えするのは無理です』の一点張りで、全く聞く耳を持たなかったのよ！　あの方達は社交界での有力者なのよ？　あなたが王太子として活動し易いように、私と兄で人脈作りに奔走してご子息達をあなたの側付きにしたのに、それをあっさり遠ざけるなんて本当に何を考えているの!?」

面と向かって叱責され、先程から母親の機嫌が悪かった理由はこれかと漸く理解したグラディクトは、素っ気ない口調で言い返した。

「良いではありませんか。確かにあの二人は、私には合いません」

「それだけではないわ！　最近クレスコー伯爵の嫡男がレナーテの実家のコーラル伯爵家令嬢と婚約した上、ローガルド公爵家嫡男とカールゼン侯爵家の令嬢が婚約したのよ！　これではお二方が、こちらからレナーテ側に乗り換えたのが一目瞭然よ！　レナーテの高笑いが目に浮かぶわ！」

「なんですって!?　母上、それは本当ですか!?」

さすがに聞き捨てならない内容を耳にしたグラディクトが声を荒らげたが、ディオーネの叱責は益々激しさを増した。

「こんなことで嘘をついても、仕方がないでしょう！　これ以上側付きにしている有力者の子息達を、自ら遠ざけるような馬鹿な真似はしないで頂戴!!」

「しかし母上！　現に他の者も、腹立たしい言動を！」

「多少生意気なことや違う意見を言われても、鷹揚に受け流すくらいできなくてどうするの！　それが王者の度量と言うものでしょう!?」

「…………っ！」

訴えをまともに取り合って貰えずグラディクトは悔しそうに歯噛みしたが、そんな息子を見たディオーネは溜め息を吐き、なんとか怒りを抑え込みながらいつもの口調で言い聞かせた。

「とにかく、この話は終わりよ。それからエセリア様にはこれまで以上に丁重に接して、間違ってもあの方の機嫌を損ねないように。あなたが王座に就くためには、あの方の存在が不可欠なのだから」

不愉快な話が終わったかと思いきや、更に不愉快な話題を持ち出されたグラディクトは、いっそう表情を険しくしながら言葉を返した。

「母上も、あの女の上辺にすっかり騙されているのですね」

それを聞いた途端、ディオーネは顔色を変えた。

「え？　グラディクト。あなた今、エセリア様を『あの女』呼ばわりしたわけではないわよね？」

「あのような、狡猾で品性下劣な女、『あの女』呼ばわりで十分です」

そう断言したグラディクトを、ディオーネは先程以上の剣幕で叱りつける。

「グラディクト、何を言い出すの⁉　そんな失礼な言葉がエセリア様や周囲の方のお耳に入ったら、どうなると思っているの！」

「構いません。本当のことですから」

「冗談ではないわ！　エセリア様程教養と品格にあふれて知識が豊富な貴婦人は、王妃様を除けば存在しないわよ⁉　どうしてそんなことを言うの！　非礼にも程があるわよ⁉」

「あの女は学園内で陰険で横暴な振る舞いをして、気に入らない者を虐げているのです」

大真面目にそう主張したグラディクトだったが、それを聞いたディオーネは怒りを綺麗に消し去り、不審そうな表情になった。

「はぁ？　エセリア様が『陰険で横暴な振る舞い』ですって？」

「はい、そうです」

しかしその息子の訴えを、ディオーネはしらけ切った表情で一刀両断する。

「グラディクト……。あなたに、冗談のセンスが皆無なのは分かったわ。それにしてもタチが悪過ぎるし、少しも笑えないから止めて頂戴」

如何にもつまらなそうに言われたグラディクトは、むきになって言い返した。

「冗談などではありません！　母上、私の話を真面目に聞いてください！」

「それでは聞かせて頂戴。常に私に対する配慮を欠かさない、レナーテ派の貴族達ですら悪しざまに語ることのない、貴婦人の中の貴婦人であるエセリア様が、学園内で一体何をしていると言うの？　そこまで言い切るからには実際にあなたが目にしたか、れっきとした証拠があるのでしょうね？」

詳細を説明するように求められたグラディクトだったが、現時点では明確な証拠など何一つ掴んでいなかったため、口ごもった。

「それは……、良く私に対して生意気な口を……」

ぼそぼそと弁解する息子を見て、ディオーネは思った通りだと呆れつつ、冷静に言葉を継いだ。

「それはエセリア様があなたのためを思って、意見してくださっているだけよ。それを『陰険で横暴』などと……。少しは素直に、他人からの忠告を受け入れなさい。前々から思っていたけれど、あなたには謙虚さが足りないわ」

「しかし、そもそもあの女は、国母などには相応しくありません！」

声を荒らげたグラディクトを見て、何やら察したディオーネが鋭い目で彼を睨《にら》みつける。

「グラディクト？　あなたまさか、エセリア様との婚約を解消したいとか、馬鹿なことを言い出すつもりではないわよね？」

「そうしたいと思っています」

やっと分かって貰えたかとグラディクトは憮然としながら頷いたが、次の瞬間響き渡ったディオーネの絶叫は、これまでの比ではなかった。

「ふざけないで!!　エセリア様をあなたの婚約者に据えたことで、ようやくあなたの立太子を王妃様に後押しして貰えたのよ!?　それなのに婚約解消などという事態になったら王妃様の怒りを買って、即刻王太子を廃されるに決まっているわ！　あなたは国王になりたくないの!?」

「…………」

錯乱気味の母親を見たグラディクトは、表情を消して黙り込んだ。それを見たディオーネは、疲れたようにぐったりとソファーの背もたれに身体を預けながら呻く。

「全く……。お願いだから、あまり馬鹿なことを口走らないで頂戴。万が一、エセリア様のほうに明らかに非があると認定されるか、不行状が明らかになれば穏便に婚約破棄をした上で、これまで通り王妃様に後見していただくことも可能でしょうけど……」

そんな独り言めいたディオーネの呟きを聞いたグラディクトは、密かに決意した。

（確かに、母上の言う通りだ。だが逆に言えば、あの女が言い逃れできない証拠を掴み、その行為を白日の下に晒《さら》すことができれば、こちらから婚約破棄しても王妃様の後見を継続していただける）

すると、なにやら考え込んでいる息子に不穏なものを感じたディオーネが、再び険しい視線を向ける。

「グラディクト……。あなたまさかエセリア様以外の女性に誑《たぶら》かされて、エセリア様を排除しようなど馬鹿なことを考えていないわよね？　もしそうだったら、その女共々許さないわよ？」

その鋭い洞察力に内心でたじろぎつつ、グラディクトはなんとか平静を装った。

「別に、誰にも誑かされたりなどしていません」

「それなら良いのだけど。とにかく、エセリア様とは今後も良好な関係を保つの！　これは命令よ！」

「分かりました。それでは私は一度部屋に戻りますので、お話はまた後ほど致しましょう」

そして刺々《とげとげ》しい空気のままグラディクトは席を立ち、自分に与えられている部屋へと向かった。

しかし戻った早々に計画が崩れてしまったことで、歩きながら自然と渋面になる。

（この休暇のうちにアリステアのことを母上に話して理解を得るつもりだったが、先程の様子では話を持ち出すことさえ無理だな）

しかし今の母親にごり押ししても事態が悪化するだけだと悟った彼は、小さく歯嚙みする。

（母上があの女の見せかけに騙されて、あんなに信用しているとは……。正直に話したりしたらあの女がするまでもなく、母上が即刻手を回してアリステアをクレランス学園から追放しかねないぞ）

そう判断したグラディクトは、当面はアリステアの存在をディオーネに隠すことに決め、エセリアの悪事の証拠を摑む手段を真剣に考え始めた。


学年末休暇に入り、エセリアはいつも通り寮から公爵邸に戻ったが、人心地ついたところで通常より早く帰宅したナジェークから呼び出しを受け、ルーナを連れて談話室へと向かった。

「お帰りなさい、お兄様」

「やあ、エセリア。寮から戻って来たばかりだろう？　お疲れ様。学園で色々頑張っているらしいのは、時々小耳に挟んでいるよ」

「まあ、お耳汚しでなければ良いのですが」

既にナジェークは、自身の専属メイドであるオリガにお茶を淹れさせて寛いでおり、エセリアはソファーに座りながら、同様にお茶を頼んだ。するとナジェークが、早速話題を出してくる。

「ところで、クレスコー伯爵嫡男やカールゼン侯爵令嬢の婚約が決まったのは知っているかな？」

「ええ、お母様から伺いました。ライアン殿の兄君がアーロン殿下の母方の従姉妹《いとこ》と婚約して、エドガー殿の妹君が、マリーリカの弟と婚約したのですよね？　息子に殿下の側付きを辞退させたことも相まってクレスコー伯爵とカールゼン侯爵が、アーロン殿下派に乗り換えたと思われても仕方がない縁組です」

すまし顔でエセリアが出されたカップを手に取ると、ナジェークが苦笑する。

「確かに、両王子派の力関係が微妙に変化したな。我が妹君は、学園内でどんな暗躍をしたのやら」

「どうしてそんな質問を受けなければならないのですか？　私は何もしておりませんし、偶々殿下が癇癪を起こして、お二方を自ら遠ざけただけでしょう」

兄の笑顔での追及に、エセリアは堂々と惚《とぼ》けたが、ナジェークがそのまま話を続ける。

「実はこの間、夜会や王宮で顔を合わせた時、父上や私がコーラル伯爵とカールゼン侯爵に異口同音に言われたことがあってね」

「あら、どんなことでしょう。我が家はお二方の家とは、特に接点はございませんよね？」

「確かにそうだが、『エセリア嬢に感謝しております。何卒宜しくお伝えください』だそうだ。何かしていなければ、こういう台詞は聞けないと思うが？」

「さぁ……、どうでしょう？」

そこで兄妹《きょうだい》はどちらも「あはは」「うふふ」と不気味な笑いを漏らしたが、二人付きのメイド達は、揃って見聞きしなかったふりをした。

「さる筋から聞いた話では、最近後宮ではディオーネ様の金切り声と、レナーテ様の高笑いが響き渡っているらしい」

「どんな筋ですか……。まさかお兄様、後宮の侍女に手を出したりはしておられませんよね？」

「酷いな。可愛《かわい》い妹の大願成就のために、日々情報収集に勤《いそ》しんでいるのに」

笑ってまた一口お茶を飲んでから、ナジェークは急に真顔になって確認を入れた。

「それで？　我が愛《いと》しの妹君としては、当初の方針に変更はないのかな？　時期が時期だし、一応最終確認をしておこうと思ってね」

ナジェークのその問いかけに、彼女は一口お茶を飲んでから、落ち着き払って問い返す。

「逆にお兄様にお伺いします。予定を変更しなければいけない理由がありますか？」

「ない。あれだけ家柄と人脈と能力で厳選された人間を一方的に遠ざけるなど、それだけで見切りをつけるには十分だ」

「それでは、従来通りでお願いします。それからイズファイン様に色々とお願いしたり調べて欲しいことがありますので、今後はこれまで以上に密に連絡を取り合って欲しいのですが」

「分かった。そうしよう」

明らかに何やら企んでいるらしい妹の顔を見てナジェークは苦笑し、すこし離れた壁際からその様子を眺めていたルーナとオリガは、揃って重い溜め息を吐いた。

その後、エセリアはナジェークと少々雑談をしてから自室に戻り、再び机に向かった。そして記憶にある《クリスタル・ラビリンス》の、今後予想されるイベントを思いつくまま列記し始める。

「はぁ……、お兄様に言われるまでもなく、卒業まであと一年しかないのよね……」

そう愚痴っぽく呟いてから、彼女は一度、手の動きを止めた。

「これまでに殿下と側付きの間にヒビが入って、残っている側付きも私の息がかかっているものと殿下は思い込んでいるから、あの三人にアリステアに関することを相談しないと思うし……。そうなると彼女に関する相談や命令する相手は、どう考えてもローダス達しかいなくなるから、こちらの思い通りに誘導し易いと思いたいけど……」

難しい顔になって自問自答しているエセリアを、背後に控えているルーナは微妙に顔を引き攣らせながらも、静かに観察していた。

「本来のストーリーでは、そろそろヒロインが悪役令嬢やその取り巻き達から、物を隠されたり壊されたり、噂をたてられたり怪我をさせられたりするわけだけど……。皆にそんな真似をさせられないし、殿下に証拠を握られるわけにもいかないもの。さて、どうしたものかしら？」

そこで一旦ペンを置き、腕組みして考え込んだエセリアだったが、再び何やら思いついた内容を書き記しながら神妙な口調で独り言を漏らす。

「でも……、確かに元々問題ありまくりの人間でも、意図的に嵌めるのはやっぱり良心が咎めるのよね……。でもそれを止めたら、あのどうしようもない殿下と円満に婚約解消なんかできないし。このまま予定通りにあいつと結婚なんて、真っ平御免だもの。仕方がないわよね」

そう自分自身に言い聞かせたエセリアは、ふと喉の渇きを覚えて背後を振り返った。

「ルーナ、悪いけどお茶を……、って、どうしたの？　そんな変な顔をして」

無言で控えていたルーナの微妙に焦点が合っていない虚《うつ》ろな表情を認めて、エセリアは心配になって尋ねた。しかしルーナは、淡々とした口調で頭を下げる。

「いえ……、お気になさらず。エセリア様は、相変わらず物騒なお嬢様だなと思っただけです」

「あの、ルーナ？　これはね」

「お茶でございますね？　支度して参りますので、少々お待ちください」

「いえ、だから……、物騒な性格じゃなくて、計画遂行のために仕方なく……」

そこで有無を言わせずルーナは部屋から出て行き、エセリアはそんな彼女を憮然として見送った。


年度末休暇中もエセリアは精力的に活動しており、各種の茶会や夜会に仏頂面のグラディクトのパートナーとして参加する他、国教会総主教会にも足を運んだ。

「お久しぶりです、ケリー大司教。前回こちらに出向いた時には、スミオン大司教に対応していただきましたから、お会いするのはほぼ一年ぶりですね。ご壮健のようで何よりです」

笑顔で頭を下げると、ケリーも嬉しそうに相好を崩す。

「エセリア様こそ、相変わらずご活躍のようですね。最近ワーレス商会で売り出された画期的な画材は、あなたの発案だと聞き及んでおります」

「確かにそうですが、商品化にこぎ着けたのはワーレス商会の地道な努力ゆえです。ですからそれに関する私の取り分は、これまでの開発費として ワーレス商会に取って貰うようにしました」

「確かにワーレス商会では開発にかかった費用は回収する予定だそうですが、それ以降の利益の一定割合を国教会に寄付してくださるそうです。この前ワーレス殿がこちらに出向かれた時、大金を寄付されながら一連の話を誇らしげに語ってくださいました。おかげで国教会内でのあなたの信奉者が、更に増えております」

「恐れ多いことです」

「それでは早速、この間のご資金の貸し出し実績と、回収分の利益の報告をさせていただきます」

そして互いに笑顔でいつも通りのやり取りをし、報告書の数字と手元の袋の中の総額を確認したエセリアは、報告書はそのままに金貨の入った袋だけをケリーのほうに押しやった。

「確認致しました。それではこちらを、いつも通りに取り計らってください」

「ありがとうございます。……ところでエセリア様は、以前お話ししたアリステアのことを覚えていらっしゃいますか？」

「……え？」

唐突な話題転換に一瞬ついて行けず焦ったエセリアだったが、すぐに気を取り直して応じた。

「ええ、勿論です。直接親しく交流してはおりませんが、何度かお目にかかりました。音楽祭では私の次に演奏されましたし」

「そうでしたか。実はそのアリステアが学年末休暇で修道院に戻っており、学園の話を色々聞いたのですが、その音楽祭を自ら提案して実行委員長として見事に成功させたとか。演奏も拍手喝采がなかなか収まらず、五曲も弾く羽目になったと笑って教えてくれましたが、それは事実でしょうか？」

幾らか心配そうにケリーに問われたエセリアは、取り敢えず事実だけを口にした。

「確かに……、私を含む他の方が全員一曲ずつの演奏でしたのに、彼女は五曲演奏されました」

「さらに剣術大会では、恐れ多くも王太子殿下のご挨拶の草稿作成を任されてきちんと役目を果たした上に、観覧にいらした側妃の方々からお褒めの言葉を頂戴したとか」

「はぁ……、確かに側妃お二人に、殿下から紹介されておりましたね……」

微妙過ぎる表現で詳細についての説明を避けたエセリアだったが、それを聞いたケリーの表情は、当初の憂い顔から晴れやかなものへと変化した。

「そうでございましたか。彼女の話を頭から疑うつもりはないのですが、王太子殿下直々にご紹介される栄誉に預かるとは、少々信じられなかったもので。エセリア様から伺って、安堵致しました」

「私の話で、大司教様の憂いが晴れたのなら何よりです」

「彼女のことは、本当に心配しておりましたので。普通の貴族子女としての生活を送れず、十分な教育を受けておりません。クレランス学園に入学しても、周りから浮いてしまうのではないかと」

しみじみとした口調で語るケリーに、「実際にクラスの中で浮きまくっています」とは言えず、エセリアは軽く頷くに止めた。

「以前彼女の入学前にお話を伺った時にも、同様の懸念を口にされていらっしゃいましたね」

「はい。ですが親身になって話を聞いてくれる友人が何人もできたとか。モナさんとか、アシュレイさんとか、他にも何人かの名前を聞かせて貰いました。『皆さん貴族なのに権威におもねることのない、素晴らしい人達です』と、誇らしげに語っておりまして」

「……それは良かったですわね」

(やっぱりシレイア達しか、まともに話している相手がいないみたい。それに一応王太子殿下と懇意にしていることは、現時点では伏せているようね。それはこちらにしては好都合だけど)

真っ先に自慢するかと思われたグラディクトの名前が、側妃に紹介して貰った時の話にしか出てこなかったことで、エセリアは正確に状況を把握した。

「勉学にも励んでいるらしく、学年末の成績は見事に学年で十五位に食い込み、来年度は官吏科への進級が決まったそうです。本当に安堵致しました。それで」

「はぁあ!?」

しかし続けてケリーが口にした内容を耳にしたエセリアは、思わず素っ頓狂な声を上げた。それを聞いたケリーが話を止め、驚いた顔で尋ねてくる。

「エセリア様、どうかされましたか?」

「申し訳ありません、お気になさらず。急に思い出したことがありまして、大変失礼致しました」

(ちょっと待って。彼女が学年十五位って、あり得ないわよね? 正確なところは分からないけれど、小テストも散々な成績で、頻繁に居残りをさせられているってミランが言っていたし。上から数えて十五番目ではなくて、下から数えて十五番目の間違いではないの?)

なんとか動揺を抑え込み、成績を誤魔化すにも程があるだろうとエセリアが内心で呆れ果てている傍らで、ケリーが穏やかな笑顔で嬉しそうに話を続ける。

「本当に、まさか彼女がそこまで良い成績を取れるとは……。きっと入学してから、死に物狂いで勉強しているのでしょう。このままの成績で頑張れば、確実に王宮に官吏として採用して貰えます。あの子の人生を父親や周りの思惑ではなく、己の力量と意思で決められるのです」

「その成績なら、確かにそうですわね……」

（『本当に』その成績ならの話だけど。ローダスから、殿下が休暇前にまた事務係官に成績用紙を融通させたと聞いてはいたけど、幾らなんでも盛り過ぎじゃない。それに『官吏科に進級』って……。そんな大嘘を平気で口にするなんて、呆れて物が言えないわ。どう考えても、調子に乗り過ぎよ）

エセリアは憮然としながらも、嘘を吐かれたと分かった時のケリーの心境を慮《おもんぱか》り、更にここでアリステアの真の姿を暴露しても計画が水泡に帰すだけだと考え、余計なことは言わずに口を噤《つぐ》んだ。

「以前、何かあったらご助力をとエセリア様にお願いしましたが、年寄りの取り越し苦労でした。エセリア様に余計な気を遣わせてしまったかと思い、一言お詫びしたいと思っておりました」

そう言って深々と頭を下げたケリーを見て、エセリアは彼に正直に話せないことに関して罪悪感を覚えつつ、慌てて彼を宥めた。

「頭を上げてください。実際に私が彼女に手を貸したわけではありませんし、気にされる必要はございません。寧ろここは、私が介入するような事態がなくて良かったと、喜ぶべきところでしょう」

「はい、誠にエセリア様のお言葉通りです。ですがこれから万が一、あの子が困った事態になったならば、ご助力を宜しくお願いします」

「その心配はないかとは思いますが、できる範囲でご助力致します」

そして頭を上げた彼と笑い合い、その話はそこで終わりになった。

その後、エセリアは多数の司教達に見送られて総主教会を後にしたが、馬車に乗り込んだ途端、怒りの形相を隠そうともせずにアリステアとグラディクトの行為について考えを巡らせ始めた。

(小手先の嘘を吐いても、いつか必ず露見するわ。それなのにあんなに心配しているケリー大司教に大嘘を吐いて糠喜《ぬかよろこ》びをさせて、良心は痛まないの？　学園の成績記録自体を改ざんしてはいないけれど、平然と成績を偽ることに手を貸すなんて、殿下もろくでもないわ。一度やったら二度も三度も同じかもしれないけど、まさか彼女が卒業するまで延々と続けるつもりではないでしょうね!?)

そしてカーテンを開けた窓から動く街並みに目を向けながら、無意識に声に出して呟く。

「……許せないわね」

「え？　な、何がですか？」

その日も主に付き従っていたルーナは、総主教会の入り口で合流してから微妙にエセリアの機嫌が悪いのに気づいており、その呟きにビクリと身体を震わせながら問いかけた。しかしそれを聞いているのかいないのか、エセリアは怒りを内包した声で独り言のように続ける。

「あの二人の無神経さに、本気で腹が立ったわ」

「あの……、ですから、一体どなたに対して腹を立てていると……」

「もう良心の呵責《かしゃく》なんて、金輪際存在しないわ。徹底的に嵌めて本格的に痛い目を見させて、否《いや》が応《おう》でも目を覚まさせてあげようじゃない」

「ですから一体、なんのお話をされているんですか!? お願いですから二人きりの場所で、そんな物騒な話は勘弁してください！」

固く決意したエセリアの独白にルーナの本心からの悲鳴が重なり、シェーグレン公爵家の馬車の中は混沌《こんとん》とした空間となっていた。

第十六章　「被害妄想」は、結局、妄想でしかありません

新年度が始まり貴族科上級学年に進級したエセリアは、卒業したイズファインを除く《チーム・エセリア》の面々をカフェに招集した。

「この学園での生活も、残り一年を切ったわね……」

彼女がそう穏やかな口調で会話の口火を切ると、サビーネが少し意外そうに応じる。

「エセリア様は、思ったより余裕がおありのようですね。学園を卒業したら、公務への参加や結婚式に向けての準備が、加速すると思いますが」

「全く焦っていないと言ったら嘘になるけれど、変に慌てても仕方がないもの。取り敢えず、情報収集はきちんとしておくつもりよ」

エセリアが微笑んだところで、ローダスが静かに口を開いた。

「取り敢えず殿下に関しての報告ですが、ライアン殿とエドガー殿を側付きから外して以降、他の三人との関係も微妙に悪化していますね。新年度に入ってから接触した時の推測ですが、殿下はディオーネ様に叱責されて、側付き達を解任したくてもできない状態だと思われます」

「その三人は、確実に逃げ遅れましたね。殿下が問題を起こしたら、巻き添えを食って責任を問わ

れるのは確実です」

同様に感じていたらしいシレイアが小さく肩を竦めると、エセリアが苦笑いで応じる。

「本当に忠実な人間なら、解任覚悟で叱責するでしょう。そんな気概もなく、ただ長いものに巻かれているだけの人間には当然の報いよ。皆が気にする必要はないわ」

そんな辛辣な台詞を聞いても誰も反論したりせず、無言で頷くだけだった。

「そう言えば、『余計な人目を気にせず、勉学に励む場所を確保したい』と殿下が主張して、統計学担当のグレービス教授から、半ば強引に資料室を使わせて貰う許可を取りつけたそうです」

無事に官吏科下級学年に進級したミランからの報告を受けたエセリアは、思索に耽る。

「確か……、グレービス教授は、ディオーネ様の実家の、遠戚に当たる方だったかと……。そんな繋がりで無理難題を言われるなんて、本当にお気の毒ね」

しみじみとした口調でエセリアが感想を述べると、カレナとシレイアが憤慨する。

「本当に、理由にもなっていませんよね！　人目を気にして勉強できないなら、寮の自室に籠もって勉強しなさいよ！　なんのために全員、寮に個室を与えられていると思っているのよ！」

「人目を気にせず、アリステア嬢と二人きりで過ごしたいからに決まっているわよね」

「実はエセリア様。アリステアさんですが、貴族科下級学年クラスで随分問題になっています」

「問題？　どんなことで？」

カレナの訴えにエセリアが問い返すと、彼女は渋い顔で詳細を語り始めた。

「知識教養が不足しているのが一番の問題ですが、それよりも礼儀作法一般が全く身についていません。各専科に分かれると専門的な授業が増えますから、前年の教養科在籍の頃より礼儀作法の時間が増えて、内容も細かくなっていくのはご存じかと思いますが」

「ええ、でも細かいと言っても、それほどのことではないと思うのだけど？」

不思議そうに問い返したエセリアに、カレナは笑いながら説明を続ける。

「エセリア様のような公爵家の方だと、王宮に出向かれる機会も多いですから、自然に公式の場などでの立ち居振る舞いも身についていらっしゃると思います。ですが私達下級貴族の者ですと、社交界デビューも同レベルの家での夜会で済ませる場合が多いですし、専科に進級してから初めて教えていただく作法などが意外にあるのです」

「そういうものなのね。勉強不足だったわ」

「いいえ、立場が違えば、それに応じて身についている内容が異なるのも当然ですから」

素直に頭を下げたエセリアを笑顔で宥めたカレナは、次の瞬間顔を強張らせながら言い募った。

「ですがあの人も一応子爵令嬢の筈なのに、全くと言って良いほど基本的なマナーが身についていません。あの方のせいで度々授業が中断する事態になっていて、周りが迷惑しています」

そこでサビーネが、貴族科以外の者には意味が理解できないかもしれないと察し、説明を加える。

「専科の礼儀作法の授業ですが、座学は殆どなく、主に実践で行われています。様々な場面でどう行動するべきかを教授達の前で行ってみせるので、一人がつかえてしまうと後の方々の指導に差し支えてしまうの。本来そんなことは、滅多にないのだけど……」

「お茶会や夜会、食事会。お見舞いや各種祝宴でも、その主催者の身分や規模、同席する人達のレベルで、自分がするべき振る舞いが変わるわけだから、それを教授方にチェックしていただくのよ」

続いてエセリアも言葉を添えると、シレイアは途端にうんざりした顔になった。

「うわ……、聞いているだけで大変そう。赤字覚悟の事業計画を立てるほうが、精神的に楽だわ」

「私だったら、そちらのほうが嫌よ」

サビーネが思わず笑ったところで、エセリアが話を元に戻した。

「そうなると、アリステア嬢に対する駄目出しが頻繁で、授業が予定通り進められないの？」

「はい。それで来週から礼儀作法の授業は、彼女だけ別教室で個別授業を受けることになりました」

その報告を聞いたサビーネとエセリアは、あまりの事態に唖然としてしまった。

「どれだけ酷いの……。確かに私達の学年にも覚えの悪い方はいて、頻繁に指導されてはいるけど、個別授業など受けてはいないわよ？」

「担当になられた教授は大変ね。一人につきっきりで指導しなければいけないなんて」

「因みに、彼女の担当はセルマ教授です」

「…………」

「え？」

「どうかされましたか？」

なんとも言い難い表情でカレナが告げた途端、ピキッと固まったエセリアとサビーネを眺めながら、他の三人が訝しげに問いかけると、乾いた笑いを浮かべながらの呟きが返ってきた。

「いえ、ちょっと……。そう、セルマ教授が……。ちゃんと礼儀作法が身につくと良いわね」

「彼女は超ベテランで、私達も何度か厳しく指導された覚えが……。その彼女に、個別授業……」

（アリステアがセルマ教授の激烈指導に音を上げて殿下に泣きついて、それを真に受けた殿下が怒鳴り込みでもしたら面倒ね。それに本来のストーリーでは、あれは時期的に今頃からかしら？）

そこで真剣に考え込みはじめたエセリアに、ミランが不思議そうに声をかける。

「エセリア様、どうかしましたか？」

「ちょっとね。殿下がセルマ教授に、抗議する可能性を考えていたのよ」

「やりかねませんね……。『アリステアはこんなに努力しているのに、貴様の教え方が悪いから身につかないのだろうが！』とかですか？」

「凄いわ、サビーネ。今の言い方、凄く似ていたわよ？」

「ありがとうございます」

グラディクトの口調を真似てサビーネが恫喝してみせると、エセリアは思わず笑ってしまった。

それで一瞬場が和んだが、ローダスが難しい顔で指摘してくる。

「確かにありそうですが、教授に楯突《たてつ》いたら幾らなんでも拙いのではないですか？」

「そうなのよね……。だからここはあなた達に、上手く殿下達を宥めておいて欲しいの。『殿下の側にいるには、それ相応の礼儀作法を身につけている必要がある』とか、『公の場に出てからアリステア嬢に恥をかかせないように、ここは堪えてください』とか言い聞かせて貰えれば」

エセリアがそう依頼すると、他の者は頷きながら了承した。

「本当にその通りですね」

「それなのにそんな道理も、人から言われないと分からないなんて」

「まあ、そういう人間だから、どうとでも動かせられるのではない？」

「確かにそうかもしれません」

そして皆が一通り述べたところで、エセリアが新たな指示を口にする。

「それから頃合いを見て、さり気なく殿下に吹き込んでおいて欲しい内容があるのだけど」

「どのような内容でしょうか？」

そこでエセリアが一通り説明し、皆が了解したところで、話題は雑談に移行した。

（アリステアが、個別授業を受けているとはね……。後からこれも、何かに利用できそうだわ）

穏やかに微笑みつつお茶を飲んでいたエセリアは、その合間にもこれから打てる手について、抜け目なく考えを巡らせていた。


ある日の放課後。アリステアは憤慨しながら、人気のない廊下を足音荒く歩いていた。

（何よ何よ、本当にもう！　あの行き遅れの陰険オバサン！　私が若くて可愛くて王太子殿下とも仲が良いからって、絶対に嫉妬しているわよね!?）

怒りも露わに、鞄《かばん》を荒々しく振りながら歩いている時点で、礼儀作法の面から叱責を受けるのが確実なのだが、彼女はその事実を全く理解できていなかった。

（どうして私ばかり、あんなに叱られないといけないの？　挨拶の時に最初に踏み出す足が、右足だろうが左足だろうが、大差ないわよね!? それにどうして身分の上下で、握手の時に先に手を差し出すかどうかが決まるのよ! 親愛の情を表すために、率先して手を差し出せば良いじゃない!)

叱責されたのを逆恨みし、なおも自分の非を認めようとしない彼女は、一連のことについて当然の如く邪推していた。

(絶対、あのエセリア様がセルマ教授に裏から手を回して、個別授業なんかにさせたのよ! だって周りで『個別授業なんて前代未聞だわ』って言っていたもの! 前例にないことをごり押ししてやらせるなんて、なんて底意地の悪い人なの!?)

前例にないくらい、自分の礼儀作法がなっていないという発想が皆無のアリステアは、全ての責任をエセリアに押しつけ、統計学資料室に涙目で飛び込んだ。

「グラディクト様!」

室内でローダスが演じる《アシュレイ》と、シレイアが演じる《モナ》と談笑していたグラディクトが、彼女の表情を見て顔色を変えて立ち上がる。

「アリステア、どうしたんだ!?」

「酷いんです、エセリア様が手を回して、私を虐《いじ》めるんです!!」

「なんだと!? それはどういうことだ? 詳しく話を聞かせてくれ」

血相を変えたグラディクトに問われるまま、彼女は一部始終を語り始めたが、ローダスとシレイアは心配そうな風情を装いながらも、すこぶる客観的にその内容を聞いていた。

(別にエセリア様は、何もしてないぞ。あんたの礼儀作法が、全くなってないだけだ)

（他人に責任転嫁して被害者意識を募らせるにしても、もう少し程度ってものがあると思うけど）

二人揃って内心で呆れていると、涙まじりのアリステアの訴えが漸く終わる。

「それで……、最近そんな風に、セルマ教授と二人きりで、連日叱りつけられていて……」

「けしからん！　個別授業など、なんの嫌がらせだ！　私もそんなことは聞いた覚えがないぞ。授業形式までねじ曲げるとは、エセリアの奴、何を考えている⁉　恥を知れ‼」

アリステアの主張を聞き終えたグラディクトは、その話の全てを真に受けて烈火のごとく怒り、力強く宣言した。

「分かった。アリステア、安心しろ。私がすぐにその教授に抗議して、他の皆と一緒に授業を受けられるようにしてやる」

「ありがとうございます、グラディクト様！」

（エセリア様の予想通りだな）

（正直馬鹿馬鹿しくて、まともに話したくもないけど、仕方がないわね）

心底うんざりしながらもローダスと目配せしたシレイアが、控え目に申し出た。

「恐れながら殿下、それは差し控えたほうが宜しいのではありませんか？」

「なんだと？　モナ。お前、私に指図するつもりか？」

すかさずグラディクトが睨んできたが、シレイアはそれに怯《ひる》まずに話を続ける。

「いいえ、指図など、恐れ多いことでございます。アリステア様にお伺いしますが、その個別授業を受けているのは、きちんとした教室なのですよね？　屋外やホールとかではなく」

「ええ、東棟二階の六番教室よ。そこは空き教室だから、当面私の授業で使うと言っていたわ」

「それならばセルマ教授は、きちんとした手続きをした上でその教室を使っているわけです。学園長の許可も下りている筈です」

「はっ、学園長がエセリアの賄賂で抱き込まれているのは、絵画展の時にとっくに分かっているぞ！」

（本当にウザいわね、この考えなし王子！）

腹立たしげに告げた彼にシレイアは本気で苛《いら》つきながらも、なんとか平静を装う。

「ですが学園側が、アリステア様に対して個別授業を行うのを認めているのは事実です。それを殿下が糾弾したところで、『学園の運営に一生徒たる殿下が口を出さないでいただきたい』と、学園長に一蹴されるだけです」

「一蹴されるだけならともかく、殿下の王太子としての資質に問題ありと、陛下に報告される可能性すらあります」

「それは……」

シレイアの話に乗る形でローダスが口にした可能性を聞いて、さすがにグラディクトも口ごもった。そんな三人のやり取りを聞いたアリステアが、決意あふれる表情で言い出す。

「グラディクト様、私のことは気にしないでください。どんなことで難癖をつけられるか分かりません。グラディクト様が気にかけてくださっているだけで、私は十分ですから」

「すまない、アリステア……。私はなんて無力なんだ……」

「…………」

手を取り合い、自分達の世界に入り込んだ二人を見て、ローダスは無言になった。しかしここで空気になっていては話が進まないと、シレイアが気合いを振り絞って二人に話しかける。

「アリステア様。確かにセルマ教授は厳しい方ですが、自分の仕事に誇りを持っておられる方です。幾らエセリア様の指示で個別授業をする事態になっても、間違った内容を教えることはあり得ません」

「その通りです。それに寧ろこれはアリステア様にとっては、絶好の機会なのではありませんか？　周りの目を気にせずに、集中して礼儀作法を学べるのですから」

「え？　でも……」

シレイアの発言にローダスが同調すると、アリステアは戸惑い、グラディクトも不満げになる。

「なんと言ってもグラディクト殿下は、王太子殿下であられるのですから。今後も殿下のお側に控えるためには、セルマ教授から認めて貰える程度の立ち居振る舞いができなくては、後々困ります」

「いや、それは確かに、そうかもしれないが……」

「逆に言えば、セルマ教授に認めて貰えて初めて、王太子殿下と並び立つ資格があるとも言えますわね。あのエセリア様でさえ、時折セルマ教授には叱責されておりますし」

シレイアがそうエセリアを引き合いに出すと、途端にアリステアはやる気満々の笑顔になって力強く宣言する。

「分かりました！　私、頑張ります！　一生懸命努力して、セルマ教授からグラディクト様の婚約者に相応しいと、認めて貰いますから！」

「アリステア。その気持ちは嬉しいが、無理はするなよ？　どうしても我慢できない時は、ちゃんと私に言ってくれ」

「はい。その時は私の話を聞いてくださいね？」

「ああ、勿論だ」

そうして満面の笑みで語り合う二人を見ながら、ローダスは本気で首を傾げた。

（あれ？　俺達、セルマ教授が満足する程度に礼儀作法をマスターできたら、彼女を王太子の婚約者として認めるとか、そんな話をしたか？　していないよな？『王太子殿下と並び立つ資格があると初めて認めて貰える』と言っただけで）

（個別授業をされている時点で、セルマ教授が求めるレベルのはるか下だって、本当に分かっていないのね。だけど勝手に勘違いして頑張って頂戴。取り敢えずこれで、殿下がセルマ教授の所に怒鳴り込むのを、阻止できたわよね？）

悉く自分達に都合良く曲解している二人に呆れながらも、シレイアはこれで無駄な騒ぎを回避できそうだと密かに胸を撫《な》で下《お》ろした。


その日の授業を全て終え、側付きを従えて教室を出たグラディクトは、回廊まで進んでから背後を振り返って指示を出した。

「お前達はもう良い。ついて来るな」

「畏まりました」

「それでは明朝、お迎えに上がります」

特に言い返さずに頭を下げる側付きの三人に背を向けると、グラディクトはアリステアと待ち合わせている資料室に向かう。その姿が見えなくなってから三人は忌々しげに囁き合った。

「また、あの女に会いに行くのか。あんな下級貴族でも末端の女の、どこがそんなに良いのやら」

「良いじゃないか。朝から晩まで、ああしろこうしろと命令されなくなったんだから」

「そうそう。どうせ意見しても逆ギレされるだけだし、こっちだって空いた時間を好きにさせて貰えば良いさ。坊ちゃんのお守りは、あの女に任せておけよ」

「それはそうだな」

そんな辛辣なことを言い合った側付き達は面倒を回避しつつ自分達が楽をするため、エセリアが推測していた通り、敢えてアリステアのことを身内にも漏らしていなかった。


「グラディクト様、少しお時間を頂いても宜しいですか？」

廊下を歩いている最中に唐突にかけられた声に、グラディクトは最初険しい表情で振り返ったが、相手を確認してすぐにそれを緩めた。

「ああ、ユーナか。久しぶりだな。この前は世話になった」

アリステアの危機を伝えてくれた相手ということもあり、彼にしては珍しく素直に礼を述べると、

《ユーナ》の扮装《ふんそう》をしたカレナは恭しく頭を下げた。

「勿体《もったい》ないお言葉。加えて私如きの名前を記憶に留めていただき、恐縮です」

「そんなにかしこまらなくてもよい。それで、どうかしたのか？」

グラディクトが機嫌良く尋ねると、カレナはキョロキョロと周囲の様子を窺って人目がないのを確認してから、声を潜めて言い出した。

「実は……、最近貴族科の女生徒達の間で、アリステア様に関する噂が密かに広まっております」

「それはまさか、エセリアが広めているのか？」

「ご明察です。実に聞くに堪えない噂で、殿下のお耳に入れるべきかどうか、迷ったのですが……」

如何にも気が進まないと言った風情でカレナが言葉を濁すと、グラディクトが真顔で促す。

「事実を正直に語ったとしても、叱責するつもりはない。構わないから言ってみろ」

「はい。それではお伝えしますが……、『長い学園の歴史でも、これまで個別授業を受けた生徒など皆無なのに、なんて恥曝《はじさら》しな』とか、『問題児を押しつけられたセルマ教授がお気の毒』とか、『そんな取るに足らない生徒を側に寄せておく殿下の品格を疑う』とか、その他にも色々と殿下とアリステア様を誹謗中傷する内容を……」

「なんだと？」

忽ち怒気を露わにした彼に、カレナが制服のポケットから折り畳んだ紙を取り出して差し出す。

「私は騎士科ですから直接耳にした内容は数える程ですが、貴族科の友人が耳に入れた内容を書きとめて私に渡してくれました。こちらをご覧ください」

「ああ」

受け取ったそれを広げて目を通したグラディクトは、怒りのあまり反射的にその紙を握り潰しかけ、なんとか踏みとどまった。

「これは……。エセリアの奴、よくもここまで陰険なことを……。そういえば最近、教室内で女達が集まって、こそこそと何かを話ながら私のほうを見て含み笑いをしていたが、そういうことか。私とアリステアを、陰で愚弄しているとは許さん！」

（全く、言ってなんかいませんけどね。今殿下が言った内容は、大方、エセリア様の本の話題で紫蘭会の皆様が盛り上がっていただけなのを、邪推したのではないかしら？）

ほぼ正確に状況を推測したカレナだったが、このままグラディクトに暴走されては困るため、予め用意しておいた台詞を口にした。

「殿下。アリステア様への誹謗中傷を口にする方々を許し難い気持ちは十分理解できますが、その前にアリステア様への配慮をお願いしたいのです」

「どういうことだ？」

怒りを静めたグラディクトが訝しげに尋ねると、カレナが真剣な顔つきで説明を加える。

「アリステア様は心ない噂を耳にしても、それを殿下に訴えたら激怒されると懸念し、密かに胸の内に秘めておられるのではないかと推察いたします」

「だが事実なのだろう？　それなのに怒って何が悪い！」

「失礼を承知で申し上げますが、あくまでも噂は噂。たとえ殿下が訴えたとしても、実際に言った、言わないの水掛け論になるだけです。それによって殿下の立場を悪くしてはならないと、アリステア様が考慮されているのではないでしょうか？」

「……なるほど。そういうことか」

「はい。ですから、それについてアリステア様を無理に問い詰めるのは、控えていただきたいのです。ご自身からお話しされない限りは、大した問題ではないかと思われますので」

「……分かった。これから腹が立つことを耳にしても、下手に事を荒立てないようにしよう」

少し考え込んでから神妙に頷いた彼を見て、カレナは安心したように微笑んだ。

「ありがとうございます。本当にアリステア様は控え目でいながらも芯の強い、真の貴婦人でいらっしゃいます。私は騎士科に属しておりますから、卒業後は近衛騎士として女性王族の護衛の任に就きますが、できるならあの傍若無人なエセリア様などではなく、アリステア様のような思いやり深い方の護衛を拝命したいものです」

その世辞を真に受けたグラディクトが、晴れやかな笑顔で断言する。

「安心しろ。いつまでもエセリアの好き勝手にはさせん。卒業までに、必ず目に物を見せてやる！」

「なんと力強いお言葉！　感動致しました。これからも心ある者は、殿下にご助力致します。お引き留めして、申し訳ありませんでした。それでは失礼致します」

「ああ、頼りにしているぞ」

そして彼は上機嫌にその場を立ち去った。

「はぁ……、毎日こんなにたくさん、課題を出すなんて……。『教本に書いてありますから、内容を確認して復習するように』なんて、それなら読んでおくだけで十分じゃない！　わざわざ書き取らせるなんて、本当に陰険極まりないわ！」

アリステアは手にしている鞄の重みを実感しながら、その理由である各教科の教授達から個別に出された課題を思って忌々しげに呟いた。

「やっぱり権勢のあるエセリア様に媚びるくらいだから、誰も彼も似た者同士で陰険なのよね」

「アリステア様、お待ちください」

「誰？」

いきなり背後から静かにかけられたその声に、アリステアが全く警戒せずに振り向くと、見覚えのない女生徒が恭しく頭を下げた。

「初めてお目にかかります。私は官吏科に所属している、リアーナ・ヴァン・ジュールと申します」

それを聞いたアリステアが、顔つきを明るくしながら問いかける。

「あ、ひょっとして、モナさん達と同じ？」

「はい、ご挨拶が遅れて、誠に申し訳ありません」

「良いのよ。『ヴァン』がつくならリアーナさんも貴族だから、あからさまにエセリア様に楯突いたら、家族に迷惑がかかるのよね？　こっそり挨拶に来てくれただけで嬉しいわ。それに貴族なのに官吏科の生徒だなんて、凄く優秀なのね」

ケリー大司教に官吏科進級を望まれていたアリステアは、それを実践している相手に対して、素直に尊敬の眼差しを向けた。しかしリアーナは、首を振って控え目に笑ってみせる。

「私は貧乏子爵家の三女ですから満足な持参金を準備できず、貴族として条件の良い婚姻は望めません。それで自分の能力を最大限に活かす道を模索した結果、偶々官吏科に入れただけですから」

「それを実現している所が凄いわよ。本当に尊敬するわ！」

「ありがとうございます」

自分の優秀さをひけらかすどころか卑下してみせたリアーナに、彼女と酷似した境遇であるアリステアは、一層親近感を覚えた。その様子を見て、一応の信頼を勝ち得たと判断したリアーナが、慎重に本題を持ち出す。

「それで今回、アリステア様にお時間を頂いた理由ですが……。最近、女生徒達の集団と目が合った時に、不自然に目を逸らされたりしてはいませんか？」

「そう言えば……、そういうこともあったかもしれないけど……」

「実はエセリア様がグラディクト様の良くない噂をでっち上げ、意図的に流しておられるのです」

「でもエセリア様は、グラディクト様の婚約者でしょう？　それなのにどうして自分の婚約者の悪評を流す必要があるの？」

辻褄が合わないと感じたアリステアが、困惑しながら問い返す。

「そこがエセリア様の狡猾な所です。この学園を卒業したら、お二人の公務への出席が増える他に、挙式や御披露目に向けての準備が進められるのはお分かりですか？」

「……ええ、分かっているわ」

「ですがそれに当たって、成績優秀で品行方正なエセリア様と比べると、グラディクト様は成績で劣っておられて、軽く見られがちです。それに加えて殿下の不行状が明らかになれば、周囲の非難が殿下に集まります。エセリア様はそれを利用し、結婚後の自分の優位な立ち位置を確保しようと目論んでおられるのです」

リアーナの話に、当初沈んだ声で頷いていたアリステアは、ここで怒りを露わにして叫んだ。

「なんですって!? あの人はそんな悪辣な手口で、殿下より優位に立とうと考えているの!?」

「残念ですが、その通りです」

「でも『殿下の不行状』って何? グラディクト様は何も非難されることをしていないわよね?」

戸惑いを浮かべながら問い質したアリステアに、リアーナが冷静に答える。

「エセリア様が流している噂の中に、『取るに足らない末端貴族の劣等生を、側に侍らせることでしか自分の優位性を感じられない、私が補佐しなければまともに公務をこなすこともできない、愚鈍な王子』などと、不敬にも程がある内容のものが」

「酷い、あんまりだわ! グラディクト様が可哀想よ! もう我慢できない、文句を言ってやるわ!」

話の途中で憤然として走り出しかけた彼女の腕を、リアーナが慌てて捕まえた。

「お待ちください、アリステア様! どちらに行かれるおつもりですか?」

「決まっているわ! 思い上がっているエセリア様に、ガツンと言ってやるのよ!」

「それはお止めください。それこそエセリア様の思《おも》う壺《つぼ》です」

「どういうこと？」

訳が分からないといった顔つきのアリステアに、リアーナは噛んで含めるように説明した。

「良いですか？　先程私が口にした内容は、あくまで不特定多数の人間が口にしている、噂の一つに過ぎません。ですから仮にアリステア様が『意図的に不敬な噂を流している』と主張しても、エセリア様の権勢を恐れて自ら証言する者は出ないでしょう。仮にアリステア様が面と向かって非難したら、エセリア様がこれ幸いと、逆にあなたを名誉毀損で訴えることは確実です」

「そんな……、グラディクト様がお気の毒過ぎるわ」

愕然とするアリステアに、リアーナが尤もらしく重ねて言い聞かせる。

「悔しいでしょうが、ここは堪えてください。殿下も既にこのことは耳に入れていますが、アリステア様を気遣って、口を閉ざしているのですから」

「え？　グラディクト様は知っているの？　それなのに、どうして私に黙っているの？」

再び問い質したアリステアに、リアーナが穏やかな笑みを浮かべながら説明を続ける。

「アリステア様が耳にした場合、正義感の強いあなたが必ずエセリア様に楯突いて、あなたが謂《い》われなき不当な攻撃を受けるだろうと懸念した故です。ですから決して殿下があなたを蔑ろにしたわけではありませんから、そこは誤解なさらないでください」

「うん……、分かったわ。それじゃあ私が今聞いた内容も知らないふりをしていたほうが、グラディクト様の気遣いを無駄にしないことになるのよね？」

「さすがはアリステア様。殿下がお側にと望む方でいらっしゃいます。その優しさと思慮深さに、胸を打たれました」

リアーナがそう追従を述べると、アリステアは得意満面で断言した。

「これくらい、当然よ。だって本でもヒロインは、言われなき誹謗中傷を散々受けていたもの。寧ろ、お約束通り！　この試練を乗り越えてこそ、殿下との絆《きずな》も一層深まるのよ！」

「……え？　本？　一体なんのお話ですか？」

「ああ、なんでもないの、こっちの話よ。気にしないで」

「はぁ……、そうですか。エセリア様も下手に事を荒立てると、ご自分が噂を率先して流していたと公になる可能性がありますので、アリステア様を直接攻撃してはこない筈。ですから何を耳にしても、お心を強く持っていただきたいと思い、今回参上致しました」

リアーナがそう話を締めくくると、アリステアが笑って頷く。

「ありがとう。良く分かったわ。陰でこそこそ言われても私は気にしないし、気づいていないふりをするから。それじゃあ、そろそろ行くわね？　グラディクト様と約束しているの」

「はい。お引き留めして、申し訳ございませんでした」

そして再度頭を下げたリアーナに背を向け、アリステアは笑顔で再び歩き始めた。


来る途中でそれぞれ引き止められたグラディクトとアリステアだったが、約束した時間からは大して遅れずに統計学資料室で顔を合わせた。

「グラディクト様、遅れてすみません！」

「いや、構わない。私も今来たばかりだ」

「実は今日、ここに来る途中で新しいお友達に会いました。リアーナさんは貴族なのに官吏科に入った、凄く優秀な人みたいです」

笑顔でそう報告してきたアリステアに、グラディクトは素直に驚いてみせる。

「そうなのか？　確かにそれは珍しいな」

「お家《うち》が子爵家で十分な持参金が準備して貰えないから、自分の能力で生活の道を切り開こうと努力してきたそうです。そんな人が私達の味方をしてくれるなんて、とっても心強いです」

「そうか……、それなら良かった」

アリステアに心強い味方ができたと喜びながらも、グラディクトはつい先程聞いた内容を思い出し、慎重に彼女に尋ねた。

「ところでアリステア。最近、私に関する噂を耳にしてはいないか？」

「殿下に関する噂……、ですか？　いいえ、特には……。あ、『殿下は最上級生になってから、益々威厳を増したようだ』と周囲の皆さんが囁いていたのは耳にしましたよ？」

「そうか……」

咄嗟にそれらしい作り話を口にした彼女に、グラディクトが曖昧に頷く。すると今度はアリステアが、どこか探るように彼に問いかけた。

「あの……、殿下は私に関しての噂は、何か聞かれましたか？」

「アリステアの噂？　それは……、学年が違うし、それほど耳にしてはいないが……。『学内の行事に積極的に参加する、向上心あふれる生徒みたいだ』とか評しているのを、聞いているな」

「そうですか。いきなり変なことを聞いてしまってすみません」

そこで頭を下げたアリステアに、彼は鷹揚に笑ってから話題を変えた。

「別に変なことでもないだろう。それより、教授達から今日も課題を出されたのでは？　手伝うから、まずそれを片づけようか。どれだ？」

「ありがとうございます。お願いします。これですが……」

恐縮気味に鞄から出されたものを見て、忽ちグラディクトが顔をしかめる。

「これはまた……、随分大量だな。嫌がらせではないのか？」

「教授達はエセリア様に取り込まれていますから、仕方がありません。でも私、こんな陰険な嫌がらせには負けません！　グラディクト様を筆頭に、応援してくれる方がたくさんいますから！」

「そうか……。私もできるだけ手伝うぞ」

「ありがとうございます。本当にグラディクト様はお優しい、気配りのできる方ですよね」

すっかり同情する眼差しで課題を手伝ってくれるグラディクトに、アリステアは益々心酔していった。そして彼女の前向きでひたむきな様子に、グラディクトの彼女に対する想いも深まる。

(私を誹謗中傷する噂を耳にしても、考えなしにそれを口にして私を不快にさせまいと配慮した上で、こんな教授を抱き込んだ嫌がらせにも笑って耐えるとは……。やはりアリステアは真の淑女だ)

(色々陰で言われている筈なのに、一言も漏らさないで課題を手伝ってくれるなんて……。正直、愚痴ぐらいだったらなんでも聞くのに、グラディクト様は誇り高いから、私に対して弱音を吐きたくないのよね。うん、やっぱり無理に聞くのは止めよう)

第三者から見れば馬鹿馬鹿しいことこの上ない状況ではあったが、当事者二人にとっては、自分達が目にしたこと、感じたことが全てだった。

その翌日。アリステアは休み時間に、注意深く周囲の生徒達を観察してみた。

(リアーナさんには、ああ言ったけど……。本当に私のことで、そんなに噂になっているのかしら?)

するとその視線に気がついた同級生の一人が、気味悪そうに隣に立っている友人に囁く。

「……ちょっと。あの人、こちらを見ているわ」

「え? 一体なんなのかしら?」

「あ、下手に目を合わせては駄目よ。何か変な仕事を押しつけられるかもしれないわ」

即座に小さい声で注意する声が上がり、周囲の者達も微妙に視線を逸らしながらアリステアの様子を窺い始めた。

「本当に嫌ね。王太子殿下のお気に入りなのを笠に着て、去年、音楽祭の開催をごり押ししたし」

「音楽担当の教授方が、揃って憤慨していたわ。殿下の手前、公言されてはおられなかったけど」

「ご存じ? あの方が去年の美術展に出品した作品。エドガー様との共同作品になっていたけど、殆どエドガー様が描かれたものだそうよ？」

「そんなこと、一目瞭然よ。美術の時間で、あの方の技量は良く存じ上げているもの」

「殿下も殿下だわ。あんな女の言いなりになって」

「今度はどなたの作品や成果を、殿下の威光で横取りするつもりなのかしら」

「エセリア様は、事を荒立てないように仰っておられましたけど……」

非友好的な視線を送りつつそんな風に囁いている彼女達を見て、アリステアは完全に誤解した。

（私を盗み見しながら、何かこそこそ話をしているわね。私と目が合う度に不自然に視線を逸らしているし、面白くなさそうな顔をしているわ……。リアーナさんが言った通り、エセリア様が私とグラディクト様の根も葉もない悪辣な噂を、取り巻きを使って広めているのよ。本当に陰険ね）

噂をしていたのは確かだが、それは彼女の傍若無人な行為に対しての当然過ぎる非難の声だった。しかしそんなことは思いもよらないアリステアは、リアーナから聞いた話が正しかったと確信する。

（そんな心理戦に負けるものですか！　あっさりブチ切れて、私達の非になるようなことなんかしないわよ！　こっちは修道院に入るまで、愛人上がりの継母や連れ子達に、散々難癖つけられて、誹謗中傷されまくっていたんですからね！　面と向かって言えない卑怯者なんかに、殿下を支えるっていう崇高な役目を持つ私を、傷つけることなんかできないのよ!!）

改めてそう決意したアリステアは、同級生達を眼光鋭く睨みつけた。その視線をまともに受けた女生徒達が、気味悪そうに囁き合う。

「あの方の目つき……、ちょっと怖いわ」

「本当に。何を考えているのかしら」

「グラディクト殿下も、あんな方のどこが良いのやら。本当に、人を見る目をお持ちではないのね」

そして周りの生徒達の間で二人の評価が更に下がっていくという、悪循環に陥っていくのだった。

第十七章　参考文献は《クリスタル・ラビリンス～暁の王子～》

「皆、ご苦労様。サビーネも、無事《リアーナ・ヴァン・ジュール》として接触できて良かったわ」

「お芝居だとしても、官吏科の生徒を名乗れるなんて光栄です」

「これからリアーナとして、頑張って貰うわね。ところで最近あの二人に、変わりはない？」

「相変わらずですね。勝手に被害妄想を募らせています」

「噂を流すどころか、関わり合うのは御免だと周りが遠巻きにしているだけなのに、度し難いです」

いつも通りカフェに集まってエセリアが皆から近況報告を受けていると、ローダスが考え込みながら言い出した。

「そう言えば、昨日突然、あの女が変なことを言い出しました。『おりえんてーしょん』がどうとか」

「え？　なんですって？」

思わずエセリアが問い返すと、彼が更に困惑しながら説明を加える。

「ええと、確か……。『大変！　そう言えば本だと、もうおりえんてーしょんをする時期なのに、色々あってすっかり忘れていたわ！　急いで準備しないと！』とか言い出して、殿下に何やら支離滅裂なことを訴えていました。うろ覚えで申し訳ありませんが、なんのことだか分かりますか？」

「…………」

（聞き覚えがあり過ぎるフレーズ……、というか私も今の今まですっかり忘れていたけど、確かに《クリスタル・ラビリンス》では主人公が在学二年目の初めに、その年の新入生向けにオリエンテーションを企画して、大成功に導くのよね。アリステアがそれを発案すること自体はおかしくないけれど、『本だとオリエンテーションをする時期』と彼女が口走っているのは、まさか……）

「あの……、どうかしましたか？」

エセリアが若干顔色を悪くしながら考え込み、周囲も同様に無言になる。その様子に異常を感じたローダスが控え目に問いかけると、ここでサビーネが顔を引き攣らせながら言い出した。

「そう言えばこの前……、《リアーナ》としてアリステアと接した時、彼女が『本でも誹謗中傷を受けていた』云々と意味不明なことを口にしていましたが、なんとなくそのまま聞き流していて……」

「『オリエンテーション』……、それに『時期』って、まさか……」

「確かにヒロインが入学当初、学園の施設や構造を覚えるのに困ったことから発案して、翌年後輩達のために、入学式の少し後に行うのでしたよね？」

「それを大成功に導いてヒロインが周囲からの好感度を上げ、ライバルの悪役令嬢に差をつけて、より一層陰険な嫌がらせを受ける羽目になるのでしたか……」

《クリスタル・ラビリンス～暁の王子～》を読み込んでいる女性陣に続いて、原稿を預かる役目だったためにその内容を把握していたミランが、考え込みながら慎重に口にする。しかし、まだ彼女達が言わんとしている内容が理解できなかったローダスは、怪訝な顔で問いを重ねた。

「あの……、要するに、どういうことなのかな？」

ここでシレイアが呆れ顔になりながら、彼に説明した。

「ローダスったら！　今の内容で察してよ！　あの女はエセリア様が書いた《クリスタル・ラビリンス～暁の王子～》の内容を参考にして、グラディクト殿下の婚約者に収まろうとしているのよ！」

「去年唐突に音楽祭が催されましたが、確かにあれも本に書いてありましたね。迂闊でした……」

「あれだと確かヒロインは、王子と中庭で偶然知り合うのでしたか？」

「そう言えばあの二人も、最初の頃は中庭付近で目撃されていましたね」

シレイアを皮切りに周りが次々と口にする中、エセリアは完全に予想外の事態に固まっていた。

（確かに本来のシナリオではヒロインが音楽祭を提案するから、念《ねん》のためと思って昨年対策を講じていたけど。シナリオ補正とか、アリステアが私と同じ転生者だからそうなったわけではなくて、私があれらの本を書いたことでアリステアがそれを参考にして、グラディクトに接近して好感度を上げようとした結果、ストーリーに沿った進行になっているの!?　それって本末転倒じゃない!!）

エセリアが内心で激しく動揺していると、ミランが心配そうに声をかけてくる。

「エセリア様、大丈夫ですか？　顔色が良くないですが……」

「大丈夫よ、ミラン。予想外の展開に、ちょっと驚いただけだから」

そこでなんとか気を取り直したエセリアは、頭の中で必死に考えを巡らせた。

（落ち着いて。大丈夫よ、エセリア。本来のストーリーとは違って、悪役令嬢の筈の私には、こんなにたくさんの味方がいるもの。それに本当にアリステアが《クリスタル・ラビリンス～暁の王子～》の内容を参考にしているのなら、今後の彼女の行動が、大体予測できるわ。それなら、それに対する方策は幾らでも考えられるわよ）

そう自分自身に言い聞かせたエセリアは、目下の問題に言及してみた。

「思うのだけど、今からオリエンテーションの準備をするのは、時期的に遅いのではないかしら？」

それに対して、周囲から口々に同意の声が上がる。

「そうですよね。本では前年のうちに提案して準備を始めて、今の時期に開催をしていましたし」

「今から準備に取りかかるのであれば、もう新入生も学園内の構造など、きちんと頭に入れてしまっている時期に、開催することになりそうです。開催する意味がありませんよね？」

そこである重要な事に気がついたエセリアは、すかさず全員に指示を出した。

「皆、取り敢えず、暫く二人への接触は控えたほうが良いわ。今迂闊に近寄ったら、このオリエンテーションの準備にこき使われそうだもの。今現在、殿下が使える手駒は限られているから」

その忠告に、全員が尤もだと頷く。

「そうですね。ここはやはり、側付きの方々に頑張って貰いましょう」

「それにそろそろ、今年の剣術大会に向けての係を決定する時期でもありますし」

「それなら今年は、各係の責任者や中心になって取り組んでくれる方達だけでも、急いで決めてしまいましょう。刺繍係や小物係担当者は早めに活動を始めるし、少なくともやる気のある方を、オリエンテーションの準備に忙殺されないための理由づけにはなるわ」

エセリアの提案に、サビーネとシレイアが真剣な面持ちで頷く。

「そうと決まれば、早速今夜にでも寮で紫蘭会会員を集めて、詳細を相談しましょう」

「本当に傍迷惑な人達だわ」

急遽《きゅうきょ》勃発した新たな懸念事項を回避するべく、エセリア達は早速それに備えて動き始めた。そしてその四日後、彼女達の懸念は早くも現実のものとなった。


「エセリア、ちょっと待て！」

「はい、殿下。どうかなさいましたか？」

放課後に廊下を歩いている時に呼び止められ、自然に振り返ったエセリアに向かって、グラディクトが素っ気なく言いつける。

「今月中に、お前にやって貰うことができた。周りの人間に声をかけて、滞りなく準備を進めろ」

「今月中ですか？　もう半月もありませんが……」

「それがどうした。この私が直々に声をかけているのに、まさか断るつもりではあるまいな？」

「既に剣術大会の準備に入っておりまして、他の企画など無理です。他の方を当たってください」

横柄に言い放ったグラディクトに対して、エセリアが余裕すら感じられる笑みを浮かべながら拒絶すると、彼は忽ち怒気を露わにした。

「なんだと!?　下手な言い逃れをするな！　剣術大会はまだまだ先だろうが！」

しかしその指摘に対し、エセリアはわざと声を張り上げながら反論する。

「まあ！　今年で三回目になる剣術大会の準備運営を、まさか実行委員会名誉会長の殿下がご存じないとは仰いませんよね？　あのような見事な記章やマントが、一朝一夕で作れるとお思いで？」

「それはそうだが！　その他の係はまだ」

「そもそも剣術大会開催の目的の一つに、生徒同士の交流が挙げられております。それ故、第一回の開催時から、希望する係で実働する前に、係ごとの顔合わせや、細かい仕事の打ち合わせをしております。今月末まで、そちらの予定が目白押しですわ」

「そんなことは幾らでも、後回しにできるだろうが！」

グラディクトは尚も主張したが、エセリアはそれを皮肉交じりの反論で封じた。

「監督していただく教授方にもお願いして、放課後の教室利用の申請も済んでおります。なんと言っても昨年は音楽祭とか絵画展などという前例のない催し物が突然発生したため、色々な面で支障が出ておりましたし。それで教授方とも協議の上、今年は何が起こっても余裕を持って対処できるように、可能な限り予定を前倒しにして準備を進めております。そういう事情ですので、ご了解ください」

「……っ！」

音楽祭も絵画展も、自分が発案した行事であるためそれ以上反論できず、グラディクトは悔しそうに歯噛みした。そんな彼の心情など全く構わず、エセリアが思い出したように手にしていた鞄から何枚かの用紙を取り出し、有無を言わせず彼に押しつける。

「せっかくお声をかけていただいたのですから、この機会に、今月から剣術大会の運営に関わってくださっている方の名簿をお渡しします。何か催し物を企画されるなら、ここに名前が挙がっている方は何かとお忙しい筈ですので、それ以外の方にお声をかけてください。それでは失礼致します」

(この三日で急いで係の責任者を決めて、率先して動ける人の名前を挙げておいて助かったわ。いつ殿下に声をかけられても問題ないように、名簿を持ち歩いていたのが功を奏したし。でも……、何か忘れているような気がするのよね。なんだったかしら？)

言うだけ言ってエセリアは友人達を引き連れて悠々とその場を離れたが、内心では何か重要なことを忘れている気がして、密かに思案に暮れていた。


一方のグラディクトは、そんなエセリアを見送りながら、腹立たしげに悪態を吐いた。

「全く、なんて忌々しくて生意気な女だ！」

そして手元の用紙に目を通した彼の顔が、更に渋くなる。

(この名簿……。アシュレイ達の名前も、しっかり載っているとは。だからこの数日、彼らが私達に顔を見せに来られなかったのだな。あの女、権力を笠に着て、嫌がる人間をこき使うとは……)

内心で憤慨していると、背後につき従っていた側付きの一人が慎重に声をかけてくる。

「殿下、どうなさいますか？」

その問いに振り返ったグラディクトは、不機嫌そうに彼らに名簿を渡しながら命令した。

「この名簿によると、これらの各係の責任者には、それぞれ上級貴族の家の者が就いている。この中から無理にこちらの仕事をやらせようとして、その責任者達の反感を買うのは拙い。この名簿に名前がない者で、準備を進めるしかないだろう。お前達で学園生徒の名簿と照らし合わせて、動員できる者のリストを作っておけ」

「は？　私達がそれをするのですか？」

「当たり前だ。他にこの場に誰がいる。明日までだぞ、分かったな？　それでは今日はもう良い。ご苦労だった」

そして一方的に仕事を押しつけ、アリステアが待っている統計学資料室に向かった彼の姿が見えなくなってから、側付きの三人は露骨に不平不満を口にした。

「全く……、次から次へと、余計なことを考えつきやがって。やりたかったら自分でやれよ！」

「それにしても……。これを見ると、既に平民の生徒は殆どが参加しているんじゃないのか？」

「貴族でも器用な奴らは、昨年も率先して参加していたし……。そうなると残っている生徒で使い勝手の良い人間は、それ程いないんじゃないのか？」

「…………」

その事実に気がついた彼らは、グラディクトの知らない所で、更に不満を募らせることとなった。

「アリステア、待たせたな」

「グラディクト様、オリエンテーションの準備はどうなりましたか？」

待ち構えていたアリステアが嬉々として尋ねると、グラディクトは悔しげに俯く。

「それが……。実はエセリアが『剣術大会の準備を前倒しして係ごとの活動を開始しているから、他の企画に人手を割けない』と言い放ったんだ。既に実働している者達の名簿を見ると、各係の責任者に有力貴族の子女が何人も入っていて、これらの者達に仕事を割り振れないから、今側付き達に動員可能な生徒達のリストアップをさせているところだ」

それを聞いたアリステアは、自身が自分勝手な要求をしたなどとは全く考えずに怒りを露わにした。

「エセリア様って、本当に意地が悪いですよね！　オリエンテーションは剣術大会みたいに長々と活動しないし、殿下に恥をかかせないために、少しくらい融通を利かせても良いじゃありませんか！」

「アリステア。あの女に、そういう気配りを求めるだけ無駄だ。君とは、人間の出来が違うからな」

「グラディクト様……」

(本では悪役令嬢がオリエンテーションに協力する生徒を裏で脅して、失敗させようと企んでいたけど本当に妨害するなんて。婚約者に蔑ろにされるなんて、グラディクト様が本当にお気の毒だわ)

苦笑いしながら自分を宥めてきたグラディクトに、アリステアは心の底から同情した。そしてこの数日間、頭の中で温めていた構想を披露する。

「グラディクト様。私少し、考えていたことがあるのですけど……」

「急にどうかしたのか？　そんなに改まって」

「これまでアシュレイさんやモナさんを筆頭に、陰から私達を助けてくれる人達が何人もできましたけど、やっぱり表立って殿下や私を助けてくれる存在が必要だと思います。側付きの人達は以前私を脅してきましたから、エセリア様に丸め込まれている可能性がありますし。今後のグラディクト様の立場にも関わる、重要な問題ではないですか？」

急に神妙な面持ちで語り出したアリステアに、グラディクトは当初怪訝な顔をしていたが、彼女の主張を聞いて真顔で考え込んだ。

「確かにそうかもしれない。いつまでもエセリアをのさばらせておくのは噴飯ものだ。しかしシェーグレン公爵家は王太子派の中でも指折りの家だし、その家の娘に逆らう気概のある者など……」

「ですから、アーロン殿下派の家は論外ですが、王太子派ではなく中立派の上級貴族の方で、エセリア様と仲が悪いとか、あからさまに険悪な仲ではなくてもよそよそしい態度の方はいませんか？　私は社交界へのデビューもしていませんから、貴族間の交流とかは全く分かりませんし」

「エセリアに隔意を持っている、中立派で有力家の子女……。そうだな、いないこともない」

とある生徒のことを思い出しながらグラディクトが小さく呟くと、アリステアは力強く頷く。

「やっぱりそういう方はいますよね!?　『敵の敵は味方』って言うじゃないですか！　その人に私達の味方になって貰えば、エセリア様も今のように大きな顔ができなくなると思います！」

その意見に、グラディクトは笑顔で頷いた。

「アリステアの言うとおりだな。幸い彼女は例の剣術大会の名簿によると、今年の接待係の責任者になっている。今後アリステアが社交界に正式にデビューして活躍する上でも、在学中に有力な家の者達と交流を深める必要があるだろう。だから今年、アリステアは接待係として剣術大会の係を登録して、彼女や周囲の者達と親交を深めてくれ。そして追々、彼女を私達の味方に取り込もう」

「はい、分かりました！　その方と仲良くなれるよう、頑張ります！　因みにどなたですか？」

「私やエセリア同様、現在貴族科上級学年に在籍している、ラグノース公爵家のレオノーラだ」

「レオノーラ様ですか。素敵なお名前ですね！　好きになれそうです！」

(本の中では悪役令嬢と仲が悪くて、利害関係からヒロインを庇ってくれる有力な家のお嬢様がいたもの。現実でも絶対、そんな人が一人や二人は存在すると思っていたわ！　それに上級貴族のお嬢様達が集まる接待係の責任者だったなんて、なんて好都合!!　全く考えていなかったけど、確かに他の上級貴族の人達と仲良くできないと、後々社交界での交際に困るものね。殿下の側にいつまでもいるためにも絶対にその人と仲良くなって、エセリア様を牽制《けんせい》して貰うんだから!!)

二人による周囲への傍迷惑な行為は相変わらず留まるところを知らず、更に新たな広がりを見せることが、この瞬間確定したのだった。

あとがき

篠原《しのはら》皐月《さつき》です。この度、シリーズ二作目となる当巻を出すことができました。前巻の出版時もそうでしたが、再び読者の方々にご挨拶することができ、嬉しく思っています。当巻をお買い上げいただき、ありがとうございました。

一般的な悪役令嬢ものの内容とは一線を画し、本来の主人公が一巻の最後でやっと登場したところで次巻に続くとやってしまったため、初見の方々がかなり当惑されたであろう本作品。お待たせしましたと言うべきか、当巻ではいよいよゲーム本来のシナリオ通り（？）、主人公を交えた学園生活に突入しました。

それまでは抑えられてきたエセリアとグラディクトの対決姿勢を徐々に露わにし、アリステアを盛大に絡ませています。事態が半分エセリアの予想通り、半分は予想外の展開となる中、彼女と彼女が率いる《チーム・エセリア》が暗躍しており、脳内お花畑カップルの無軌道ぶりと併せて楽しんで貰えたのなら幸いです。

それからこの間、ほしの総明《そうめい》様による当作品のコミカライズ連載が開始されました。既にご存知の方が多いかと思われますが、そうでない方がおられたら、是非いきいきと描き出されているエセリアの活躍をご覧いただきたいです。

コミカライズの話を頂いた当初は、この内容を制限のあるページ数にどう纏《まと》めて表現するのかと正直困惑していましたが、話の流れを変えずに必要な場面を取捨選択し、エピソードの前後を入れ替えて配置したりと、見事な編集で違和感のないストーリーになっており、送付されたプロットに目を通す毎に「なるほど、こうするのか」と感心しきりでした。原作者の特典として掲載前にラフ画に目を通しているので、これが実際どんな絵になるのかと想像しつつ、公開を楽しみにしている日々です。


それでは以下、簡単に謝辞を。

前回に引き続き、当作を担当していただいている編集部の山口《やまぐち》様、後藤《ごとう》様、その他関わってくれるスタッフの皆様には、今回もお世話になりました。こちらの力量不足で皆様の業務量を増やしてしまった感があり、大変恐縮しております。無事に出版でき、お礼申し上げます。

イラスト担当のすがはら竜《りゅう》様。当巻からエセリアが優等生を装いながら悪役令嬢としての活動を本格始動しますので、グラディクトとの反目ぶりを鮮明に打ち出しつつ、魅力的に描き出していただきありがとうございました。

最後になりますが当作品を読んでいただいた皆様に、改めてお礼申し上げます。また次巻を出していけるよう努力していきますので、今後ともよろしくお願いいたします。

篠原　皐月

電撃の新文芸

悪役令嬢《あくやくれいじょう》の怠惰《たいだ》な溜《た》め息《いき》2

著者／篠原皐月《しのはらさつき》

イラスト／すがはら竜《りゅう》

2020年6月17日　初版発行

発行者／青柳昌行
発行／株式会社ＫＡＤＯＫＡＷＡ
〒102-8177　東京都千代田区富士見2-13-3
0570-06-4008（ナビダイヤル）
印刷／図書印刷株式会社
製本／図書印刷株式会社

【初出】……………………………………………………………………………………………
本書は、カクヨムに掲載された『悪役令嬢の怠惰な溜め息』を加筆修正したものです。

ISBN978-4-04-913131-4　C0093　Printed in Japan

ファンレターあて先

〒102-8177
東京都千代田区富士見2-13-3
電撃文庫編集部

「篠原皐月先生」係
「すがはら竜先生」係

傷心公爵令嬢レイラの逃避行 上

溺愛×監禁。婚約破棄の末に
逃げだした公爵令嬢が
囚われた歪な愛とは——。

事故による２年もの昏睡から目覚めたその日、レイラは王太子との婚約が破棄された事を知った。彼はすでにレイラの妹のローゼと婚約し、彼女は御子まで身籠もっているという。全てを犠牲にし、厳しい令嬢教育に耐えてきた日々は何だったのか。たまらず公爵家を逃げ出したレイラを待っていたのは、伝説の魔術師からの求婚。そして婚約破棄したはずの王太子からの執愛で——？

著／染井由乃
イラスト／鈴ノ助

電撃の新文芸

Unnamed Memory I

青き月の魔女と呪われし王

読者を熱狂させ続ける
伝説的webノベル、
ついに待望の書籍化!

「俺の望みはお前を妻にして、子を産んでもらうことだ」
「受け付けられません！」
　永い時を生き、絶大な力で災厄を呼ぶ異端――魔女。強国ファルサスの王太子・オスカーは、幼い頃に受けた『子孫を残せない呪い』を解呪するため、世界最強と名高い魔女・ティナーシャのもとを訪れる。“魔女の塔”の試練を乗り越えて契約者となったオスカーだが、彼が望んだのはティナーシャを妻として迎えることで……。

著／古宮九時
イラスト／chibi

電撃の新文芸

魔女と少女の愛した世界

捨てられた幼子×怠惰な魔女の
不器用で愛しい共同生活。

著／浅白深也
イラスト／海島千本

町外れの森に住む魔女エリシア。ある日、彼女が家に帰ると、薄汚れた服を身につけた人間の幼子が食料棚を漁っていた。手には、朝食用にとっておいたミルクパン。

腹はたつが、殺すのもめんどくさい。だが、高値で少女を売ろうにも、教養を身につけさせねばならない。そのため仕方なく少女と暮らしはじめたエリシアだったが――。

これは、嫌われ者の魔女と孤独な少女の愛と絆の物語。

電撃の新文芸

由比ガ浜機械修理相談所

著／斉藤すず
イラスト／ryuga.

第25回電撃小説大賞《読者賞》受賞作
君に、幸せになってほしい。
でも、僕は――

　二〇二三年の夏。無職の冴えない僕は、ふとしたきっかけで由比ガ浜に「機械修理相談所」を開いた。ある日、閑古鳥が鳴く相談所を、美しい女性が訪ねて来る。青空の瞳を持つ彼女は、かつての勤務先で作られたアンドロイド「ＴＯＷＡ」だった。
　彼女の依頼は新しいオーナーを僕に見つけて欲しいというもの。それまでの間、共同生活を送ることになった僕は、彼女の優しさに惹かれていき――。

電撃の新文芸

「」カクヨム
2,000万人が利用!
無料で読める小説サイト
イラスト:スオウ
カクヨムでできる
3つのこと
What can you do
with kakuyomu?
1
書く
Write
便利な機能・ツールを使って
執筆したあなたの作品を、
全世界に公開できます
2
読む
Read
有名作家の人気作品から
あなたが投稿した小説まで、
様々な小説・エッセイが
全て無料で楽しめます
3
伝える
つながる
Review & Community
気に入った小説の感想や
コメントを作者に伝えたり、
他の人にオススメすることで
仲間が見つかります
会員登録なしでも楽しめます!
カクヨムを試してみる
「」カクヨム https://kakuyomu.jp/
カクヨム
検索